KB073386

골드 GOLD
하

금, 돈, 땅
그리고 얽히고 설킨 로맨스

골드(하)

초판 1쇄 인쇄일 2024년 6월 13일
초판 1쇄 발행일 2024년 6월 20일

지은이 정혁종
펴낸이 양옥매
디자인 송다희 표지혜
교　정 조준경
마케팅 송용호

펴낸곳 도서출판 위쉬앤
출판등록 제2019-000116
주소 서울특별시 마포구 방울내로 79 이노빌딩 302호
대표전화 02.372.1537　**팩스** 02.372.1538
이메일 booknamu2007@naver.com
홈페이지 www.booknamu.com
ISBN 979-11-966956-6-8 (04800)
SET ISBN 979-11-966956-7-5 (04800)

금, 돈, 땅 그리고 얽히고 설킨 로맨스

정혁종 지음

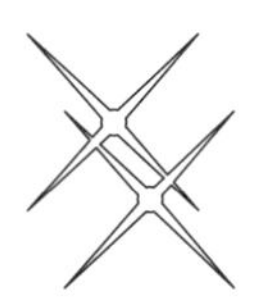

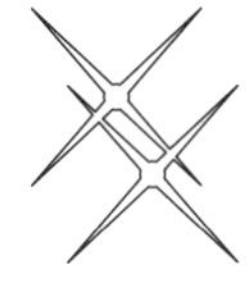

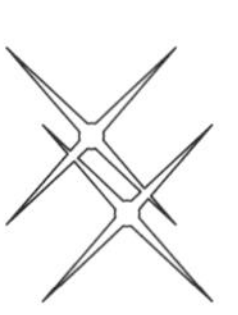

위시앤

차례(상)

차례(하)

1

고향 땅을 팔아 주세요

재성이는 지치고 지쳐서 아내와 함께 손을 붙잡고 눈물을 훌쩍이어야 했다.

"여보, 힘을 내요. 산 입에 거미줄 치겠어요, 하늘이 무너져도 솟아날 구멍이 있다는데요. 어떤 수가 있겠지요."

"그런 말이 있지. 솟아날 구멍이 무엇인가?"

"아버님이 계신 고향 땅 있잖아요. 산도 있고 밭도 있다면서요. 그게 돈이 되지 않을까요?"

위급 상황에서 즉흥적으로 머리가 돌아가는 것은 남자보다 여자였다. 서양에 이런 말이 있다. 개똥쥐빠귀라는 새가 있는데 암수 구별이 매우 어렵다고 한다. 암수 구별을 하기 위해서 두 마리를 새장에 넣어 두면 수놈은 새장을 빠져나가려고 이리저리 날뛰다가 마침내는 새장에 머리를 여러 번 들이박아 죽고 마는데, 암놈은 몇 번 날아 보다가 새장에 갇힌 것을 알아채고는 가만히 있는다고 한다. 그러다가 어쩌다 새장 문이 열리면

푸르륵 날아 가버린다고 한다. 인간도 유사하여 위급 상황에서 해결책을 내는 것이 여자가 먼저인 경우가 많다고 한다. 지금 재성이의 아내가 그렇다.

"뭐어? 그래, 맞아. 아버지에게 그 땅을 팔아서 도와달라고 해 봐야겠어."

"좋게 좋게 잘 말씀드리면 팔아주실 것도 같아요."

"맞아, 그런데 거기가 워낙 외진 곳이라 쉽게 매매가 될지는 모르지만, 일단 시도해 보자고. 지금 당장 전화를 할까?"

"아이참, 그런 중대사에 전화로 말씀드리면 얼마나 서운하시겠어요. 자칫하다가 거절이라도 하면 어쩌려고요. 우리가 내려가서 머리 수그리고 도움을 청해야지요."

"어엉, 그 말이 맞네, 맞아. 이번 주 일요일에 가게 문 닫고 갔다 오자고."

일요일이 되어서 재성이 내외는 버스를 타고 예리읍에 와서 택시를 타고 집으로 갔다. 부모님은 반갑게 맞이하였으나 아들 내외의 그늘진 얼굴을 보고는 매우 실망하였다. 생활이 어렵고 며느리가 수술했다는데 가 보지도 못하여 미안하기도 하였다.

다행히 지금은 건강을 회복하여 생활하긴 하나 예전처럼 기운을 쓰지 못한다고 하니 부모의 마음은 찢어질 듯 아프기만 하였다.

"아버지, 더 이상 버틸 힘이 없습니다. 아파트를 두 군데에 저당 잡혔는데 대출금을 제때에 못 갚아서 독촉장이 와요. 지난번에도 우리 집 앞에 대형 중국집이 생겨서 하루아침에 거지가 될 뻔했는데, 이번에 치킨집도 그러네요. 전국에 체인점이 있는 치킨집이 생기면서 상표 없는 우리 집 치킨이 잘 팔리지 않아요. 애들은 점점 커가지, 정말 죽을 것 같아요."

"하이구, 이를 어쩐다니, 어떻게 하면 물에 빠진 사람 건져낼까. 낭최 생각도 안 난다."

"아버지, 여기 땅을 팔아서 도와주세요."

"뭐어? 여기 땅을 팔아? 내가 갈 때까지는 여기서 살려고 했는데, 땅을 팔면 난 어디서 지낸단 말이냐?"

"일단 제집으로 모시겠습니다. 아파트 경매에 넘어가는 것을 우선으로 막고요. 방이 3칸 있으니 그 방 하나를 쓰시고 형편이 풀리면 따로 모시든지 아니면 같이 살아도 되고요."

"요즘 세상에 누가 아들 식구와 같이 산다고 하더냐. 피차간에 불편하다."

"발등에 떨어진 불을 끄고 보자고요. 아파트 경매에 넘어가면 애들 둘과 길에 나앉아야 합니다. 내년이면 큰애가 고등학교에 들어가는데요. 살려주세요. 아버지. 더 이상 기댈 데가 없어서 그럽니다."

재성이가 이렇게 간곡하게 부탁하자 엄마와 재성이 아내는 눈물만을 찍어낼 뿐이었다.

"내가 갈 때까지 여기서 살려고 했는데, 어쩔 수 없다. 죽어서 물려주나 살아서 물려주나 그게 그거다."

할아버지는 마지못해 이렇게 승낙을 하고 읍내 복덕방에 내놓고 재성이도 서울이지만 근처 복덕방에 매물로 내놓았다.

이때가 벌써 지금으로부터 3년 전인데 그동안 복덕방에서 와보기는커녕 전화 한 통도 없었다. 이런 외지에 있는 돌산을 누가 살려고 하겠는가. 할아버지와 재성이가 생각해 봐도 사겠다는 임자가 나타나지 않을 것 같았다. 혹시 산다는 사람이 나타나면 죽자 살자 붙잡고 아주 헐값에 내놓을 작정이었다.

2

대리운전

재성이가 어느 날 밤늦게 치킨 배달을 갔다 왔는데, 가게에 삼십오륙 세로 보이는 남자가 치킨을 가져가려고 기다리고 있었다. 재성이는 형식적인 인사를 하고는 한편에 앉았다. 그때 그 남자가 전화를 받는데 대리운전 어쩌고 하면서 오늘은 일이 끝나서 치킨을 사 가지고 들어간다고 하였다. 그러니까 그 사람이 대리운전 기사인 모양이었다.

"대리운전 하시는가 보죠?"

"예, 먹고 살려니 대리운전이라도 해야지요. 이것도 예전에는 없던 직업인데 없이 사는 사람들 먹고살라고 이런 직업이 다 생기네요."

"아, 그렇지요. 그럼 밤에만 운전해서 벌이가 좀 되나요?"

"목이 좋고 차 가지고 다니면 한 달에 삼백 버는 사람도 있어요. 그 사람들은 올나이트 (all-night: 밤새도록 일을 함)를 하지요. 그런데 난 올나이트 못합니다. 잠이 많아서 대략 12시, 1

시까지 해도 월 120 안팎은 찾아갑니다."

"어허, 생각보다 많네요."

"잘 되면 그렇다는 거지요. 안 되면 손가락 빨아야 합니다."

"하하하, 그렇겠네요. 내가 여기 치킨집을 운영하는데 체인점이 하도 많이 생겨서 현상 유지하기에 급급합니다."

"그래요. 요즘 가게가 생겼다 하면 치킨집입니다. 여긴 그래도 양호한 것이요. 저쪽 동네에 가면 위아래에 치킨집이 생겨서 사장들끼리 멱살 잡고 싸우는 것도 봤어요."

"그런 데도 있군요. 여긴 싸움은 없는데 체인점에 그냥 밀립니다."

"그 집도 체인점입니다. 본사 사장들이 대가리가 비상한 놈들이요. 맛좋아 치킨집 점포를 하나 내주면서 근처 몇백 미터에는 치킨집을 내주지 않고 독점적으로 영업권을 준다고 한다네요. 그러면 뭐합니까. 그 옆에 장모네 치킨집이 생기면서 독점적으로 영업권을 준다고 하고, 또 그 옆에 꼬꼬 치킨집이 생기니 모두 독점적이지만 벌써 세 집이나 되잖아요. 그러니 영업이 될 리가 있나요. 아마 내가 잘 몰라도 일이 년 버티지 못하고 세 집 중 두 집은 문 닫을 판이요. 그러면 창업할 때 들어간 비용 몇천만 원은 그냥 날리는 거지요. 차라리 사장님처럼 독자적으로 운영하는 게 훨씬 낫습니다."

"하하, 그렇긴 한데 우리도 마찬가지로 판매량이 급격히 줄어서 다른 걸 해 볼까 궁리 중입니다. 그래서 지금 형씨 말을 듣고는 대리운전을 해 볼까 하고 생각 중인데 나 같은 사람도 받아 줄까요?"

"면허 있으면 다 받아 주죠. 회사에선 그게 다 돈인데. 12,000원 받아서 2,000원은 회사 몫인데요. 사무실 차려서 전화로 여기저기 연결해 주고 홍보 전단 뿌리고 명함 박아서 업소에 돌리니까 회사에도 운영비가 들어갑니다. 면허 있으신가요?"

"벌써 여러 해 전에 면허만 따 놓고 오토바이만 끌고 다녀서 실제 운전은 못 합니다."

"그럼 도로 연수비 내고 운전 경험을 쌓아야 합니다. 대리운전은 차종이 제각기 달라서 초보자는 당황하기 십상이요."

"그렇겠네요. 아무튼 시도는 해 보려고 합니다."

"그렇게 하세요."

이런 대화가 마무리될 즈음 포장된 치킨 상자가 나와 있었다.

"아 형씨, 명함이나 하나 주고 가세요."

"그러지요."

그 사람이 명함을 주었는데 '팔팔 대리운전, 기사 김영훈. 전화 000-0000-0000'으로 되어 있었다.

"아이구, 감사합니다."

"여기 카드 있어요. 치킨 값."

"아닙니다. 먹고살기 위한 중요한 정보를 주셨는데 그냥 가져가세요. 서비스로 드리겠습니다."

"예에? 정말이요. 아이구, 오늘 횡재했네요."

"괜찮습니다."

"혹시 대리운전 의향 있으면 전화하세요. 그리고 시내 연수를 학원에서 하면 굉장히 비싸요. 내가 허름한 차가 있으니 내일 낮에 연락하면 차를 가지고 오겠습니다."

"하이구, 기름 값도 만만치 않을 텐데요."

"연수비는 안 내도 기름 값은 내야지요. 하하하."

"감사합니다. 정말 감사합니다."

재성이는 이렇게 해서 대리운전을 하기 위해서 다음 날 낮부터 김 기사의 작은 승용차를 운전하기 시작했다. 운전면허 시험을 보고 처음으로 운전하러 도로에 나오니 식은땀이 막 나고 온몸이 덜덜 떨렸다.

"너무 떨지 마세요. 긴장을 많이 하면 접촉사고 납니다. 엉뚱한 데서 브레이크 팍팍 밟으면 뒤차가 와서 박아요. 숨을 크게 들이쉬고 천천히 내쉬세요."

"아예, 아이구, 그래도 겁이 납니다."

"처음엔 다 그래요. 나도 진정제 먹고 시작했어요."

"진정제요? 그런 약이 있나요?"

"그럼요, 약국에 가면 처방 없이 그냥 살 수 있어요."

재성이는 김 기사의 조언대로 진정제를 사 먹고 운전을 해야 했다. 아까보다는 훨씬 마음이 편해졌다. 벌벌 떨던 재성이는 하루 이틀이 지나고 열흘간이나 시내 연수를 받았다. 이제 웬

만한 큰길이나 골목길도 어느 정도 자신 있었다.

김 기사는 정말로 천사 같은 마음씨를 가졌기에 세세한 것까지 재성이에게 알려 주고, 밤에 같이 나가 보자고 하였다. 손님들은 웬 기사가 두 명이냐고 물었지만, 지금 초보자에게 길을 알려준다고 하니 별말 없었다.

"대리운전하려면 오장육부 간 쓸개 다 빼놓아야 합니다. 별의별 인간 종자들이 있어요. 개종자죠."

"취객들의 추태가 심한가 보죠?"

"다 그런 건 아닙니다만 내가 겪어 보니 네 종류로 분류할 수 있겠더라고요.

술 먹지 않은 사람, 술 먹은 사람, 개 같은 취객, 개만도 못한 취객 이렇게 네 종류요. 이 중에서 우리가 세 종류의 인간들을 접대하게 되는데 정말 가관입니다. 한 달에 한두 번꼴로 개만도 못한 취객 만나면 진짜 죽을 맛이요. 그런 개자식 때문에 눈물깨나 뺐지요. 하지만 먹고 살려니 어쩔 수 없이 다시 나옵니다. 운이 좋으면 부처님 같은 취객도 만나서 팁도 넉넉히 얻습니다."

"그렇군요. 술 먹고 필름 끊어진다는 말을 들어보긴 했는데 그런 취객 만나면 당황하겠네요."

"아, 그러믄요. 제집도 모른다고 합니다. 빨리 배달하고 한 탕이라도 더 뛰어야 하는데, 미칠 지경이죠. 어떤 개새끼들은 빰까지 때립니다. 잘못도 없는데 괜한 시비를 걸어서. 진짜로 주먹으로 패고 싶지요. 그냥 참고 달래고 달래서 데려다 줘야 합니다. 이런 놈들 중에서 미안하다고 돈 만 원이라도 더 주는 인간도 있고 대리운전비를 통째로 안 주려고 하는 인간도 있어요. 내가 아는 기사도 싸우다가 지쳐서 그냥 왔답니다. 진짜 인간 말종들이 술 처먹은 놈들에게 다 있지요. 똥구멍으로 술을 처먹었나.”

“그러게요. 나도 말만 들었는데 그런 사람 만나면 무섭겠네요.”

“무섭기도 하지요. 막무가내로 대드니까. 그런 놈들을 매일 만나는 것은 아니니까 꾸욱 참고 일을 해야 합니다. 돈 벌지 않으면 처자식을 굶겨야 하잖아요.”

“예, 할 수 없지요.”

김 기사는 한탄과 분노에 가득 찬 말을 마구 내뱉었다.

김 기사의 도움 덕분에 보름쯤 후부터 대리운전 기사로 나가게 되었다. 회사의 사장이라는 사람은 별말 없이 “열심히 해 보세요. 생활비는 법니다.” 이렇게 말했다. 후에 알고 보니 기사들이 워낙 자주 일을 하다 말다 하니 별 신경을 안 쓴다고 하였다. 6개월은 넘어서야 말을 붙여 본다는 것이다.

재성이는 어떤 난관이 있더라도 빚을 갚을 때까지 투잡을 뛰기로 했다. 운이 좋으면 시골 땅이 팔려서 단번에 빚을 모두 갚고 돈이 남을 것이라고 위안을 삼았다.

이러는 사이에 아내와 심사숙고하여 업종을 조금 바꾸기로 하였다. 김밥과 떡볶이, 라면 등의 분식을 같이 하기로 한 것이다.

오전 10시경 문을 열어서 치킨과 떡볶이, 김밥, 라면, 분식 등을 팔고, 치킨 배달은 오후 6시까지 하고 이후는 배달은 못했다. 왜냐하면 재성이가 대리운전을 나가야 하기 때문이었다. 그 대신 치킨을 주문해서 직접 가져가면 1,000원씩 할인해 주기로 했다.

이런 음식을 찾는 사람이 주로 나이 어린 학생들이 많았는데, 치킨을 반마리만 팔라고 하고 닭다리만 팔 수 없느냐고 물었다. 아내는 즉흥적으로 생닭을 몇 조각 내어서 다리, 가슴과 뱃살 등으로 나누어서 다리는 얼마, 가슴살은 얼마, 이렇게 적어 놓았다. 그리고 손님들이 고르면 그 자리에서 튀겨서 내왔다. 이런 조각 치킨이 인기가 좋아서 하나둘씩 어린 손님이 늘었다.

간판을 또 뒤만 바꾸어서 '대복 치킨과 분식'이라고 했다. "대복(大福)"이란 단어가 마음에 들어서 계속 그냥 두었다. 떡볶이 김밥 라면 등은 잔손이 많이 가고 푼돈으로 들어오는데 다행히도 등하교 길목이라 하교 시간에 초등학생, 중고등학생들이 우르르 달려들었다. 이대로만 나가면 전에 중국집 하던 시절과 같이 별 탈 없이 저축하면서 생활할 수 있었을 것이다.

하지만 이러는 사이에도 사채 이자는 눈덩이처럼 불어나서 버는 족족 이자 갚기에도 벅찼다. 이러니 집안 살림은 이루 말할 수 없이 변모해 갔다. 일 년에 옷 한 벌 사 입기도 힘들어서 재활용품 옷을 수선해 입어야 했다. 다행히도 아내가 처녀 시절에 봉제회사에 다녔고 시집올 때 재봉틀도 가져와서 옷 수선은 아주 잘했다. 그게 또 돈벌이가 될 줄은 몰랐다. 손님 중에 아내를 아는 사람들이 손재주가 좋다니까 의류 수선을 맡기고 수선비로 얼마씩을 주었다. 아내는 날아갈 듯이 기뻐했다. 아예 재봉틀을 홀 한구석에 놓고 한가할 때는 재봉틀을 돌렸다. 전기 모터로 돌아가는 것이라 순식간에 박음질이 "드르르륵 들들들"하고 소리를 내면서 박음질이 되었다. 정말 시간으로 본다면 최단 시간에 돈을 벌 수 있었다.

대리운전 첫날에 재성이는 조심조심하면서 세 탕을 뛰어서 36,000원 벌었다. 이 중 6,000원은 사무실에 내야 하고 3만 원이 재성이 몫이었다. 운 좋게도 집으로 오는 버스를 타기 좋은 곳으로 차를 운전하게 되었다. 하룻밤에 3만 원이면 25일만 일해도 75만 원이란 부수입이 생기는 것이다. 하지만 김 기사의 말대로 취객도 여러 종류여서 대하기가 매우 힘들었고 무엇보다도 혼자서 하다 보니 어디 어디로 가라고 하면 버스를 타거나 급하면 택시를 타야 했기에 엉뚱하게 시간을 허비하고 돈을 쓰게 될 경우도 생겼다.

차가 있다면 이인 일조로 돌아다니며 항시 근처에서 콜을 받을 수가 있었기에 김 기사 말대로 한두 탕이라도 더 뛸 수 있었으나 차가 없었고 중고차를 살 만한 여유도 없었다.

그럭저럭 한 이십 일이 지났을까,

밤늦은 시간에 기사들이 말하는 진상 손님 골뱅이 차를 대리운전하게 되었다. 골뱅이는 완전히 취해서 두 눈이 골뱅이처럼 빙빙 돈다는 뜻이다. 나이는 사십 대 초반으로 보이는데 잘 처먹고 잘 살아서인지 얼굴에 개기름이 번들거리고 취한 얼굴에 거만하기 짝이 없어 보였다. 재성이는 긴장하면서 조심스럽게 운전대를 잡았다. 차도 고급 승용차였다.

"어디로 모실까요?"

"아~ 거기. 등촌동 들머리 아파트 3단지요. 거기루 가요. 헤롱헤롱~"

이러더니 뒷자리에 뻗어서 금세 코를 고는 소리가 나기 시작했다. 등촌동 들머리 아파트는 고급 아파트로 큰길가에 있기에 오가면서 자주 본 아파트라 가는 길도 훤했다.

시간은 아마 삼십 분 정도 걸릴 것이다. 신호등 때문에 그런데 신호만 잘 타면 이십 분 남짓에 갈 것이다. 재성이는 골뱅이가 잠든 것에 크게 안도했다. 괜히 이러쿵저러쿵 씨부렁거리면 초보 운전자인 재성이가 혼란스럽기 때문이다.

"이봐! 왜 여기로 가!"

느닷없이 골뱅이가 큰소리를 치면서 일어나 앉았다. 룸 미러로 보니 아직도 눈동자가 풀려 있고 입에서는 술 냄새가 마구 풍겨서 역겨운 냄새가 진동했다.

"이 길이 맞는데요. 손님."

"아냐, 이 길로 가면 안 돼. 옆길로 가야 돼."

"여기가 맞아요. 저기 아파트 보이잖아요. 들머리 아파트."

"이 새끼가 이 길이 아니라면 아니지, 옆길로 가라고, 임마."

"어디에 옆길이 있는데요. 오른편에 건물들뿐이잖아요. 손님, 자세히 보세요."

"야, 씨발 놈아! 아니라면 아녀. 스톱해 스톱!"

이러면서 발길질로 의자를 마구 찼다.

재성이는 '이게 바로 개만도 못한 취객이구나.' 생각하고는 차를 세웠다.

골뱅이는 문을 열고 내리더니 재성이더러 내리라는 것이다. 자기가 옆길로 가는 골목길을 안다는 것이다.

"야~ 이 씨발 놈아, 이 길이 아니라면 다른 길로 가야지, 웬 말이 많아 엉?"

"손님, 욕은 하지 마세요."

"하면 어때! 이 새끼야!"

이 말과 동시에 재성이의 왼편 따귀를 올려붙였다. 손바닥이 올라오리라고는 전혀 예측하지 못했던 재성이는 "어얼~" 하고 맞을 수밖에 없었다.

“왜 이러세요. 술 취했으면 데려다 주는 대로 가만히 있어야지.”

“야, 임마, 네가 엉뚱한 길로 가니까 그러지. 내가 운전해서 간다. 가 봐, 임마.”

“대리운전비는 주셔야지요.”

재성이는 온몸이 끓어올라서 주먹이 파르르 떨렸으나 애써 참고는 대리운전비를 달라고 하였다. 하지만 그 골뱅이는 아파트 주차장까지 오지 않았다면서 돈 주기를 거부했다. 하지만 재성이도 더 이상 물러설 수가 없어서 버티었더니 12,000원 대리운전비 중에 만 원짜리 한 장을 길바닥에 내던졌다. 재성이는 울컥하는 마음에 눈물이 핑 돌았다. 만 원짜리를 주워 들고는 뒤돌아서 급하게 걸어갔다. 시간이 너무 지체되어서 버스가 끊길 것 같아서였다. 결국 재성이는 버스를 못 타고 택시를 타서 거금 8,000원을 주고는 집에 돌아와야 했다. 그 곤욕(困辱)을 치르고 받은 대가는 2,000원이었다. 하지만 그 2000원도 사무실에 수수료로 내야할 돈이었다.

집에 오자마자 기다리던 아내를 보니 또 눈물이 주르르 흘러내렸다. 아내는 무슨 일이 있다는 것을 직감하고는 위로의 말을 하는데 한마디도 들리지 않고 하염없이 눈물만 흘러내렸다. 그렇게 한참을 눈물을 쏟고 나서 재성이가 조금 전에 있었던 일을 아내에게 말했더니 이제는 아내가 눈물을 흘리기 시작하니, 둘은 서로 부둥켜안고는 흐느껴야 했다.

이때 문을 비긋이 열고 큰딸과 작은딸이 이 광경을 보고는 나오지도 못하고 소리 죽여 울기 시작했다.

"불쌍한 우리 아빠, 흐흐흐흑."

딸 둘은 시험 기간이 얼마 남지 않아 그때까지 공부하고 있었다.

한편,

골뱅이는 여기 큰길에 가끔 음주단속을 나온다는 것을 잘 알고 있었기에 평상시 술을 적게 마셨을 때는 늘 옆길로 뒷길로 돌아서 아파트 후문 쪽으로 들어가곤 했었다.

그런데 지금 대리운전을 시켰는데도 마치 자기가 운전하는 것처럼 착각하고 있었다. 골뱅이는 운전대를 잡자마자 오른쪽 좁은 길로 들어가서 얼마를 가다가 조금 큰길이 나오자 왼편으로 핸들을 꺾어 이십여 미터 갔다. 그때였다. 저편에 차들이 줄을 서서 서 있고 경찰들이 왔다 갔다 하는 모습이 보였다.

골뱅이는 즉시 차를 세우고는 문을 열고 냅다 튀려고 하는데, 어느 사이에 경찰 두 명이 나타나서 양팔을 붙잡았다.

"놔! 이 씨발 놈들아, 왜 사람을 잡아!"

"음주 운전 단속합니다."

"음주 운전. 그래 몇 잔 걸쳤다."

골뱅이가 진짜 정신을 못 차리고 대항을 하고 발길질로 경찰을 걷어차자마자, 수갑이 채워졌고 음주 측정을 하니 면허 취소감이다. 게다가 심하게 반항을 하고 대항을 해서 경찰차에 실려 구치소로 끌려갔다.

경찰들은 들머리 아파트 주민 중에서 음주 운전자들이 큰길을 피하고 옆길로 다닌다는 정보를 입수하고는 날을 잡아서 옆길에서 대대적인 단속을 벌였다.

결국 골뱅이는 벌금 300만 원에 면허 취소를 당했다.

정신을 가다듬은 재성이는 중고차를 사서 이인 일조로 움직여야 한탕이라도 더 뛸 수 있다고 판단하고는 또 일수를 얻었다. 물론 김 기사가 많은 조언을 해 주고 중고차 시장에까지 가서 차를 골라 주었다. 세금과 보험료, 연료비가 적게 드는 경차면 된다고 했다.

이제 일수는 세 개가 되어서 매일같이 몇만 원씩 일수 도장을 찍어야 했는데, 부지런한 아내 덕분에 하루하루 근근이 꾸려나갔다.

3

악덕 고리 사채업자

그러다가 금년 초여름쯤에 괴한 같고 조폭 같은 건달들이 느닷없이 한낮에 가게로 들어왔다. 삼 년 전 언젠가 500만 원을 대출해 갔는데 갚질 않아 이자에 이자가 붙어서 이천만 원이 되었으니 당장 갚으라고 으름장을 놓았다.

재성이 부부는 혼비백산(魂飛魄散)하여 정신을 차릴 수가 없었다. 정신을 차려서 기억을 더듬어 보니 중국집이 안 되어 치킨집으로 바꿀 때 돈이 없어서 오백만 원을 빌려 쓴 기억이 났다. 그때는 점잖게 생긴 남자와 여자가 와서 오백만 원을 빌려주면서 6개월간 거치하고 그 후부터 일시금이나 분할로 갚으면 된다고 했었다. 당시에는 조건이 매우 좋았다. 그런데 6개월이 지나서 백만 원인가를 받아갔는데 그 후로 이 사람들이 나타나질 않다가 삼 년 정도 지나서야 느닷없이 나타난 것이다.

계획적으로 영세업자를 등쳐 먹는 악덕 고리 사채업자이다. 이들은 의자를 하나씩 차지하고는 공갈 협박을 시작했다. 서류를 꺼내 주는데 깨알 같은 글씨로 언제까지 못 갚으면 이천만 원이 되고 또 언제까지 못 갚으면 삼천만 원이 된다고 쓰여 있었다. 당시에 재성이 부부는 이런 조건이 있었는지 읽어 보지도 않고 돈을 빌려준다니까 주마간산(走馬看山) 격으로 쳐다만 보고 지장을 찍었다.

"아이구, 사장님, 부장님, 살려 주세요. 먹고살기 바쁘다 보니 까맣게 잊고 있었네요."

"그럴 수도 있지요. 언제까지 갚을 기요? 이천만 원이면 꽤 큰돈인데."

"아이구, 살려 주세요. 원금이 오백인데 이자가 천오백인가요? 살려 주세요. 지금 입에 풀칠하기도 힘듭니다."

"아, 그거야 송 사장 사정이고, 우리도 먹고살아야 하니까, 어쩔 수 없소. 언제까지 갚을 것인가만 말해요. 기다려 줄 테니."

"당장 어디서 돈이 납니까?"

재성이는 비굴하게 애원을 하고 아내는 옆에 서서 눈물만을 훔치고 있었다.

"사정이 딱하다니까 삼 일 후에 이자 명목으로 백만 원만 준비하세요."

"아이구, 그러겠습니다."

이렇게 해서 악덕 사채업자들이 그날은 물러가고, 재성이가 급전을 빌릴 데는 일수밖에 없었다. 아직까지 일수는 제대로 찍고 있었으니까 백만 원을 가져왔다. 삼 일 후에 건달 같은 두

놈이 와서 백만 원을 받아가면서 서류에 뭐라 뭐라 적고는 재성이 더러 지장을 또 찍으라고 하였다. 재성이는 그게 백만 원을 갚았다는 내용인 줄 알고는 또 읽어 보지도 않고 지장을 찍었다. 내용은 나머지 총 금액을 한 달 후에 갚겠다는 것이다. 하지만 한 달이 지난다고 해서 돈이 생길 리 없었다.

한 달 후,

지난번에 왔던 건달들 네 명이 들이닥쳤다. 점심을 먹던 몇몇 손님들이 깜짝 놀라면서 그냥 나가려고 하기에 재성이는 얼른 나서서 "손님들, 오늘은 그냥 가세요. 다음에 오시면 다시 드리겠습니다."하고 뒤통수에 대고 말하는 수밖에 없었다.

"밖에 있는 썩은 차는 누구 거요?"

"제 차입니다. 야간에 대리운전하고 있어요. 한 푼이라도 더 벌려고."

"하아~ 내 원 참, 그렇게 해선 우리 돈 못 갚아요."

"그럼 어떻게 하면 될까요?"

"어디서 돈을 빌려서 갚으란 말이요."

"지금도 벼랑 끝에 서 있는데 누가 빌려줍니까, 아무도 없어요."

"왜 없어, 일가친척 사돈에 팔촌이라도 찾아다니면서 목숨을 구걸해야지."

이제 놈들의 말투가 점점 거칠어지기 시작했다.

"살 만한 일가친척도 없습니다. 시골에서 혼자 올라와서 겨우 먹고 살다가 이 지경이 되었습니다."

"그럼 우리 돈을 떼먹겠다는 건가? 어엉?"

"아닙니다. 벌어서 갚겠습니다."

"그런데 그게 언제냐고. 이따위로 해서 어느 천년에 갚아. 다른 방법으로 갚아야지."

"예에? 또 다른 방법이 있나요?"

"있으니까 그대로 하시오, 말 안 들으면 여기 가족 네 명은 파리 목숨이니까."

"어서 말씀해 보세요."

"첫째, 군대 간 셈 치고 송 사장이 새우젓 배를 삼 년만 타면 그 돈은 될 것이요.

둘째, 신체 포기 각서를 쓰고 콩팥을 하나 뗍니다. 한 개에 천오백인데 검사비를 빼고 나면 천만 원밖에 안 돼요. 그러니 아줌씨 것도 떼야 이천만 원 됩니다.

셋째, 큰애가 소라여고 3학년 2반이더만, 공부도 잘하고 예쁘장하던데, 얘가 얼마 후에 졸업하면 물 좋은 곳(술집)에 취업시키고 삼 년만 벌면 그 돈을 갚을 수 있을 것이요. 거기도 요새는 사람 대우해 줍니다. 잘하면 한 몫 잡을 수 있소."

"뭐라고요?"

재성이와 아내는 기가 질리고 겁에 질려서 얼굴이 창백해졌다. 아내는 몸을 휘청거리더니 식탁에 엎드려서 소리 내어 흐느끼기 시작했다. 재성이는 치를 떨면서 이놈들을 당장 칼로 찔러 죽이고 싶은 생각이 간절하였으나 실행은 하지 못하고 하염없이 눈물만 흘릴 뿐이었다.

"송 사장, 잘 생각해요. 이번에 또 한 달 기간을 줍니다. 이런 기회를 주는 업자도 우리밖에 없어요. 다른 업자들은 그냥 쥐도 새도 모르게 사람을 빼돌립니다. 여자들 몇 명 없어졌다고 해도 경찰에서 찾지도 않소. 그냥 실종 처리하고 말지. 그리고 또 하나 야반도주할 생각일랑 아예 생각지도 마시오. 우리 조직이 전국에 다 퍼져 있어서 전화 한 통이면 어느 구석에서 얼쩡거리는지 다 압니다. 이러다가 걸리면 네 명 모두 업체로 보내 버립니다. 우리 허락 없이는 한평생 나올 수도 없소. 그러니 잘 생각해서 결정을 내리시오."

이들은 뭐라고 한참을 씨부렁거리더니 재성이 부부가 혼이 달아나 있는 것을 보고는 몇 마디 말을 덧붙이고는 떠났다.

이뿐만 아니라 아파트를 근저당 설정하고 대출받은 곳에는 빨리 갚지 않으면 경매에 들어간다고 좋게좋게 편지로 배달되었다. 말 한마디 없었지만 창칼로 몸을 마구 찌르고 있는 내용이었다.

이렇게 땅을 내놓은 지 3년이 경과된 때이고, 이즈음에 장달이가 예리읍에 왔다가 여기 돌산 집에 오게 된 것이다.

재성이가 이렇게 벼랑 끝에 내몰려서 하루하루를 겨우 연명하고 있다는 사실을 돌산 할아버지가 세세한 것조차 알지는 못했지만, 상당한 곤경에 빠져 있다는 것은 예전부터 알고 있었다. 아파트 할부금을 제때에 갚지 못하여 경매에 넘어간다고 했던 말이 어제오늘이 아니었다. 그래서 할아버지가 근근이 모아 둔 쌈짓돈까지 주었다.

할아버지 내외는 자식이 이렇다는데 제대로 도움도 못 주고 한숨만을 내쉬었다. 할아버지는 한탄하면서 막걸리만 마실 뿐이었다. 물에 빠진 사람을 건져야 하는데, 그렇게 하지 못하고 눈으로 빤히 쳐다보는 격이니 부모의 마음을 천 갈래 만 갈래 찢어질 듯했다.

4

제가 이 땅을 살까요?

“할아버지, 정말 딱하게 되었군요. 그럼 지난 삼 년 동안 땅을 사겠다고 보러 온 사람은 없었나요?”

“없어요. 읍내 복덕방에서도 전화 한 통 없어요. 워낙 외진 곳이라. 사실 쓸 만한 땅이 못되지요. 돌투성이 산이라.”

“그렇겠네요. 시세는 얼마에 내놓으셨나요?”

“시세도 모릅니다. 복덕방에서 알아서 매매해 준다고 했는데 아무도 나타나질 않으니. 죽을 맛이요. 애들 생각하면…….”

“할아버지, 혹시 제가 이 땅을 살 수 있을까요?”

“에엣? 총각이 무슨 돈이 있다고, 이제 막 대학을 졸업했다면서.”

“저는 돈이 없는데요. 아버지가 복덕방을 하시는데 현금 융통을 좀 하십니다.”

“아버지가 크게 복덕방을 하시는 모양이네. 이 땅을 사서 뭐 하려고 그러시우?”

"싼 매물이라면 사두었다가 전매(轉賣)도 하고요. 자리가 좋으면 전원주택을 짓기도 하십니다."

"오호, 이제 천운(天運)이 왔네. 어서 우리 애에게 알려야겠네."

"아이참, 꼭 사겠다는 거는 아닙니다. 아버지가 결정하시는 거라서."

"아니요, 우리에겐 귀인이 찾아온 셈이요."

이러더니 할아버지는 휴대폰을 들어서 전화를 걸었다.

"애비냐?"

"예. 별일 없으시죠?"

"별일이 있다. 그런데 오늘은 대리운전 안 나갔어?"

"예, 오늘 저녁에 친구가 와서 술 한잔했어요. 그래서 못 나간다고 사무실에 전화하고 지금 가게에 있어요."

"으음, 그러냐, 다른 게 아니라 우리 집에 며칠 전에 온 청년이 텐트 치고 있는데 여기 땅에 관심이 있다고 하길래 전화했다."

"예에? 거기 땅을 사겠다고 하나요?"

"꼭 사겠다는 것은 아니고 아버지에게 말해 본다고 그런다. 그런데 여기 시세가 얼마나 가느냐?"

"산과 밭 모두 합쳐서 10만 평이 넘어요. 평당 1만 원씩 10억만 달라고 해 보세요."

"으응, 알았다. 좋은 소식 있으면 전하마."

할아버지는 이렇게 전화를 하고는 장달이에게 그대로 전했다. 십만 평이 넘는데 만 원씩 10억이라고 말한 것이다. 그토록 기다리던 원매자(願買者): 사려는 사람)이 나타나니 느닷없이 과욕이 생긴 것이다.

장달이는 땅 시세에 대해서 잘 모르고 있었기에 잠시 망설이다가 아버지에게 전화했다.

"뭐라고? 그건 외진 곳의 돌산이 10억이라고, 아이구, 말도 꺼내지 말그라. 그냥 쉬었다가 올라오너라."

아버지는 일언지하에 거절했고, 장달이는 그대로 할아버지에게 전했다.

할아버지는 또 재성이에게 전화하려는데 거꾸로 전화가 왔다.

이때 재성이 옆에 아내가 있었는데, 처음부터 문책하다시피 하고 있었다.

"아니, 여보, 어느 상가나 복덕방에서 처음부터 아주 비싸게 부르면 거들떠보지도 않아요. 거기가 돌투성이 산인데 누가 만 원씩 10억이나 주나요. 아무리 돈 많은 부자라도 10억이 어느 개 이름도 아니고, 당장 전화해서 5억이라고 해요. 시세를 잘 몰랐다고 말이에요."

"어엉, 그런가?"

재성이는 급히 할아버지에게 전화해서 시세를 잘 몰랐다고 하면서 5억 정도에 판다고 전하고, 할아버지는 장달이에게 또 그대로 전했다.

하지만 이번에는 장달이가 아버지에게 전화하지 않았다. 시세를 잘 모를뿐더러 여기에 금이 나올지 안 나올지도 모르고, 전원주택을 지었다고 해서 쉽게 분양이 될지 안 될지 몰랐기 때문에 잠시 머리가 혼란스러웠다.

"글쎄요. 제가 결정하는 것이 아니라서, 며칠 있다가 상경하면 아버지랑 다시 상의해 보겠습니다."

"총각, 죽어가는 사람 살려 주는 셈 치고 꼭 매매를 성사시켜 주게."

할아버지가 애원하다시피 했다.

장달이는 할아버지와 몇 마디 더 하다가 텐트로 돌아왔다.

잠시 후에 재성이가 할아버지에게 또 전화를 했다.

"아버지, 그 청년이 언제 간다고 했나요?"

"글쎄다, 며칠 있다가 간다고 했는데 언제 갈지는 몰라."

"저기요. 내일 제가 내려가서 그 청년을 만나서 얘기해 봐야겠어요."

"그래라. 처음으로 사겠다는 사람이 나타났는데, 그 청년은 아무런 주권이 없어. 청년의 아버지가 돈을 쥐고 있어."

"그래도 어느 정도 흥정을 해 놓아야지요. 5억도 비싼가요?"

"난 땅 시세에 대해서 아무것도 모른다. 네가 알아서 해야지. 지금 땅 시세 따질 형편도 못 된다. 당장 벼랑에서 떨어져 죽을 지경이라면서. 헐값이라도 매매가 되면 다행이다."

"그러게요. 제가 내일 내려간다고 청년에게 전해 주세요."

"그러마."

할아버지는 즉시 장달이가 있는 텐트로 왔다.

"내일 우리 큰애가 내려온다고 하네요. 한번 만나서 얘기라고 해 보시게."

"예, 좋도록 하세요. 큰 기대는 하지 말고요."

이때 재성이는 몹시 흥분되어 치킨에 소주잔을 기울이고 있었고 아내 역시 곰곰이 이것저것 따져 보면서 어떻게든 매매가 성사되길 궁리해야 했다. 문제는 돈이었다. 싸게 내놓으면 그 쪽에서 살 것만 같았기 때문이다.

"여보, 이번이 마지막 기회요. 그 깡패 놈들이 우리 진아(큰애, 여고 3)까지 들먹이는 게 예사롭지 않아요. 어떻게든 그 청년을 설득시켜서 매매가 되도록 해야 합니다."

"그 사람은 결정권이 없다는데, 아버지가 돈을 쥐고 있지."

"그래도 그 청년이 어느 구석이라도 마음에 드는 곳이 있으니까 말을 꺼내 봤겠지요. 싼 매물이라면 아버지가 복덕방을 한다니까 임시로 사 두었다가 전매할지도 모르잖아요. 아마 돈 많은 사람이니까 몇 년 묵혀 두었다가 팔 거예요."

"그렇지, 그러면 어떻게 하나, 싼 것도 한도가 있는 것이지, 거저 줄 수는 없는 노릇이잖아,"

“지금 우리 부채를 총 따져 보고, 앞으로 남은 아파트 할부금까지 모두 합하면 2억 정도 되네요.”

“그렇게나 많아? 하이구야, 죽지 않고 살아온 것만도 천운이네.”

“그래요. 사채를 쓰다 보니 이자에 이자가 붙어서 그리되었네요. 여기에 일수니 사채니 은행 빚까지 모두 합한 거예요. 그러니까 산을 팔게 되면 최저 2억까지로 내려봐요. 우리가 빚만 없으면 예전에 중국집 할 때처럼 살 수 있어요. 지금 조각치킨하고 김밥 분식도 이제 자리를 잡았으니 꽤 돈이 됩니다. 아파트 할부금 없게 되면 더 여유가 있지요. 그동안 빚에 눌려서 그렇지 많이 벌은 셈이에요. 그리고 당신이 아직 몸 성할 때 대리운전이라도 더 하면 그만큼 부수입이구요.

진아도 공부 잘하니까 무조건 장학금 준다는 대학교로 진학하면 과외 알바를 해서 제 앞가림을 할 것이라고 합니다. 그러니 물에 빠진 사람 지푸라기 잡는 심정으로 그 청년에게 매달려 봐요. 아마 들어줄 것 같아요. 그 사람 아니면 이제 우리 가족은 뿔뿔이 흩어져서 어떻게 살아남을지 모르잖아요. 그 깡패 놈들이 그냥 둘 리가 없지요. 그런 놈들 간간이 뉴스에도 나오잖아요.”

재성이 아내가 지혜롭게 조언을 하니 재성이는 그저 고개만 끄덕이고 있었다.

“맞아, 당신 말이 맞아, 빚만 없으면 예전 중국집 할 때처럼 살아갈 수가 있어. 돈도 더 벌 거야. 일단 내일 내려가서 타협해 봐야지."

"그래요. 그게 제일 빠른 방법이에요."

"내가 제갈량 같은 아내를 두어서 살아남을 모양이네. 허허허."

"제갈량도 유비 같은 사람이 있어야 진가를 발휘한답니다."

"그러네. 하하하."

"호호호, 그러니 기운 내세요."

둘은 입은 웃고 있었지만, 눈가에 눈물이 맺히기 시작하였다.

다음 날 새벽에 재성이는 아침도 먹지 않고 돌산으로 출발하였다.

장달이는 아침을 먹고 잠시 쉴 겸 텐트에 들어와서 노트북을 켜고 검색도 하고 동영상도 보면서 시간을 보냈다. 그렇게 무료하게 한 시간 정도 보내고 스르르 잠이 몰려와서 침낭에 들어가려는데 밖에서 차 소리가 났다.

분명 큰아들이 벌써 내려온 모양이었다. 장달이는 다시 일어나서 비긋이 텐트 입구를 열어 보니 폐차 직전의 소형차가 있고 자그마한 키의 남자가 할아버지와 대화를 하고 있었다.

곧바로

"총각, 총각."

하고 할아버지가 부르는 소리가 났고 장달이는 텐트 밖으로 나갔다.

"안녕하세요. 어제 전화했던 큰아들입니다."

"예, 일찍 내려오셨네요."

"예, 중차대한 일이라 만사 제쳐 두고 일찍 내려왔습니다."

큰아들은 그동안 몸고생 마음고생이 많아서인지 나이보다 훨씬 겉늙어 보이고 피곤에 지친 모습이 역력하였다. 40대 중반이라고 들었는데 할아버지 같은 몰골이었다.

"여기 땅에 관심이 있다고 해서 일부러 내려왔지요. 땅이 어디부터 어디까지인지 잘 모르실 것 같아서요."

"예, 그냥 쪼금 관심이 있어서 할아버지에게 물어보기만 했어요. 꼭 산다는 것이 아니라."

"마음에 들면 흥정을 해야지요. 나와 함께 어느 정도인가 봅시다."

재성이는 자리에 앉지도 않고는 장달이를 데리고 먼저 왼쪽으로 갔다. 그 쪽이 돌부리 바위로 올라가는 길이 있는 곳이었다.

"여기 이쪽에 있는 골짜기부터 시작됩니다."

그다음 오른편 그러니까 버스 종점에서 여기 돌산 집으로 들어오는 방향으로 걸어갔다. 그쪽에는 밭으로 연결되어 있었는데 그 밭의 끝까지 갔다. 밭으로 보면 꽤 넓었다.

"여기 밭 위에 오목하게 들어간 골짜기까지입니다. 위로는 산 능선까지이고요."

이러면서 돌을 주워서 땅에다 그림으로 표시하는데 전체적으로 볼 때 윗변이 작은 사다리꼴 모양이었다.

"그럼 여기 이 밭도 할아버지 소유인가요?"

"이 밭은 아니고 밭 위의 산부터입니다. 저기 중간부터는 우리 밭이지요."

그렇다면 사다리꼴 모양에서 오른편의 귀가 떨어져서 버섯 모양의 땅이었다.

"하이고, 진짜 중요한 데가 여기 옥수수 밭 자리인데 어째서 여긴 남의 땅인가요?"

"총각, 저번에 말했듯이 거기가 오래전에 다른 사람이 살던 자리요. 지금은 밭만 남아서 내가 부쳐 먹고 있다오."

따라다니던 할아버지가 설명했다.

"만약 이 땅을 매입한다면 이 앞으로 전원주택을 지어 보려는 것인데 남의 땅이라면 위쪽 산도 아무 소용이 없게 됩니다. 저기 할아버지 소유의 밭처럼 되어 있어야지요."

장달이가 나름대로 분석해서 답변을 했다. 이에 재성이와 할아버지는 놀라는 눈치가 역력하였다. 장달이 말이 사실이었기 때문이다.

"이 땅 주인도 내놓은 지 아주 오래되었어요. 그냥 놔두면 산 된다면서 날더러 그냥 부쳐 먹으라고 해서 농사지었지요. 얘(큰아들 재성)가 어릴 때 이사 갔으니 수십 년 되었지요. 아마 팔라면 헐값에 내놓을 것입니다. 우리 땅과 함께 매매가 될 수도 있지요."

할아버지가 급하게 부연 설명하였다. 하지만 현실은 그 땅을 제외하고는 할아버지 소유의 산과 밭의 땅이 귀 떨어진 땅이었다.

"이 선생님, 전원주택을 짓는다면 여기 귀 떨어진 땅 때문에 흠이 되겠네요."

재성이는 급격히 안색을 바꾸면서 장달이를 이 선생님이라고 불렀다.

"예, 그게 좀.……마음에 걸립니다. 말씀 낮추셔도 됩니다. 괜찮아요. 그리고 제가 매입할 돈이 없어요. 아버지가 결정하시는 것이라서."

"예, 그런 줄 알고 있습니다. 한 번만 더 전화해서 4억에 매매한다고만 전해 주세요. 부탁입니다."

5억이 4억으로 내려갔으나 장달이가 계속 머뭇거리면서 망설이니까 한 번만 더 전화해 달라고 굽신거리면서 부탁을 하고 할아버지 역시 부탁을 하였다.

장달이는 할 수 없이 스맛폰을 꺼내서 옆 사람이 다 들리도록 스피커 폰으로 설정했다.

"아버지, 접니다."

"왜? 거기는 쓸모없다니까."

"아이참, 여기 큰 아들이 왔는데 사정이 아주 딱합니다. 4억으로 내렸는데요. 한 번 보시기나 할 테요?"

"그런 땅은 어디다 쓸 데가 없어. 돌산이라던데 돌은 단단하더냐? 돌이 단단하면 채석장으로라도 팔아먹을 텐데."

"그렇게 단단한 돌은 아니에요. 그냥 막돌입니다. 너덜겅도 여러 군데 있고."

"아 그런데 뭐하려고 집적대, 그냥 쉬다가 와, 시달리면 그냥 올라오던지."

"아버지, 폰카로 사진을 보낼 테니 한 번 보세요. 여기 할아버지 큰아들이 큰 곤경에 처해 있다고 합니다."

"정신 차려라. 몇억이 애들 이름이냐? 푼돈이 아니야. 남의 집 사정 봐준다고 덜렁 퍼 주면 집 꼴은 어떻게 되겠냐?"

아버지가 조금 큰 목소리로 훈계하니 재성이와 할아버지는 숨도 제대로 못 쉴 지경이어서 가슴이 답답하니 막혀왔다.

"아무튼 사진 보내봅니다."

이렇게 해서 장달이는 전화를 끊고 폰카로 찍어 두었던 사진 여섯 장을 아버지에게 보냈고, 곧바로 아버지에게 전화가 왔다.

"야, 장달아, 두말 말고 그냥 올라오거라. 입지는 좋다. 북으로 산이 있고 앞에 개울도 있어서 좋긴 좋다. 하지만 전원주택지로 좋다고 해도 큰길과 대도시와의 접근성이 너무 떨어져. 전원주택에 사는 사람들이 대개가 돈 많은 은퇴자들인데 그네들은 큰 병원이 있는 대도시 근처에서 살아야지, 그렇게 너무 외딴곳에는 안 살아."

"예, 그러네요. 생각해 보니……."

이렇게 전화를 끊으려 하자, 재성이가 큰 소리로 "사장님, 3억 오천에 내놓겠습니다. 이 땅 꼭 팔아야 합니다. 물에 빠진 사람 구해 주세요." 하고 거의 울먹이는 소리를 내었다.

이에 장달이 아버지는 깜짝 놀라면서

"장달아, 무슨 일 있냐?"

"예, 사정이 아주 딱하게 되었어요."

"으음, 일단 올라와라. 올라와서 자초지종을 알아보자, 언제 올래?"

"그럼 내일 올라갈게요. 오늘 또 한 군데 산에 올라갈 일이 있어서요."

"그래라, 안전운전하고."

더 이상 설명할 것도 없었다. 전화 소리가 다 들렸으니까.

"할아버지, 다 들으셨지요. 일단 제가 내일 올라가서 아버지랑 상의해 보겠습니다. 그런데 아버지가 내려오신다고 해서 성사된다는 보장은 없습니다. 오히려 여기 귀 떨어진 땅 때문에 더 어려울 수도 있어요."

"아, 총각, 그건 걱정 말아요. 내가 박 영감에게 전화해서 헐값에 같이 매도할 테니."

"그러면 좋겠지만 가외로 돈이 또 들어가잖아요."

"글쎄, 그 영감이 아주 헐값에 내놓는다고 했어. 그냥 놔두었다가 야산이 되면 똥값이라고 말이야, 지금은 싸도 밭 값은 받을 테니까. 걱정 말아요."

"이 선생님, 간곡히 부탁드립니다."

재성이는 나이 어린 장달이에게 굽신거리면서 애원을 했다. 장달이는 이 자리에 있기가 마음이 불편하여 할머니에게 주먹밥을 싸 달라고 해서 위쪽 산으로 올라갔다.

할머니는 부엌에 들어가 있고, 할아버지와 재성이는 마루에 걸터앉았다.

"박 영감에게 전화할까? 지금 땅을 매매하려고 한다고 말이야."

"아버지, 선불리 그런 전화 먼저 하지 마세요. 지금 전원주택지로 명당자리가 박 영감네 밭하고 우리 밭하고 여기 집뿐입니다. 뒷산은 아무 소용도 없어요. 자칫 잘못하다가는 박 영감네 땅만 사고 우리 땅은 안 살 수도 있어요. 덩어리도 크고 액수도 크잖아요. 박 영감네 밭이 몇백 평인가 몰라도 평당 3만 원씩만 받아도 총금액이 훨씬 적잖아요."

"네 말 듣고 보니 맞는 말이다. 그 영감네 밭이 900여 평이 조금 넘는다고 한 것 같아. 천 평은 안 된다고 분명히 들었다."

"거 보세요. 천 평이라고 해도 삼만 원이면 삼천만 원밖에 안 되는데, 노른자 같은 땅만 사도 삼천만 원인데 우리 땅을 뭐하러 삽니까. 가만히 계시다가 우리 땅이 완전히 팔리면 연락하세요. 그러면 아버지가 없으면 누가 더 이상 거기다가 농사지을 사람도 없으니 여기 이 선생에게 아주 헐값에 팔 것 같아요. 그러면 꿩 먹고 알 먹고이지요."

"허허허, 말로는 그렇다만 우리 땅을 살지 모르겠다."

"꼭 팔아야 합니다. 지금 집 꼴이 말이 아니어서 진아(큰 손녀, 여고 3학년)까지 들먹입니다. 가정 파탄 직전입니다. 시세를 더 내려서라도 사도록 해야 합니다."

"뭐여? 어떤 놈들에게 걸려들어서 그런 흉악한 말까지 내뱉는단 말이냐. 여기 매매 안 되면 내가 갈 때까지 그냥저냥 살려고 했는데."

"안 됩니다. 아버지, 꼭 성사되어야 합니다."

"에휴, 이런 꼴이 나다니."

재성이는 애간장이 다 녹아 없어지는 듯하고 할아버지도 속이 타들어 가는 듯이 땅이 꺼라 한숨만 푹푹 내쉬어야 했다.

재성이는 근심 걱정 속에 할머니가 차려 주는 점심을 먹고는 낡은 차를 타고는 곧바로 떠났다.

장달이가 산 중턱쯤 올라갔을 때 아래에서 차 소리가 나길래 쳐다보니 낡은 고물차가 떠나고 있었다.

'아이참, 내가 괜히 말을 꺼냈나. 여기 뭐(금)가 있다는 확신도 없고, 아버지에게 말씀드려봤자 살 의향은 없으실 것 같은

데. 이거 정말 난감하네.'

장달이가 넓적돌에 털썩 주저앉으면서 고민에 빠졌다.

장달이는 마음이 어수선하여 산세를 살펴보지 못하고 여기저기 돌아다니다가 오후 서너 시경에 내려왔다. 저녁을 먹고 장달이는 늘어놓은 짐을 대략 큰 가방에 챙겨놓았다.

다음 날,

아침을 먹은 장달이는 텐트를 접고 짐들을 모두 꾸려서 차에 실었다. 할아버지와 할머니는 그사이에 정이 들었는지 매우 서운해하면서 꼭 서울에 가서 아버님께 말씀 잘 드려서 일이 성사되도록 도와 달라고 부탁을 또 했다.

할아버지 식구들이 이렇게 매달리니 장달이의 마음도 편치 않았지만 어쩔 도리가 없어 서울로 향하였다.

쉬면서 오다 보니 점심때가 넘어서야 아파트에 도착하여 전화를 걸었다.

"아버지, 지금 집에 도착했어요."

"으음, 그러냐? 오후에 뭐하려고?"

"그냥 쉬려고요."

"점심은 먹었어?"

"아뇨, 먹어야지요."

"그럼 집에서 점심 찾아 먹어. 라면도 있어. 한잠 자고 나와 보거라. 네 말 좀 들어 보자."

"예, 그렇게 하겠습니다."

장달이는 제일 손쉬운 라면을 끓여 먹고는 곧바로 낮잠에 빠졌다. 학교를 졸업한 이후로 낮잠은 이제 필수 일과가 되다시피 하였다.

장달이는 오후 다섯 시가 다 되어서 엄마와 아버지가 계신 복덕방 사무실에 나타났다.

장달이는 그 집안 사정을 대강 말씀 드리고 돌산에 관해서도 본 대로 느낀 대로 말씀드렸다.

"듣고 보니 사정이 아주 딱한 모양인데 그 아들(재성)이 주색에 빠지거나 노름에 미쳤던 것은 아니더냐? 아니면 경마에 탕진했다든지."

엄마가 먼저 물었다.

"아니에요. 아주 성실한 사람이에요. 혼자서 상경하여 중국집을 시작했다는데, 바로 코앞에 대형 중국 음식점이 생기면서부터 가세가 기울기 시작했답니다. 그래서 치킨집을 시작했는데 이번에는 대형 체인 치킨집이 생기고 그러다 보니 금고에서 대출을 받고, 다음엔 일수도 쓰고 사채도 쓰기 시작했다는데 악덕 고리 사채업자에게 걸려든 모양이에요."

"형편이 어려운 사람들이 그렇게 되기 십상이지. 그래서 그게 얼마나 된다는데?"

아버지가 물었다.

"잘은 몰라도 억대가 넘는 모양입니다. 지금 파산 직전이래요. 가정 파탄 난다고 하네요. 큰딸이 여고 3학년인데 얘가 졸업하면 술집에 팔아넘긴다고 협박하는 모양입니다. 공부도 잘한다고 하던데요."

"뭐어? 인간 말종들에게 걸려들었구나. 그런 놈들이 실제로 있다고 하더니, 이를 어쩌나."

엄마가 안타깝다고 말씀을 하셨다.

"지금 말이 아닌 모양이에요. 새우젓 배를 타라느니, 신체 포기 각서를 쓰고 콩팥을 떼서 팔라느니 공갈 협박이 대단한 모양입니다."

"저런, 저런, 딱하게 되었다만 몇억이 푼돈도 아니고 큰일이구나."

장달이 부모님은 크게 공감을 하면서도 선뜻 땅을 사겠다는 결정은 못 했다. 3억 오천이란 돈은 부자에게도 큰돈이었기 때문이다.

"그럼, 넌 거기서 뭐라도 찾았냐? 금 찾으러 돌아댕긴다더니만."

"찾는 중이에요."

"뭘로, 흔들거리는 추로 찾아?"

“지금은 그게 아니라 지도를 보고 찾고 있어요, 거기가 고지도에 진금산(眞金山)으로 되어 있는 것 같은데 요즘 지명은 석산(石山)입니다. 산에 몇 번 올라가서 확인해 보니 산세가 맞는 것 같은데 뭐하나 확신이 서는 것은 없네요.”

“그럴 테지, 금덩이가 있었다면 수천 년 동안 그냥 있을 리가 없지, 왜놈들이 파가기 전에 아마 다 거덜 났을 거다.”

“하하하, 그럴지도 모르지요. 하지만 엄마 말씀대로 철기 시대 초기엔 금은 물러서 아무짝에도 쓸 수가 없어서 버려졌을지도 모릅니다. 그러다가 쇠돌이 더 이상 안 나오면 마을이니 대장간이니 모두 없어졌을 테지요.”

“그래라 좋게 생각해라. 그럼 그 땅에 전원주택을 지으면 타산이 맞겠더냐?”

“잘 모릅니다만 위치는 좋아요. 대도시와 너무 멀리 떨어져 있긴 하지만 차 타고 이십여 분이면 읍내도 가고, 읍내에도 웬만한 병원은 다 있어요. 극장도 있고, 고등학교까지 있어 살 만한 동네입니다. 오일장도 열리더군요.”

“으음, 그럴 테지. 우리가 예전에 살던 읍내도 그 정도는 되었으니. 그나저나 큰 고민이다.”

“한번 내려가 보실래요? 바람 쐴 겸.”

“그럴까? 여보 어떻겠소, 그냥 구경 겸 나서 볼까?”

“갔다가 그냥 오기 어렵겠네요. 땅을 못 사도 적선하는 셈 치고 도와줘야지.”

"허허 참, 그도 그러네. 가만히 있는 것이 정답이네."

장달이 엄마 아버지도 선뜻 나서질 못하고 있었다.

"거기 집 뒷산에 올라가면 돌부리라는 큰 바위가 있는데 거기가 조망이 아주 좋아요. 거기에다 정자를 지으면 최곱니다. 그리고 아버지가 전에 말씀하시길 돈을 땅에 묻어 두면 은행 이자보다는 낫다고 하셨잖아요."

"으흠, 그랬지. 금리가 워낙 낮으니. 요즘은 더해 거저먹으려고 해. 대출받을 때는 받아먹을 것 다 받아먹으면서."

"그러니까 엄마 아버지가 저랑 함께 내려가 보시지요."

"하아 참, 내려갔다가는 그냥 못 올 것 같아서 그런다. 처음부터 안면 몰수하면 몰라도."

"……."

장달이도 이제 더 이상 드릴 말씀이 없었다.

장달이는 몇 마디 더 하다가 마침 친구에게 전화가 와서 만나고 집에 들어가겠다고 하고는 사무실에서 나왔다.

부부는 몇 마디 더 이야기를 나누었지만 이러지도 못하고 저러지도 못하였다. 다만 그런 돌산이라도 잡아 두면 은행 이자보다는 나을 것 같은데 그게 몇 년 후라도 팔릴지는 예측할 수가 없기 때문이다.

그날 밤도 부부는 이러저러한 이야기를 하다가 장달이가 한 말이 문득 생각났다.

여고 3학년 학생을 졸업 후 술집에 팔아넘긴다는 말이 가슴에 걸렸다.

"여보, 진짜 그놈들이 그런 흉악한 짓을 할까요?"

"하지, 왜 못해. 백주 대낮에도 부녀자 납치해서 팔아먹기도 했다고 전에 뉴스에도 나왔잖아."

"에구, 불쌍해라. 그 밑에도 여고 1학년이라는데. 이를 어째, 불쌍해서, 걔들만이라도 구제할 수 없을까요?"

"어떻게 걔들만 구제해, 가족 전체가 시달리는데. 아까 장달이가 그러잖아, 콩팥을 떼라고. 그것도 실제로 있는 거야. 휴게소에서 파는 주간신문 봐봐. 일요신문, 사건 25시 같은 데에 가끔 나오잖아. 그리고 콩팥 산다고 공중화장실에 스티커 붙여 놓고, 불법이지만 이런 게 있다고."

"아이구, 흉악한 세상이네. 그냥 없는 셈 치고 사 두었다가 되팔면 이자라도 나오지 않을까요?"

"글쎄, 나도 그 생각했는데 몇 년 지났다고 해서 그런 돌산을 누가 산다고 나서겠어? 우리가 전원주택이라도 사서 분양하면 몰라도."

"장달이는 전원주택지로는 최적지라고 하잖아요. 거기 산 중턱에다 정자를 지으면 잘 될 것도 같아요. 잘하면 두 채 지어서 팔면 한 장(1억)은 떨어질 것 같은데요."

"아~ 그건 최고로 잘 되었을 때 얘기지. 전원주택도 안 팔려서 문 걸어 두고 흉가처럼 되어버린 곳도 많아."

"그러네요. 아이구, 이를 어쩌나, 불쌍해서. 가정 파탄 난다는데."

"한 번 더 생각해 봅시다."

또 여러 말을 나누었지만 뾰족한 대답은 없었다.

그날 밤, 장달이 엄마는 보지도 못한 어린 여학생이 마음에 걸렸다.

"우리가 벼락부자가 된 것은 선행을 하라는 뜻인데."

이런 생각이 들고, 장달이 아버지도 결정은 하지 못한 채 딱한 생각만 들었다.

다음 날, 새벽이었다.

해맑은 여학생 두 명이 장달이 엄마에게 나타났다.

"사모님, 우리를 살려 주세요."

"살려 주세요. 도와주세요."

깜짝 놀라서 깨어 보니 꿈이었다. 불쌍한 생각을 하다가 잠이 들었는데 새벽꿈에 나타난 것이다.

사실 그때에 재성이 부부와 딸들은 이런 내용을 알고는 간절히 빌고 또 빌고 있었다. 시골 땅이 팔려야 살 수 있다는 것을 알고 있었기에 너무나도 간절하였는지 장달이 엄마의 꿈에 나타난 것이다. 진아(큰딸)는 이제 수능이 몇 달 남지 않았는데 집이 이런 꼴이니 공부도 제대로 될 리가 없었다.

“여보, 아무래도 나 혼자라도 내려가 봐야겠어요.”

“어딜? 장달이가 있었다는 돌산을?”

“예, 방금 꿈까지 꾸었어요. 생면부지의 어린 딸 두 명이 나타나서 살려달라고 합디다. 당신이 가기 싫다면 나 혼자라도 가서 어떻게든 이번 고비를 융통이라도 시켜 주겠어요.”

“하이 참, 자선 사업가 나셨네.”

“아니에요. 이번에는 자선 사업이라도 해야겠어요. 장달이가 전국을 떠돌면서 거기까지 간 게 예사롭지 않고, 그리고 옛날 지도에 나왔다는 산과 지금의 산세가 비슷하다고 하잖아요. 이도 저도 안 되면 사 두어도 이자는 나올 겁니다. 내려가 보겠어요. 장달이 차 타고,”

“또 고집 피우네. 정 그렇다면 장달이 차 타고 가 봅시다. 언제 가?”

“오늘 일요일이라 예식장에 갈 일이 있잖아요. 내일 월요일에 가 봅시다. 장달이도 별 할 일 없을게요.”

“그럽시다.”

결국 부부는 월요일 날 내려가 보기로 하고, 아침에 장달이에게 말했더니 장달이는 즉시 할아버지에게 전화해서 월요일 점심 전에 내려가 보겠다고 전했다.

월요일 11시경에 장달이와 부모님은 돌산 할아버지네에 도착했다.

거기엔 할아버지 내외와 큰아들 내외가 마치 시종이 왕을 영접하듯 기다리고 있다가 공손히 인사를 하면서 이들을 기다렸다.

첫 인사부터 이러니 장달이 부모님은 서로 얼굴을 마주 보면서 얼떨떨했다.

"어서 오세요. 먼 길 오시느라고 피로하실 테지요."

"아, 예. 아들 덕분에 이런 산골도 와보네요."

할아버지 내외는 피로에 좋다며 꿀물을 타 와서 장달이 가족에게 권하여 각자 한 잔씩 마시고는 재성이가 먼저 운을 떼었다.

"아드님에게 말씀 들으셔서 아시겠지만 지금 저희가 곤경에 처해 있어서 급매물로 여기 산과 밭을 매도하려고 합니다. 사장님께서 살펴보시고 매입해 주시길 바랍니다."

아들이 매우 송구스러운 표정을 지으면서 마치 죄인인양 입을 열었다. 옆에 서 있던 아내를 보니 마치 조선 시대 여자처럼 티 없이 착하게만 보였는데 그동안 생활에 찌들어서 그런지 어딘지 모르게 그늘져 있었다. 그 모습을 본 장달이 엄마가 또 측은한 생각이 들었다.

"저렇게 곱상하게 생긴 사람이 지금 늪에 빠진 격이다."

예전에 서울에 와서 나무집에 살면서 떡볶이 장사를 하던 시절이 문득 생각났다.

아들도 키가 좀 작아서 그렇지 밉상은 아니었는데 워낙 고생을 많이 해서 할아버지 같은 분위기였다. 작은 체구지만 단단해 보이는 골격이었다.

"얘기는 들었기에 바람 쐴 겸 나와 봤습니다. 우리 애가 전원주택지로 적합하다고는 하는데 큰 도시와 너무 멀리 떨어져 있어요. 도로도 좋지 않고."

"차만 있으면 읍내도 금빙 갑니다. 한번 살펴보시지요."

할아버지와 아들은 장달이 식구들을 데리고 지난번처럼 산의 경계를 설명하였다.

"아버지, 저 위쪽에 보이는 커다란 바위가 돌부리 바위예요. 거기다가 정자를 세우면 운치가 있을 것 같아요."

"아, 그럼요. 거기가 조망이 아주 좋습니다."

할아버지가 얼른 맞장구를 쳤다.

"거기까지 올라가기 어려울 텐데."

"작은 포클레인으로 며칠이면 됩니다. 경사진 곳에 두어 군데 있는데 지그재그로 길을 만들면 사륜 오토바이도 충분히 올라갈 수 있어요."

"으음, 그럴 것도 같다만, 어째 산이 나무는 별로 없고 돌투성이다. 그래서 돌산인가 보다."

"예, 그래서 돌산으로 이름이 붙은 모양입니다. 밤나무는 더러더러 있어요. 참나무, 아카시아 나무도 있고요."

"가꾸지 않아서 그렇지 유실수를 심으면 잘 클 겁니다."

아들이 재빨리 대답했다.

이어서 입구 쪽으로 가서 또 산 경계를 설명하는데, 문제가 생겼다. 바로 다른 사람의 소유지인 밭이었다.

"아니, 여기 옥수수 심은 밭은 다른 사람소유라고? 그럼 저 위 땅은 맹지가 되는 게 아닌가?"

맹지(盲地)는 도로에서 멀리 떨어진 땅으로 별 효용이 없는 땅을 말한다.

"아이고, 사장님, 그 땅 내놓은 지 수십 년은 되었습니다. 여기 땅 팔리면 거기도 즉시 살 수 있어요."

할아버지가 다급하게 말씀하시었다.

"요즘 시골 사람들도 영악해서 외지인 들어오면 자기네 땅 근처도 못 지나가게 울타리를 치고 훼방을 하는 수가 많습니다."

"이 사람은 그런 사람 아닙니다. 제가 전화번호도 알아요. 이사 갈 때 땅 그냥 내버려두면 황무지가 되어서 시세가 나가지 않는다고 그냥 밭으로 부쳐 먹고 있으라고 했습니다."

"맞습니다. 여기 찾아오지도 않아요. 저 멀리 부산 어딘가에 살고 있답니다."

"사장님, 제 말씀이 맞아요. 그 영감도 지금 궁색해서 이걸 팔아서 생활비하고 병원비라도 하려고 합니다."

"그럼 이걸 먼저 사놓아야 저 위쪽 땅이 맹지가 되지 않겠는데요."

부동산을 많이 취급하신 장달이 아버지가 이렇게 말을 하니 아들 내외는 기겁하다시피 한다.

"사장님, 제가 맹세코 이 밭도 싸게 살 수 있게 하겠습니다. 우리 아버님이 하시는 말씀이 허언이 아닙니다. 진짭니다."

이런 대화가 오가니 아까까지 순조롭게 돌아가던 상황이 갑자기 급브레이크가 걸린 셈이었다.

"사장님, 여기 밭이 구백 평은 넘고 천 평은 안 된답니다. 그러면 이 밭을 매입하는 만큼 빼 드리겠습니다. 3억에 내놓겠습니다."

아들이 이 말을 하고는 갑자기 털썩 땅에 무릎을 꿇고는 거의 울다시피 애원을 하기 시작했다. 이러니 옆에 있던 그의 아내와 할아버지 할머니도 다들 무릎을 꿇고는

"이 땅을 사 주셔야 합니다. 집안이 파탄 납니다."

이렇게 애원을 하면서 아예 흐느끼기 시작했다.

이에 장달이는 물론이고 장달이 부모님은 크게 놀랐다.

"아니, 왜들 이러십니까. 일어서세요. 어서 일어서요."

이제까지 많은 부동산 거래를 하면서 딱한 사정에 처한 사람들도 보아왔지만, 지금처럼 어른이나 할아버지, 할머니까지 무릎을 꿇고 땅을 사 달라고 애원을 한 적이 없었다.

하지만 그들은 좀처럼 일어서질 않고 울면서 애원을 했다.

이 땅을 사주셔야 합니다.
집안이 파탄납니다.

마침내 장달이와 부모님이 팔을 붙잡으면서 일어서라고 위로를 해서야 겨우 일어섰는데 흐느끼기는 여전하였다.

장달이 부모는 너무나 놀라고 황당해서 장달이를 데리고 잠시 자리를 피해야 했다.

“왜들 저러신다니, 어렵다 어렵다 해도 너무 황당하다.”

“지금 실정이 그래요. 불쌍해요. 건달 깡패들이 한 달 기간을 주었답니다.”

“뭐를? 고리채 갚으라고?”

“예.”

“안 갚으면 딸을 데려간다는 거지. 아니면 콩팥을 떼든지.”

“예, 그렇게 협박을 하는 중이에요. 그거 말고도 다른 사채도 몰리고 일수도 있고, 아파트도 경매에 들어간다고 편지가 온다고 합니다. 너무 불쌍해요.”

“하이 참, 이를 어쩌냐. 낮술이라도 한잔 마셔야겠다.”

장달이 아버지가 땅이 꺼지라고 한숨을 푹푹 쉬고 엄마는 안타깝고 불쌍해서 어쩔 줄 몰라 했다. 장달이는 어떻게든 이 땅을 매입해서 그들을 도와주고 싶지만 아무런 주권이 없기에 땅바닥만 쳐다보고 있었다.

“아버지, 술 한잔하실래요?”

“술 있어?”

"예, 맥주하고 막걸리 있어요. 지난번에 제가 사다 놓은 것입니다."

"그래? 잘 되었다. 맥주 한 병 가져오너라."

장달이는 급히 부엌 쪽에 있는 냉장고를 열고 맥주 한 병과 마른안주를 꺼내 왔다.

아들이 나서면서 "제가 사장님께 한 잔 올릴까요?"하고 묻기에 "아닙니다."라고 답변하고는 들마루로 왔다.

장달이가 얼른 맥주 한 잔을 따라 드리고 캔으로 된 마른안주를 따서 드렸더니 매우 좋아하셨다. 아버지는 연거푸 두 잔을 마시고는 "아이고야, 속이 타던 게 조금 꺼졌다."라고 겸연쩍게 말씀하시었다.

"그래요? 나도 한 잔 주시구려."

엄마도 한 잔 하겠다고 나서자 장달이가 또 재빨리 한 잔 따라드렸다.

"입안이 바싹 말랐는데 좀 풀어지네요. 장달아, 너도 한 잔 할래?"

"아닙니다. 운전해야지요."

"그래, 조금 참아라. 아마 네 속도 탈 거다. 부동산 매매하러 여러 군데 다녀봤지만 이런 경우는 처음이다."

"그러실 겁니다. 땅을 보는 게 아니라 사람을 보고 결정을 해야 하니까요."

"호호호, 네 말이 맞다."

"맞는 말이다. 장달이가 말솜씨가 많이 늘었네. 허허허."

이러는 사이에 부엌에서 점심 준비를 한 모양이었다. 장달이네는 원래 여기를 둘러보고는 읍내에 나가서 점심을 먹을 요량이었는데 상이 차려진 것이다.

제사상에 쓰이는 커다란 교자상에 상차림이 되었고 할아버지와 아들이 둘이서 맞잡고는 들마루로 옮기고 있었다. 한눈에 보아도 잔칫상이다.

"아이고머니나, 점심을 주시려면 보리밥이나 한 그릇 주시지 이게 웬 잔칫상인가요?"

"에구, 이를 어째, 신세를 져도 너무 지네."

두 분이 어쩔 줄 모르고 장달이 역시 두 눈을 휘둥그레 떴다. 잠시 후에 알게 된 내용이지만 음식 솜씨가 좋은 며느리가 미리 준비해 가지고 와서 상차림을 한 것이다. 할머니가 갓 지은 밥, 김치, 각종 산나물, 닭볶음탕에다 며느리의 요리까지 미리부터 계획하고 있었다. 그만큼 이들은 장달이 식구에게 매달려 있었다.

"할아버지, 이거 너무 과해서 먹을 수가 없네요. 우린 돌아가다가 읍내 식당에서 백반이나 사 먹고 가려는데, 이렇게 하시면 너무 부담됩니다."

"아닙니다. 총각이 여기 있을 때부터 우리 내외가 신세를 많이 졌어요. 냉장고에 있는 것들이 죄다 총각이 사다 놓은 것입니다. 부담 갖지 말고 맛있게 드세요. 며느리 손맛이 안식구보다 좋아요. 어서 드세요. 식기 전에."

"아무리 그래도 그렇지, 너무 과합니다. 그럼 같이 드세요. 이거 반의반도 못 먹겠네요."

"아닙니다. 우리 식구들은 별도로 상차림 있습니다. 마음 편히 식구끼리 드세요."

할아버지는 이렇게 말씀을 하시고는 마루 쪽으로 가셨다. 거기에도 벌써 상이 올라와 있었다.

"하이 참, 초면에 너무 신세지는데."

"그러게요."

장달이도 어안이 벙벙하여 말대답도 제대로 못 하였다.

장달이 엄마는 젓가락으로 이것저것 몇 점 먹어 보고는 맛이 좋다고 감탄을 했다.

"아이그, 이렇게 착한 사람들이, 사주팔자가 사나워서 사경을 헤매는구나."

나이로 보면 장달이 부모보다 기껏해야 칠팔 세나 오륙 세 정도 아래로 보이는데, 장달이 부모는 지금 생사여탈권을 쥐고 있는 염라대왕의 위치에 있는 모양새이고, 할아버지 내외와 아들 내외는 없는 죄를 뒤집어쓰고 처분만을 바라고 있는 실정이었다. 장달이 부모의 결정에 따라 천국으로 갈 수 있고, 지옥으로도 갈 수 있게 된 것이다.

장달이 엄마는 이러저러한 생각에 마음이 착잡해져서 마음 편하게 음식을 먹을 수가 없었다. 돈 때문에 지금 벼랑 끝에 서 있다는데 일부러 이런 음식을 준비하느라 얼마나 많은 돈이 들었을까. 이런 생각이 오락가락했다.

장달이 아버지는 음식 맛이 썩 좋다면서 맥주와 곁들여서 잘 먹고, 덩달아서 입이 짧은 장달이도 골고루 음식 맛을 보았다. 맛만 보아도 배가 불렀다. 그만큼 찬의 종류가 많았다. 생전 처음 먹어 보는 음식도 있었으나 이름이 무엇인지 물어보지는 않았다.

점심을 먹고 난 후, 장달이 부모는 아직 이 땅을 매입하겠다는 확답을 하지 못하였다.

할아버지 식구들은 애가 타서 안절부절못했지만 더 이상 어떻게 해 볼 도리도 없었다.

"너무 걱정 마세요. 하늘이 무너져도 솟아날 구멍이 있다는데, 내가 올라가서 조금 더 알아보고 전화를 드리리다."

마침내 장달이 아버지가 이런 말씀을 남기고 차에 올랐다. 할아버지 식구 네 명이 또 영접을 하듯 서서 기역 자로 허리를 굽히면서 공손히 인사를 하고 있었다.

장달이도 차에 타서 운전대를 잡고 시동을 켜고 출발을 하려는데, 엄마가 타려다 말고는 며느리에게 다가갔다.

"잘 먹고 갑니다. 좋은 소식 있겠지요."

이렇게 인사를 하는데 며느리의 눈에서 그렁그렁 눈물이 맺히기 시작하더니 이내 주르르 흘러내렸다.

"사모님, 꼭 도와주세요. 저희 가족을 살려 주세요."

며느리는 차마 말끝을 맺지 못하였다. 며느리의 눈빛은 마치 도살장에 끌려가는 소 눈빛처럼 애절하기 짝이 없었다. 여자의 눈물은 전염성이 강해서 장달이 엄마도 눈시울이 뜨거워졌지만 애써 외면하고 차에 올라탔다.

이렇게 그들은 아무런 결정을 하지 못한 채 떠나는 셈이었다.

그렇게 길을 떠나서 예리읍이 저만치 보이는 데까지 왔는데, 엄마가 이제까지 소리 죽여 우는 것 같더니만 갑자기 소리를 내서 울기 시작하였다.

"아이고, 불쌍해라, 이를 어째, 아이고, 아이고,"

맥주 몇 잔을 마시고 눈을 감고 있었던 아버지가 깜짝 놀라서 바라보니 예삿일이 아니었다. 과호흡 증세처럼 숨을 가쁘게 몰아쉬면서 헐떡이고 안타깝고 슬픔에 못 이겨서 벌써 얼굴은 눈물로 얼룩져 있었다.

"여보, 왜 그래, 진정해."

"아이고, 불쌍해서 그냥 갈 수가 없어요. 저 집 딸들이라도 내가 수양딸로 삼아서 길러야지. 아이고, 아이고."

"아니 그게 무슨 말이야, 정신 차리고 진정해. 여보."

장달이도 너무 놀라서 천천히 운전하면서 뒤를 돌아보고 엄마에게 진정하라고 말을 건넸으나 지금 엄마의 귀에는 아무 소리도 들리지 않고 있었다.

"장달아, 안되겠다. 어디 다방 같은 데로 가서 진정하고 가자."

"병원으로 가야 되는 거 아닌가요?"

"아냐, 병원 가도 똑같아. 조금 진정하면 돼. 지금 무슨 생각이 났나 보다. 이 동네 있어봐서 여기 지리 잘 안다면서?"

"예."

"그럼 한적한 다방으로 가서 잠시 쉬자. 그리고 약국에 들러서 우황청심환을 사야 돼."

"알았어요."

그제야 장달이는 악셀을 밟아서 다방으로 내달았다. 금세 2층 다방 간판이 눈에 보이고, 마침 그 옆에 약국도 있었고, 병원도 있었다. 간판만 보아도 안심이 되었다. 차를 세우고 아버지가 엄마를 부축하여 2층 다방으로 올라가고, 장달이는 약국에 들러서 우황청심환과 같이 먹을 물약을 사서 급히 다방으로 올라갔다.

지금 장달이 엄마가 울컥하면서 감정이 격앙된 것은 두 가지 이유였다.

하나는 나무집에 살 때 중달이 아래로 아이를 가졌었다. 위로 머슴애만 둘이 있기에 딸을 낳고 싶어서 임신했었는데, 당시 너무 곤궁하게 지낼 때라 아이를 낳지 못하고 지웠던 것이다. 이런 사실은 부부만 알고 있는데, 만약 그 딸(정확하게는 딸인지 아들인지 몰랐으나 장달이 엄마는 딸로 생각하고 있었다.)이 성장했다면 아마 지금쯤 고3이나 대학교 1, 2학년쯤 되었을 것이다. 그랬기에 할아버지의 손녀딸이 더더욱 안쓰럽게 생각되었다.

또 하나는,

벌써 여러 해 전이다. 비디오가 퇴물이 되어서 없어지면서 DVD가 보급되고 있을 때였다. 장달이 엄마가 시내를 나갔었는데, 어떤 노점 상인이 쓰레기 더미처럼 쌓아 놓은 비디오를 한 개에 오백 원, 세 개에 천 원에 팔고 있었다. 그야말로 쓰레기 값처럼 받고 있었다.

그때 제목이 뭔지도 잘 모르고 멜로물로 9개를 골라서 3,000원을 주려는데 한 개를 덤으로 주어서 10개의 비디오를 샀었다.

그 후로 마땅히 시간이 없어서 아무것도 보지 못하다가 언젠가 아무거나 하나 골라서 혼자서 비디오를 보는데 상황이 지금과 매우 유사했다. 영화 속의 아버지는 사업 실패로 조폭 깡패 놈들에게 시달리다가 마침내는 조폭은 외동딸을 납치해다가 술집에 팔아넘기었다. 아버지 대신 매일 돈을 벌어서 갚아야 했던 어린 딸은 눈물을 흘리면서 애원을 했지만 돌아오는 것은 욕설과 주먹질, 발길질뿐이었다. 네 아빠가 빚을 많이 졌으니 네가 몸으로 벌어서 갚으라며 협박을 하였다. 할 수 없이 그 앳된 여자아이는 짧은 옷을 입고는 술집에서 취객들을 상대로 웃음을 팔아야 했다. 하지만 그것으로 그치지 않고 돈을 더 벌어야 한다면서 몸도 팔게 한 것이다. 이런 생활에 여자아이는 점차 알코올 중독에 폐인처럼 변해가고 있었다.

장달이 엄마는 이 생각이 머릿속에 떠오르면서 할아버지의 손녀딸 두 명이 이렇게 될 것 같아서 안타깝기 짝이 없었다.

"여보, 정신 차려! 여기 우황청심환 먹고 진정해요. 왜 그래."

"아이구, 너무 불쌍하잖아요."

"아무튼 이거나 먹고 얘기해."

옆에 있던 장달이가 우황청심환의 뚜껑을 열어서 물약과 함께 건네니 엄마는 마지못해 씹어 삼키었다.

"진정하라고. 그 집하고 우리하고 무슨 상관이 있다고 그래. 오다가다 만난 사람인걸."

"사람이 그렇게 냉정하면 쓰나요. 전생에 무슨 인연이 있었길래 이 외진 땅에 장달이가 왔단 말입니까. 그것도 그 할아버지네를, 우리가 어려울 때 천지신명께서 도와주셨듯이 저들에겐 지금 우리가 천지신명인 게요. 우리의 말 한마디에 생사가 달려 있다는 것을 모르시우, 그냥 내버려 두면 어린 여학생이 대학도 못 가고 색싯집에 팔려 갈 텐데 어떻게 눈뜨고 지켜보기만 한답니까. 사람이라면 그냥 지나치지 못합니다. 내가 가서 그 깡패 놈들 돈이라고 융통해 주어야겠어요."

"하이구 내 원 참, 일이 그렇게 쉬운 게 아니야. 여보, 진정하라고. 지금 그놈들 돈뿐만 아니라 다른 사채도 있고, 일수도 있고, 아파트도 경매에 넘어간다는데 그렇게 간단한 게 아니야."

"그럼, 땅을 사 주면 될 거 아닌가요? 돈을 거저 주라는 것도 아니고 사 주는 건데. 우리야 그 돈 없어도 먹고살고 십년 이상 묻어 두어도 먹고 삽니다. 하지만 저들에겐 생명수요."

의외로 장달이 엄마가 이렇게 강력하게 나오니 아버지도 말씀이 점점 잦아들었다.

3억을 그냥 주는 게 아니고 땅에 묻어 두자는 것이라는데 더 이상 대꾸할 말이 없어졌다.

"하이구 내 원 참, 장달아, 너는 어떻게 생각하냐? 그 땅이 마음에 드냐?"

"그 땅이 어쩐지 마음을 끕니다. 제가 이 근처 산 다 헤매다가 마지막으로 그쪽으로 갔었는데 우연찮게 할아버지 내외를 만나게 되었지요. 거기에 뭐가 묻혀 있는지는 모르지만, 그 땅이 저를 거기로 가게 한 것입니다. 산세도 옛날 지도와 유사하고. 그리고 만약 아무것도 안 되면 그냥 내버려 두었다가 몇 년 후에 팔면 은행 이자는 나올 것 같습니다."

"그럼, 땅을 샀다고 치면 당장 뭐 할 거냐? 뭐가 묻혀 있는지 확신도 없다면서."

"그래도 찾아는 봐야지요. 지금 겉모습만 관찰했는데 더 알아봐야지요. 땅속에 뭐가 있나."

"만약 그렇다 치면 할아버지가 서울로 이사를 간다는데 어디서 기숙을 할 셈이냐?"

"아버지 도움을 조금 더 받아야 합니다. 우선 컨테이너 하우스를 설치해서 집으로 삼고, 펌프 우물을 전기 모터 우물로 바꾸어야 합니다. 그리고 작은 포클레인을 불러서 돌부리 바위까지 길을 내려고 합니다. 정자는 나중에 짓더라도."

"그런 다음은?"

"제가 계획한 대로 땅속을 탐사하고 여기저기 널려 있는 돌을 분석해서 철이나 금이 함유되어 있는지를 알아보려고 합니다."

"그것도 용이치 않을 것 같다. 한두 달에 끝나긴 어려울 것 같아."

"그렇지요. 적어도 일 년 이상은 연구해 봐야 할 것 같아요."

"그렇게 해서 노다지가 나온다면 대박이다만, 지금 엄마는 저들이 불쌍해서 당장 도와주어야 한다고 하는데 어떻게 하면 좋겠느냐?"

"아까 말씀드렸잖아요. 사 주는 것이 그들을 돕는 겁니다. 공짜로 돈을 주는 것도 아니고 사 주는 것이지요. 저도 그 땅에 마음이 자꾸 끌려요."

"그럼 일단 그렇게 해보자꾸나. 여보, 잘 들었지? 일단 사 두었다가 나중에 생각하자고."

"고마워요, 여보."

그제야 장달이 엄마는 마음이 진정되는 모양인데, 아마 우황청심환의 효과도 있었을 것이다.

"장달아, 할아버지에게 전화해서 아들을 바꿔달라고 해라."

"예."

이러는 동안 할아버지네 가족들은 혼이 빠진 것처럼 망연자실한 채 앉아 있기만 했다.

이런 정적을 깬 것이 휴대폰 소리였다. 할아버지는 깜짝 놀라면서 얼른 전화를 받았다.

"할아버지, 접니다."

"아이구, 총각, 뭘 빠트렸나?"

"아니에요. 거기 아드님 아직 계신가요?"

"있어요. 바꿔줄까요?"

"예."

"이 선생님, 접니다. 아들입니다."

기가 죽어있는 아들은 장달이에게 꼬박꼬박 선생님이라고 부르고 있었다.

"저기, 아버지랑 통화해 보세요."

이렇게 해서 장달이 아버지와 할아버지 아들이 전화를 하게 되었다.

장달이 아버지는 잠시 머뭇거리다가 입을 열었다.

"지금 거기 집 형편이 매우 딱한 것 같아서 일단 우리가 매입을 하려고 합니다."

이 말 한마디에 서편에서는 우레와 같은 목소리로

"아이고, 감사합니다. 사장님, 감사합니다. 사장님."

라는 소리가 들려왔고, 이어서 할아버지 내외와 며느리가 환호하는 소리가 들려왔다.

장달이 아버지의 말 한마디가 바로 신의 목소리였다.

이어서 아버지는 매매에 필요한 여러 가지 서류를 준비하라고 했다.

"내일이 월요일이니까 아마 화요일까지는 서류 준비될 것입니다. 그러면 우리가 수요일 내려와서 매입을 하지요."

"예, 예. 감사합니다. 사장님. 계약금 중도금 같은 것은 없나요?"

"없어요, 이틀 후인데 한 번에 대금 치릅니다."

"하이구 예, 감사합니다. 사장님."

"앞 자락에 있는 옥수수 밭도 매매하는 조건입니다."

"걱정하지 마세요."

할아버지는 즉시 박 영감에게 전화해서 시간이 되는 대로 서류를 준비했다가 사장님에게 매도해야 한다고 알렸다. 시세는 자기 땅과 같은 시세로 팔아야 한다고 했더니 박 영감은 별말없이 그리하겠노라고 답변했다.

아들은 정말로 너무 감사하여 온몸이 떨려왔고, 거기에 있던 아내도 마찬가지로 감격스러웠다. 이제는 살아나는 것이다.

그날 오후에 재성이는 돌산 할아버지 집에 남아서 내일부터 서류 준비를 하려고 하고,

재성이의 아내는 버스를 타고 서울로 올라갔다.

5

돌산을 사다

수요일,

장달이는 아버지와 함께 차를 타고 내려오고, 또 한 명이 차를 타고 내려왔는데 부동산 매매와 등기에 관련하여 전문인인 법무사 한 명을 데리고 왔다. 이 사람은 아버지가 필요할 때 불러서 이것저것 서류를 검토하고 접수하여 최종 등기까지 해주는 사람이다. 물론 아버지에게 넉넉하게 수고비를 받고 있었다.

읍내의 백제 다방에서 일행들이 모두 모였다. 돌산 할아버지와 아들, 장달이 아버지, 장달이, 법무사까지 다섯 명이다. 할아버지와 아들은 보자마자 어쩔 줄을 모르면서 허리를 반쯤 굽히고 인사를 하였다.

몇 가지 서류를 검토한 법무사는 매매 계약서를 꺼내어 작성하고 임야 소유자인 할아버지의 인감도장을 찍었다. 이제 서류

상으로는 완료된 것이다.

3억 원에 12만 평 남짓한 임야와 밭을 매매하는 것이다.

"할아버지, 그 앞 개울에 있는 논은 누구 소유인가요?"

장달이 아버지가 물었다.

"그 논이요? 거긴 하천부지라 개인소유가 아닙니다. 그냥 농사지어서 먹고 있지. 매매할 수 없는 국유지인 셈입니다."

"거기에 벼를 심었던데요."

"심지요. 해마다 심어요. 논으로 따지면 대략 두 마지기는 되니까 우리 두 늙은이가 먹고도 남습니다. 그것도 가을에 추수해야 하는데. 이런 것은 어떻게 하나요?"

"그러게요. 매매하는 시점이 지금인 데다 거긴 개인 소유가 아니라면서요."

"그렇긴 하지만 너무 아깝네요. 지금 산을 팔고 우리가 서울로 가게 되면 농작물 수확을 어떡하나? 고구마도 캐고 옥수수도 따야 하는데……, 그런 것도 한꺼번에 다 합친 것인가요?"

할아버지가 애가 타듯이 말씀하셨다.

"그렇지요. 어떻게 그런 것까지 일일이 계산해서 매입을 할 수 없습니다. 모두 합해서 해야지."

"이런 이런 정말 아깝네. 올해 농사 다 지어서 거두기만 하면 되는데. 닭들도 있고, 경운기도 고철 값으로라도 팔면 이십만 원은 받을 텐데."

돈 없는 할아버지가 안타깝게 혼잣말처럼 말하였다.

이때, 할아버지의 실정을 잘 아는 장달이가 아버지를 이끌고 한쪽 편으로 갔다.

"아버지, 이 돈은 모두 아들에게 갈 것 같아요. 빚을 갚고 돈이 남더라도 모두 아들에게 갑니다. 그럼 할아버지가 너무 불쌍해요. 농작물 값이라도 후하게 쳐서 할아버지 몫으로 정해서 주었으면 좋겠어요. 앞 치아도 빠져서 흉하고요. 임플란트 몇 개라도 할 수 있도록 했으면 좋겠습니다."

"으음, 네 말이 맞다. 아들이 지금 곤경에 처해 있으니 아들 입으로 다 들어갈 것 같다. 농작물이 얼마나 갈까, 별로 큰돈 안 될 것 같아."

"그렇지요. 아버지가 알아서 별도로 주었으면 좋겠습니다. 할아버지가 서울로 가게 되면 돈 한 푼 나올 구멍이 없게 됩니다."

"네 말이 맞다."

장달이는 아버지와 이런 대화를 하고는 다시 자리에 앉았다.

"영감님, 지금 농작물하고 닭까지 다 팔면 얼마나 되나요?"

"글쎄요. 시세에 따라 다르지만 박 영감 밭까지 합하면 아마 이백은 넘을 것 같네요. 옥수수 시세가 좋으면 더 받을 수도 있는데요."

예상보다 적은 금액이었다. 실제로 요즘 농산물 값이 그 정도밖에 안 되었다. 지금 당장은 아니지만 얼마 후에 수확할 것이라곤 고구마와 옥수수뿐이었다. 이게 큰돈이 아니었다. 할아버지 내외는 이렇게 마련한 돈으로 그동안 생활을 하고는 조금씩 저축도 하였다는데 그 쌈짓돈도 아들이 빚에 몰려서 가져갔다.

"영감님, 그러면 제가 영감님 몫으로 이천만 원을 더 드리겠습니다. 이 돈으로 노후에 병원도 다니시고 임플란트도 하고 용돈으로 조금 쓰시면 지낼 만할 것입니다."

"예에? 이천만 원이나. 아이구, 사장님 고맙습니다. 고맙습니다."

"사장님, 고맙습니다."

할아버지뿐만 아니라 아들도 고마워서 어쩔 줄 몰라 했다. 이렇게 해서 매매 계약서는 3억 이천만 원으로 다시 작성하고 도장을 찍었다.

"백성은행 계좌 있으신가요? 할아버지."

"거기요? 그 은행은 없는데, 농협밖에 없는데요."

"그러면 백성은행으로 가서 통장을 만드시지요."

"돈으로 주는 것이 아닙니까? 사장님."

할아버지가 반문하였다.

"그 많은 돈을 어떻게 현금으로 가지고 다니나요. 위험하게. 은행으로 가서 계좌 이체하면 그만입니다."

"맞아요, 아버지, 백성은행으로 가시지요."

이렇게 해서 다섯 명은 모두 백성은행으로 갔다. 한꺼번에 다섯 명이나 들어오니 입구에 있는 경비가 무슨 일인가 싶어서 눈을 두리번거렸다.

아들은 할아버지의 주민등록증과 인감도장으로 통장을 만들었고, 장달이 아버지는 그 자리에서 거금 3억 이천만 원을 보냈다.

"아드님, 이 중 이천만 원은 할아버지 몫입니다. 따지고 보면 모두 할아버지 돈이지만 그러니 꼭 할아버지가 쓰도록 해야 합니다."

"예, 그렇게 하겠습니다."

장달이 아버지는 미심쩍어서 다시 한번 확인을 해야 했다.

할아버지와 아들은 고마움에 감격스러웠는지 눈물을 훔쳐내고 있었다.

"할아버지, 이사는 언제 가시나요?"

장달이가 물었다.

"당장 가야지요. 가지고 갈 것도 없어요."

할아버지 대신 아들이 말대답을 했다.

"당장 간다고? 집에 가서 가지고 갈 것이 있을 것이다."

"아이참, 가지고 갈 것 하나도 없어요. 집안 살림살이 다 있어요. 숟가락 하나도 가지고 갈 것 없어요. 당장 입으실 옷가지나 챙기시지요."

"아니, 그래도 그렇지 동네 사람들에게 인사라도 해야지. 아무리 옷가지를 챙긴다 해도 지금 당장은 안 된다. 안 돼."

"그럼 내일 아침에 가겠습니다."

마음이 급한 아들은 지금 당장 올라가서 빚쟁이들의 돈을 갚으려고 했다. 오늘도 가게에 찾아와서 아내가 시달릴 것이 뻔했기 때문이었다.

그들은 거기서 헤어졌다. 할아버지는 돌산 집으로, 장달이 식구는 서울로, 법무사는 등기 이전까지 해야 하기에 남기로 했다. 명의는 장달이 앞으로 하기로 했다. 즉, 돌산과 집, 밭이 장달이 소유로 되는 것이다.

다음 날,

돌산 할아버지 내외는 옷가지와 오래된 사진 앨범만을 챙기고, 먹다 남은 양식을 되는 대로 포대나 비닐봉지에 담아 아들의 차에 실었다. 오래 묵은 간장, 된장, 고추장 등은 가져갈 수 없어서 장독에 그대로 두고 떠나야 했다.

할아버지와 할머니는 아들의 채근에 곧바로 차에 올라서 서울로 향하였다. 태어나서 여태껏 살았던 정든 고향을 느닷없이 떠나자니 눈물이 비 오듯 흘러내렸다. 동네 이장에게 말도 못하고 떠나는 것이다. 자별하게 지냈던 동네 사람들이 눈앞에 어른거리더니 그게 모두 눈물로 변해 버렸다. 할머니는 아예 소리 내어 훌쩍훌쩍 울고 있었다.

"그만 진정하세요. 저도 처음 고향 떠날 때 눈물깨나 쏟았어요. 어딜 가든 정들면 거기가 고향이 됩니다."

아들도 코끝이 찡했지만 애써 참으면서 부모님을 위로해야 했다.

아들은 곧바로 백성은행에 들려서 할아버지 계좌에 있던 3억 2천만 원을 모두 자기 계좌로 이체시켰다. 할아버지 통장은 만 하루도 안 되어서 빈탕이 되고 말았다. 이천만 원은 별도로 할아버지 몫이라고 했건만 그런 말을 들었는지 생각조차 나질 않았다.

그날 밤 11시경

학교에 갔단 진아와 민아가 돌아왔을 때, 모두 모여서 이야기를 나누니 가족회의처럼 되었다. 내용은 이 선생님과 복덕방 사장님 덕분에 돌산을 팔아서 빚을 갚게 되었다면서 매우 고마운 사람이라는 것이다. 딸들도 매우 좋아하였다.

"그렇게 고마운 사람은 이 세상에 없을 것이다. 이제 우리도 사람답게 살게 된다. 너희들도 이제 아무 걱정 말고 공부 열심히 해야 한다."

"예, 아빠."

"돌산을 팔아서 할아버지 할머니를 모시게 되었으니 진아랑 민아가 한방을 쓰고 민아가 쓰던 방을 할아버지 할머니가 쓰시게 해라."

"예."

할아버지 아들과 며느리는 몇 번이나 복덕방 사장님에게 고마운 사람이라고 추켜세웠는데, 할아버지는 은근히 부아가 났다. 복덕방 사장이 사 주긴 했지만 땅 임자는 할아버지였는데 할아버지의 고마움을 전혀 모르고 있는 것 같았기 때문이다. 하지만 입이 무거운 편인 할아버지는 아무 말씀도 하지 않고 건성으로 대답만 하고 앞으로 열심히 일하고 다시는 일수나 사채를 쓰지 말라고 당부했다. 당연히 아들 내외는 그렇게 한다고 대답했다.

이런 대화가 오간 후 모두들 각자의 방으로 들어가고, 재성이와 아내는 돈을 어떻게 갚을 것인가 의논해야 했다. 일수는 여러 번 써 보았기에 일수 도장을 다 찍고 영수증만 받으면 되고, 금고에서 대출받은 것도 송금하면 된다고 했으니 은행에 가서 이체시키면 되었다. 백성은행에 20년 상환 아파트 대출금도 직접 가면 되었고 다른 사채도 별문제가 없었는데 문제는 신체 포기 각서를 쓰라고 했던 조폭 깡패였다. 뭐 하나 잘못했다가는 또 무슨 핑계로 뒤집어씌울 것 같았기 때문이다.

"여보, 그놈들 섣불리 했다가는 갚지 않았다고 억지를 부릴 놈들이에요."

"그럴 것 같아. 어떻게 하나."

"돈 빌릴 때 차용증 쓴 거 있잖아요. 거기에 보면 그놈들 사장인가 어떤 놈인가 이름이 있어요. 이 사람을 불러내서 그 사람 계좌로 은행에서 직접 이체시키세요. 현금으로 주면 흔적이 없어서 또 당할지 몰라요."

"그래, 맞아, 그렇게 하면 그 새끼들도 꼼짝 못 할 테지. 그런데도 어째 자꾸 겁이 나네."

"너무 걱정 말아요. 걱정되면 내가 같이 은행에 가지요."

"당신이? 그놈들은 여자들을 아수 얕잡아 보는 놈들이야. 이를 어떡하나. 혼자 가긴 망설여지는데."

부부는 잠시 망설여야 했다. 그 조폭 깡패들이 그만큼 무서웠기 때문에 재성이는 심리적으로 위축되어서 그놈들 앞에만 서면 꼼짝을 못 할 것 같았다.

"혹시 대리운전하는 김 기사에게 부탁하면 안 될까요. 사람 좋다면서."

"어엉? 그래, 그 사람 진국이야. 어려울 것도 없잖아. 은행에 동행만 하면 되니까."

"그래요. 같이 가 주면 고맙다고 저녁이나 함께하면 될 것 같아요."

"엉, 맞아, 맞아, 당장 내일부터 일을 처리해야겠어. 하루만 지나도 이자 더 내는 세상이라."

"그래야 해요."

이렇게 해서 재성이는 다음 날 아침부터 여기저기 연락하고 은행에 가서 송금하는 등 하루를 분주하게 보냈다. 오후에는 김 기사에게 전화해서 이러저러한 설명을 한 후에 은행에 와 달라고 부탁을 하였다. 재성이는 차용증을 가지고 갔는데 자세히 살펴보니 원금 500만 원에 그동안 대략 3년 남짓한 기간 동안 이자 명목으로 300만 원을 주었다. 그리고는 2천만 원을 언제까지 갚겠다고 재성이가 지장까지 찍었다. 500만 원이 2,300만 원이 된 것이다. 재성이는 떨리는 손으로 서류를 보고 그놈의 이름과 주민등록증을 확인하고 그놈의 명의로 된 통장에 거금 이천만 원을 이체했다.

"돈 필요하면 언제든지 연락하슈."

그놈은 이 말을 남기고는 은행을 빠져나갔다.

김 기사는 그동안 재성이가 어렵게 살아온 것을 대략 알고는 "이러고선 어떻게 살아왔나요. 지옥에 빠질 뻔한 것을 부모님이 구해 주셨네요." 하고 감탄을 하였다. 당시에 재성이는 이 말뜻도 잘 모르고 듣지도 않았었다. 자기 가족을 구해준 것은 이 선생님과 복덕방 사장님인 줄만 알고 있었다. 부모님이 구해 주었다고는 생각하지 않았다. 즉, 없던 돈이 하늘에서 뚝 떨어지듯 복덕방 이 사장님이 주셨기에 살아난 줄 알고 있었다.

재성이가 이렇게 분주하게 보내는 그 날,

돌산 집은 텅 비어서 을씨년스럽기 짝이 없었다. 닭들이 모두 나와서 먹이를 달라고 꼬꼬 거리다가 아무도 없자 밭으로, 산으로 몰려갔다.

6

컨테이너 하우스

그다음 날,

장달이는 아침을 먹고 전처럼 야영에 필요한 모든 장비를 싣고 돌산 집으로 내려왔다.

점심때쯤 되었는데 산과 밭에 있던 닭들이 사람을 보고 일제히 내려와서 먹이를 달라고 아우성쳤다. 장달이는 추녀 밑에 있던 사료 포대에서 사료를 듬뿍 꺼내어 닭에게 주고는 전에 텐트를 쳤던 마당 끝에 텐트를 쳤다.

오래되어 허물어지기 직전이었던 돌산 집에 할아버지 할머니가 없으니 더욱더 괴기스럽기만 하였다.

장달이는 인터넷 검색을 통해서 예리읍에 있는 철거업체를 찾아서 전화를 걸었다.

"어디신데요?"

"여기 돌산 아시죠? 거기 할아버지 내외가 살던 돌산 집입니다. 그 집을 철거하려고요."

"할아버지 돌아가셨나요?"

"아니요. 제가 여길 매입하였습니다. 할아버지 내외는 서울 아들네 집으로 가셨습니다."

"아, 그렇군요. 그럼 철거하고 뭐 하시나요? 그냥 공터로 놔두시나요?"

"아닙니다. 임시로 조립식 컨테이너 하우스를 갖다 놓으려고요."

"컨테이너 하우스 사셨나요?"

"아뇨. 우선 철거한 다음 설치해야 하니까, 지금 인터넷에서 알아보고 있습니다."

"아 그럼, 우리에게 맡기세요. 우리도 다 취급합니다."

"인터넷이 싸던데요."

"인터넷 최저가에 우리도 맞추어 줄 수 있습니다. 하지만 자재가 달라요. 무조건 최저가 찾다가 낭패당합니다. 지금 어디 계신가요?"

"돌산 집 마당에 텐트치고 있습니다."

"그럼 조금 있다가 직원과 함께 가 보겠습니다. 한 시간도 안 걸립니다. 요즘 여름철이라 일거리가 없어요."

"그럼 일단 한번 와 보세요."

한 시간도 채 안 되어서 차 소리가 나는 것 같더니만 사십 대

정도의 남자와 삼십 대 초반의 남자가 왔다. 이들이 철거업체에서 나온 사장과 직원이었다.

사장은 명함을 건네면서 정중하게 인사를 하였다.

"예창 건설회사, 대표 조풍환입니다."

"조 사장님이라고 부르면 되겠군요. 전 이장달이라고 합니다."

"예, 이 선생님께서 이 땅을 매입하셨군요. 앞으로 전원주택이라도 지으실 모양이지요?"

"생각은 그런데 지을지 안 지을지는 모르고 지금 당장 내가 있을 컨테이너 하우스를 갖다 놓으려고요."

"그게 좋지요. 나중에 중고로 팔기도 쉽고, 요즘 컨테이너 하우스 끝내줍니다. 완벽해요."

이러면서 카탈로그를 꺼내 보여 주는데 전원주택과 흡사한 모양부터 그냥 박스처럼 생긴 것까지 종류가 다양하였다.

"와아~ 진짜 기술이 발전되었네요. 난 그냥 박스형 하우스만 있는 줄 알았는데."

"하하하, 다들 그렇게 압니다. 그런 박스형이 저가형이고 여기 전원주택처럼 생긴 것은 비싸지요. 내부는 아파트랑 똑같아요. 욕실, 거실, 침실 다 만듭니다."

장달이가 이렇게 몇 마디 대화해 보니 믿음직스러워 보였다. 지역 사회에서 바가지 씌울 것 같지 않았다. 가격이야 인터넷과 비교하면 뻔하지만, 그 사장 말대로 최저가 찾다가 부실한 자재로 만든 제품이 오면 낭패 중에 낭패이기 때문이다.

장달이 부모님은 “싼 게 비지떡이다. 너무 싼 것만 찾다가는 낭패를 당한다. 적당히 값을 치르고 사야 한다.”라고 하신 말씀도 생각났다. 조 사장은 어디 어디에 연립주택도 짓고 다리도 놓고 토목공사도 하는 등 실적을 늘어놓은 다음 이런 농가 철거와 컨테이너 하우스 설치하는 일은 일도 아니라고 덧붙였다. 그러니까 대형 건설사는 못되어도 지역에서는 알아주는 중형 규모의 건설사인 모양이었다.

“하우스 말고 다른 것들은 손 볼 데 없나요?”

“있지요. 몇 가지가 됩니다. 여기 펌프 우물을 전기 모터 펌프로 바꾸어서 하우스의 싱크대와 화장실에 연결하려고요. 이게 시간이 걸릴 것 같네요.”

“금방 합니다. 별로 어렵지 않아요. 배관만 하면 됩니다. 수세식 화장실 만들려면 정화조 묻을 땅을 파야 하고 공구리도 해야 하니까 적어도 전체적으로 며칠이면 되겠네요. 펌프는 없애나요? 그냥 놔둘까요. 놔두는 것도 괜찮아요. 그 안으로 수중 모터가 들어가니까.”

“그렇군요. 그럼 펌프는 그냥 두시고 주변을 깔끔하게 정리하면 되겠네요. 아 참, 포클레인도 빌릴 수 있나요?”

“포클레인도 대여가 됩니다. 직접 하시게요? 아니면 기사가 필요한가요?”

“저도 자격증은 있는데 자신 없네요. 산이라.”

"어디 산길을 내시게요?"

"예."

장달이는 일어서서 돌부리 바위를 가리키면서 왼쪽 편에 산길이 있는데 그 길을 따라 사륜 오토바이가 올라갈 만한 길을 만들고 싶다고 했다. 경사진 곳이 두 군데 있는데 거긴 지그재그로 길을 내면 되고 돌부리 바위 위에 이미 만들어진 기성품 정자를 갖다 놓고 싶다고 했더니 사장은 모두 가능하다고 하였다.

"우리 업자들은 다 통합니다. 전화 한 통이면 다 돼요. 모든 일거리 한꺼번에 오다(order: 주문) 주시면 최소 인건비만 받고 다 해 드리겠습니다."

이에 장달이는 속으로 매우 기뻤다. 일일이 인터넷 검색을 하고 업체를 하나씩 불러서 일을 맡기는 것보다 여기 예리읍에 있는 업자에게 한꺼번에 맡기는 것이 오히려 비용도 덜 들어가고 작업 기간도 빨라질 것 같았기 때문이다.

조 사장과 장달이는 몇 가지 협의하고는 대략 견적을 뽑았다.

컨테이너 하우스 두 동짜리면 시공비까지 5천만 원 정도. 작은 포클레인 기사 포함 일일 대여료 60만 원에 작업기간 3일 정도. 집게 차 하루에 40만 원, 정자 5백만 원 정도, 철거된 폐기물 처리비, 인건비, 식사비 등 모두 포함해서 총 육천오백만 원에 작업하기로 결정하고 추후에 가감되는 내용이 있으면 그때 정산하자고 했다. 무선 인터넷이 느려서 광랜을 설치해야 한다고 했더니 그건 무료라면서 하우스 설치한 후 전화만 하면 기사가 와서 금세 설치해 준다고 했다.

사장은 견적서를 작성하였다. 조목조목 무엇 무엇을 한다는 내용이었다. 총 작업 기간은 열흘에서 열이틀 정도면 될 것 같다며 내일부터 포클레인이 와서 철거하고 산길을 낸다고 하였다.

그들이 돌아가고 저녁때가 다 되어서 징달이는 읍내로 나왔다. 저녁도 사 먹을 겸 생닭 파는 곳을 찾았다. 시장 입구 골목에 허름하게 생닭을 잡아서 팔고 있었던 것을 생각해 낸 것이다. 닭집 사장은 돌산 할아버지 내외가 서울로 이사를 갔다니까 별말이 없이 거기에서 여태껏 산 것만 해도 용하다고 했다.

"닭이 몇 마리나 되지요?"

"글쎄요. 세 보지는 않았는데 아마 스무 마리 정도 될 것 같아요. 밤에 닭장으로 모두 들어와서 잠을 자는데 그때 세 보면 압니다."

"얼마씩 받으려고 하나요?"

"시세를 잘 모릅니다. 할아버지는 생닭으로 한 마리에 만 오천 원씩 팔았어요."

"그렇겠지요. 우리 업자 시세는 그렇게 못 줍니다. 크고 작건 간에 가리지 않고 칠천 원이면 되나요?"

"그러시지요. 그럼 언제 오시나요?"

"닭들이 밤에만 닭장에 들어온다니까 오늘 밤에 가지요."

"예, 그럼 저녁 일곱 시 삼십 분쯤 오세요. 전 여기서 저녁 사 먹고 들어갑니다."

"그렇게 하세요."

장달이는 저녁을 사 먹고 돌산 집에 갔고, 저녁 일곱 시 삼십 분경에 닭장사가 닭장차를 가지고 왔다. 닭들은 편안하게 잠을 자려다가 일시에 다 붙잡혀서 닭장차에 갇히니 꼬꼬댁 거리면서 몸부림을 쳤다. 닭들은 죽음을 감지했는지 "꼬꼬댁~ 꼬꼬댁~ 꼬꼬댁댁!" 하고 비명을 질러 대었는데 인간 말로 번역을 하면 "닭 살려~ 닭 살려!"라는 뜻이었다.

토종닭은 모두 17마리여서 119,000원인데 사장은 장달이에게 12만 원을 건네고는 곧바로 출발하였다.

다음 날,

장달이가 아직 일어나지도 않았는데 철거업체 사장이 커다란 트럭에 포클레인을 싣고 왔다. 여러 명의 인부와 트럭이 오더니 곧바로 집을 철거하기 시작하고, 이어서 집게차가 와서 아무거나 마구 집어서 트럭에 실었다. 안에 있던 오래된 가장집물(家藏什物: 집에 놓고 쓰는 온갖 살림 도구)이 그대로 부서지면서 트럭에 실려지고 있었다.

마음이 애잔해진 장달이는 더 이상 그 모습을 보기 어려워 철거업체 사장에게 말하고는 읍내에 나갔다가 저녁때쯤 돌아오겠다고 했더니 걱정하지 말고 다녀오라고 하였다.

읍내에 나온 장달이는 딱히 갈 데가 없어서 PC방에 가서 시간을 보내면서 하루해를 보냈다. 저녁때 돌아와 보니 벌써 집은 흔적도 없어졌고, 닭장이 있던 헛간과 장독대도 없어지고 말았다. 사람이 살았다는 흔적은 펌프 우물과 커다란 감나무와 그 아래에 있는 들마루뿐이었다.

마음이 착잡해진 장달이는 어딘지 모르게 무섭기도 하여서 텐트를 남겨둔 채 읍내로 돌아와서 모텔로 자러 들어갔다. 컨테이너 하우스가 설치되기 전까지는 여기에서 오가기로 한 것이다.

다음 날 아침결에 조 사장에게 전화가 왔다. 특별히 와 볼일 없으니 모텔에서 편히 쉬고 있으라는 것이다. 컨테이너 하우스 설치되면 와도 된다는 것이다.

"이 선생님, 그냥 푹 쉬세요. 아 참, 거기 예리읍에서 조금 떨어진 송림사라는 절에 가 봤나요?"

"아뇨."

"거기에 가서 쉬다 오세요. 소나무가 아주 끝내줍니다. 작은 계곡도 있어서 여름철에 사람들이 많이 놀러 와요. 오래된 절도 있고."

"그런 데가 있군요. 그럼 이따가 한 번 가 보겠습니다."

"길 잘 모르면 네비 찍으면 금방 가요."

"예. 고맙습니다."

이리하여 장달이는 늦은 아침을 사 먹고 송림사로 갔다. 사람들이 북적거릴 줄 알았더니 그 정도는 아니고 삼삼오오 사람들이 깔판을 깔고 앉아서 쉬고 있었고, 더러는 어린 아이들을 데리고 나와서 함께 놀고 있었다.

오래된 절에 오래된 소나무가 운치가 있었는데, 재래종 소나무는 한결같이 구불거려서 이상하다고 생각했다. 어찌 되었든 장달이도 깔판을 하나 들고 다니면서 여기저기 구경을 하다가 평평한 곳에 깔판을 깔고 누웠더니 또 잠이 스르르 오기 시작했다. 시원한 바람과 신선한 공기가 마음을 느슨하게 했다.

다음 날은 장달이가 돌산 집에 가지 않고 모텔에서 쉬면서 노트북으로 인터넷을 검색하고 앞으로 해야 할 일 등을 계획하고 있었다. 점심때쯤에 조 사장에게 전화가 왔다.

오늘까지 포클레인을 쓰기로 되어 있고 정자를 지을 돌부리 바위까지 길을 다 내어서 포클레인 사용료를 주어야 한다는 것이다. 그리고 일당 노동자에게도 중간 정산을 해야 하고 컨테이너 하우스도 예약금을 주어야 트럭으로 운반한다고 하면서 일부 결제를 해 달라는 것이었다.

"그러네요. 그러면 얼마나 보낼까요?"

"최소 천만 원에서 이천만 원 정도 보내 주세요."

"그럼 이번 일부 결제하고 나머지는 일 끝나고 정산하는 것인가요?"

"아마 그럴 겁니다. 아니요. 컨테이너 하우스는 거기서 설치업자들이 오는데 그들이 설치를 다 하면 결제해야 합니다. 그러니까 총 세 번이면 되겠어요."

"네, 잘 알겠습니다. 그럼 오늘 이천만 원 보내드리겠습니다. 아 참, 컨테이너 하우스 설치할 때 안팎으로 전기 콘센트를 여긔 게 더 설치해 달리고 하세요."

전기 쓸 일이 많았던 장달이가 추가 주문을 했다.

"네, 그건 어렵지 않아요. 이 선생님, 고맙습니다."

조 사장은 나이 어린 장달이에게 매우 공손하게 대우하고 있었는데, 이 사람도 사람을 볼 줄 아는 사람이었다. 아직 나이 어린 장달이에게 알지 모를 포스(Force)와 비전(Vision)을 보았던 것이다. 장달이는 인터넷 뱅킹으로 이천만 원을 조 사장에게 보냈다.

집을 짓는 게 아니고 만들어진 컨테이너 하우스를 운반하여 설치하고, 정자는 여러 개로 분해된 것을 목수와 작업자들이 설치하는 것이기에 많은 시간을 요하는 것이 아니었다. 더구나 돌부리 바위까지 길을 내었기에 작은 차가 가는 데까지 올라가고 나머지 구간은 사람들이 들어서 옮기었다.

열이틀 만에 모든 공사가 끝났다. 컨테이너 두 개가 앞뒤로 붙은 하우스가 생기고, 전기 모터 펌프가 설치되어 하우스 안에 싱크대와 화장실로 연결되었다. 마당에는 펌프가 그대로 있고 그 옆에 모터에 연결된 수도꼭지가 하나 생겼다.

육각 정자를 세우니 멀리서 보면 한 폭의 동양화 같은 분위기였다. 그런데 올라가는 길을 포클레인으로 길만 만들어서 흐트러진 돌 때문에 걸어 올라가기에 매우 불편하고 자칫하다가 돌을 잘못 밟으면 다칠 수도 있었다. 조 사장에게 말했더니, 등산로에 까는 타이어를 가늘게 잘라서 그물망처럼 생긴 것을 깔고 경사가 있는 곳은 아예 공구리를 조금 치면 된다고 하였다. 이건 얼마 안 되니 그냥 서비스로 해 주겠다니 장달이는 매우 기뻤다.

조 사장은 정말로 이런 분야에 권위자라 그 자리에서 전화를 하더니만 당장 내일 와서 다 깔고 몇 군데는 공구리를 쳐서 사륜 오토바이가 잘 올라갈 수 있게 한다고 하였다.

장달이는 남은 대금을 모두 지급하고, 거처를 컨테이너 하우스로 옮겼다.

그런데 아직도 부족한 게 있었으니 꼭 필요한 가구와 가전제품이 없는 것이었다. 장달이는 습관적으로 인터넷 검색을 하여서 주문하려고 하다가 조 사장에게 전화를 걸었다.

"사장님, 너무 수고하셨는데요. 또 빠진 게 있네요."

"뭐가 빠져요. 내가 빈틈없이 여러 번 점검했는데."

"침대하고 책상, 소파와 텔레비전, 냉장고 등이 빠졌어요."

"뭐라고요? 하하하. 그건 이 선생님이 골라야지요. 견적에 그런 건 없었잖아요. 하하하."

"하하하, 그랬지요. 그런데 들어와 보니 꼭 필요한 가구와 가전제품이 없습니다. 사장님이 아시는 곳이 있으면 소개해 주십사하고 전화 드렸어요."

"그래요, 내가 아는 가구점과 가전제품 사장에게 전화해서 전화해 보라고 하겠습니다."

"네, 사장님, 고맙습니다."

5분도 안 되어 가구점 사장과 가전제품 가게 사장에게 전화가 왔고 얼마 후에 가구점 사장이 여러 개의 카탈로그를 가지고 먼저 왔다. 컨테이너 하우스가 폭이 좁기에 거기에 맞는 침대, 책상, 책장, 소파를 고르는 사이에 가전제품 사장도 왔다. 장달이는 꼭 필요한 것을 골랐는데, 혼자 있지만 침대는 크게 더블 침대로 골랐다. 혼자서도 큰 침대에서 뒹굴뒹굴하는 것을 좋아했기 때문이다. TV는 너무 크면 눈 버린다고 하여 최신형 60인치로 골랐다.

두 명의 사장은 연신 굽신거리면서 입이 귀에 걸릴 정도로 좋아하였고, 모두 내일 중에 설치한다고 하였다. 다만 작업대로 쓸 튼튼한 탁자는 주문해야 해서 일주일 정도 소요된다고 하였다.

초고속 광랜 인터넷이 설치되었고, 보안업체에 연락해서 CCTV를 세 대 설치해서 24시간 모니터할 수 있게 되었다. 그리고 시골이라 그런지 밤사이에 이슬이 많이 내려서 아침마다 차가 늘 젖어 있기에 읍내 시장통의 천막업체에 부탁해서 비닐하우스로 차고를 만들었는데 안쪽으로 길게 해서 작업대를 가져다 놓았다. 돌을 취급해야 했기에 바깥에서 작업해야 할 일이 많을 것 같아서였다.

이러는 동안에 아버지에게 연락이 왔는데 귀 떨어져 있다는 밭 주인(박 영감)이라는 분에게 전화가 와서 헐값에 매입한다고 하였다. 그 할아버지가 몸이 불편해서 거동하기 어렵다고 하여 서류가 준비되면 아버지와 법무사가 부산으로 내려간다고 하였고, 5일 후에 박 영감의 밭 구백 평 남짓한 땅도 장달이 명의가 되었다.

이 다음부터 장달이는 본격적으로 돌산에 대하여 연구하기 시작하였다. 사륜 오토바이도 사서 산에도 올라가 보고 근처도 답사했다. 이런 데 올라가는 데는 SUV차보다 적격이었다.

돌을 믹서기에 갈아서 모래처럼 만든 후 사금을 채취하듯 금이 나오는지 실험도 하였다.

주변 산들을 올라가서 산세를 살피고 배낭에 돌들을 주워 와서 분석하였다.

7

효자가 불효자로

한편,

돌산 할아버지와 할머니는 느닷없이 서울의 닭장 같은 아파트에서 생활하게 되었는데 첫날부터 가슴이 답답하여 견디기 어려웠다.

돌산의 넓은 곳에서 아무 데나 막 다니다가 여긴 24평 아파트에 문만 열고 한두 발짝만 나가면 거실에 화장실, 식탁이니 창살 없는 감옥이었다. 1층에 내려가도 온통 주차장에 간간이 있는 나무 의자에 앉아 봐도 공기가 탁하여 숨을 제대로 쉴 수가 없었다.

"영감, 서울 공기가 아주 혼탁하네요."

"그러게, 전에 왔을 때는 이 정도는 아닌 것 같았는데 이번에 보니 아주 탁해. 서울 사람들 이런 공기를 마시고 어떻게 사나 모르겠네. 숨 막혀 죽을 것 같구먼."

"맞아요. 서울 공기가 나빠서 사람들이 병이 많다고 하잖아요."

"맞아, 맞아. 그런 모양이야."

할아버지 내외는 이렇게 푸념을 늘어놓다가 할 수 없이 닭장 같은 아파트에 올라가야 했다. 아파트에 올라가면 또 할 일이 없고 답답하여 죽을 지경이었다.

재성이는 빚에 몰려서 저승 문턱까지 갔다가 겨우 살아나왔는데, 여전히 이 선생님(장달이)와 이 사장님(장달이 아버지) 덕분인 줄 알았다. 그리고 돈에 대하여 지나치게 인색하고 집착하기 시작했다. 돈이 없으면 또 언제 무슨 일이 날지 모르고 더 이상 도움을 청할 데가 없었기에 단돈 10원을 쓰는 것도 아까워하였고 돈을 벌기에 집중했다. 그동안 최저 생계비로 생활해왔기에 더 이상 절약할 수도 없었다.

그동안 나가던 이자가 없고 매일같이 일수 도장을 찍던 것이 없어졌으니 하루하루 조금씩 돈을 모이기 시작했다. 매달 아파트 할부금도 나가지 않으니 그 돈까지 합하면 매달 꽤 큰돈을 모을 수 있었다.

이것은 아내도 마찬가지였다. 어떻게든 돈을 모아서 가게를 사야겠다고 다짐한 것이다. 지금은 매달 월세를 내지만 그 돈을 내지 않게 되어서 가게를 갖게 된다면 그게 또 시세가 올라서 돈이 된다는 것을 알고 있었다.

"그동안 우리가 빚에 몰려서 고리 이자 치르느라 경황이 없었지만, 따지고 보면 꽤 많이 벌었어요. 이제 돈 나갈 데는 가

겟세 밖에 없잖아요. 앞으로 사오 년만 참고 견디면 아마 2억 정도 모을 것 같아요. 지금 남은 1억을 보태면 작은 가게를 살 수도 있을 거예요. 그때까지만 대리운전을 하세요. 우리 가게만 갖게 되면 월세 나가지 않으니 금세 돈을 모을 수 있을 거예요."

지혜로운 아내가 이렇게 조언을 했기에 재성이는 크게 동의하고 실천에 옮기기로 하였다.

생활은 종전과 똑같았다. 치킨, 조각 치킨, 떡볶이, 김밥, 라면을 팔고 아내는 틈이 나면 옷 수선도 했다. 재성이는 밤이 되면 여전히 대리운전 기사로 활동했다.

진아와 민아도 안정을 되찾고 열심히 공부하고 있었다. 이제 몇 달만 있으면 고3인 진아가 대학 수능시험을 보게 된다.

한 달쯤 지나서 돌산 할아버지는 처음으로 고향에 있는 친구에게 전화를 했다.

"나여, 돌산 영감."

"아이구, 그래 서울에 가서 잘 지내나?"

"그럭저럭 지내. 창살 없는 감옥 생활이야."

"그럴 게야. 그냥 뗏장 이불 덮을 때까지 여기서 살아야 하는데."

뗏장은 잔디를 말한다. 즉, 잔디를 덮는다는 말로 죽어서 산소에 들어간다는 뜻이다.

"맞아, 지금 생각해도 후회막심이야."

"그래도 지금 와서 되돌릴 수 있나. 엎질러진 물이고 닥친 운명이니 하고 살아야지."

"맞아, 맞아, 그런데도 심사(心事: 마음속으로 생각하는 일)가 좋질 않아. 그나저나 우리 집 자리는 가 보았나? 거기 허물고 전원주택 짓는다고 하더니만."

"전원주택이 아니라 조립식 컨테이너 집을 두 채 가져다 놓았더구먼, 두 채가 연결되어서 안은 꽤 넓을 거야. 그런데 쪼그만 포클레인이 와서 산길을 내고 돌부리 바위 위에다 정자를 세웠어."

"어허, 벌써 지었네. 총각이 거기가 명당자리라면서 정자를 세운다고 하더니만. 그새 지었네."

"짓는 게 아니라 요즘은 미리 만들어 놓은 것을 가지고 와서 조립하면 되니까 삼사일이면 다 하나 봐. 나도 잘 몰랐는데 동네 사람이 그러더라고, 그래서 내가 자전거 타고 일부러 가 보았더니 아주 근사하게 지었어. 네발 달린 오토바이가 올라갈 수 있게 길도 내놓고 그 청년이 올라 다녀. 아주 좋아."

"그래, 나도 그 자리에 원두막이라도 지으려다 차일피일 미루고 말았지. 바닥은 평평하게 삽질해서 돗자리 깔면 그만이야. 한 여름철에 그만한 곳도 없어. 암만 생각해도 내가 너무 성급했나 봐. 그냥저냥 땅 파먹고 살아야 하는데, 여기 오니 답답해서 저절로 죽게 생겼어.”

“아이구 참, 너무 비관하지 말고, 정 그러면 내려와서 우리 집에서 며칠 묵다가 가게나.”

“아 그려, 고맙네. 내려가게 되면 연락함세.”

“그러게나.”

말은 그렇게 했지만 내려갈지 안 갈지는 요원(遙遠: 까마득함)하였다.

“얘야, 용돈 좀 줘라. 나도 매달 들어가는 돈이 있다.”

“무슨 돈요? 아버지가 매달 무슨 돈이 들어가나요? 여기서 먹고 자고 전기세 수도세도 다 내는데 무슨 돈이 필요해요”

“그 돈은 아니지만 내 명의로 된 휴대폰 값도 내야 하고, 치과도 다녀야 한다.”

“아이참, 무슨 휴대폰이 필요해요. 해약하세요. 집 전화도 있는데요.”

“집 전화가 어딨어? 식구마다 휴대폰 다 있어서 해약했다고 하더만.”

“아 참, 그랬지요. 정 급한 내용 있으면 제 휴대폰을 쓰세요. 번호 알잖아요.”

“네가 가지고 다니는 휴대폰을 내가 어떻게 쓴단 말이냐. 말도 안 되는 소리 말아라.”

“그냥 집에서 TV나 보고 계세요.”

재성이가 퉁명스럽게 대답을 했다. 벌써 여러 해 전에 돌산 집에 있을 때 유선 전화가 있었는데 재성이가 할아버지 명의로 휴대폰을 개통하여 가져왔었다. 요즘은 노인들도 휴대폰이 있어야 한다면서. 그러면서 한동안 휴대폰 사용료도 내 주더니 언제부터인가, 할아버지가 사용료를 내게 바꾸었다. 그때 유선 전화는 해약하였다.

"그래도 요즘 세상은 늙은이들도 휴대폰 있어야 한다. 네 말로도 그랬잖아. 이 휴대폰도 맨 처음에 네가 사다 준 것인데 회사에서 새 걸로 공짜로 바꾸어 주더만, 휴대폰이 있어야 돌산 친구들과 가끔 얘기라도 해야지. 여긴 창살 없는 감옥이나 매한가지다."

"그건 그때고 지금은 상황이 달라졌으니 잠자코 있으세요."

"애들도 다 가지고 있잖아, 요즘 세상엔 그게 꼭 있어야 덜 답답하다."

할아버지가 말하는 애들은 고등학교에 다니는 손주 딸 두 명을 말한다.

"요즘 애들에겐 필요해도 다 늙으신 아버지에게는 필요 없다니까요. 꼭 필요하면 제 전화번호를 알려주시면 되잖아요. 돌산 친구들에게."

"너, 정말 너무 하는구나. 그것 말고도 치과도 다녀야 한다. 늙은이가 갈 데가 경로당하고 병원밖에 없다더니 내가 그렇게 되어 버렸다."

"치과는 왜요? 나이 먹으면 치아 빠지는 게 당연한데."

"어허, 얘 좀 보게. 이빨 빠져서 다니란 말이냐? 지금도 앞니가 세 개나 빠져 있어서 말할 때마다 바람 새는 소리가 난다. 지금 당장 잇몸이 아파서 가야 한다."

"그냥 좀 참으세요. 소금으로 박박 닦으면 가라앉아요."

"돌산에 네 친구 수환이는 천만 원도 더 들여서 제 아버지 임플란트 다 해드렸더라. 얼마나 잘되었는지 웃는 모습의 치아가 영화배우 못지않다."

"아이참, 아버지, 그만 비교하세요. 걔는 그럴 만한 능력이 있으니깐 그랬겠죠."

"땅 판 돈이 3억 2천만 원이나 되고 그중 이천만 원은 내 몫이라고 이 사장님이 말하는 거 너도 분명 들었다. 그 돈 이천만 원이라도 내놔라. 그래야 나도 네 엄마랑 살아가지."

"뭐요? 이천만 원요? 아이구, 아버지, 그만 들어가 주무세요."

급기야 아들은 버럭 소리를 치다시피 하고는 벌떡 일어나서 방으로 들어가 버렸고, 할아버지는 분해서 손발을 덜덜 떨다가 작은방으로 들어왔다.

할머니는 거실에서 하는 소리를 다 듣고는 벌써부터 눈물을 훔치고 있었다.

"여보, 내가 잘못했어. 죽을 때까지 꾸리고 있어야 하는 건데, 돌산이라고는 하지만 밤나무도 있고 아카시아도 있어서 꿀도 따고, 돌밭에서 나오는 산나물도 쏠쏠했잖아.”

“맞아요. 채소 다발 가지고 읍내 시장에 가면 하루에 이삼만 원은 족히 받았지요. 그런데 귀신에 홀렸나 훌렁 팔고서 여기 와서 감옥살이를 하네요.”

“그러게, 그 자식이 어려서는 안 그랬는데 이제 완전히 돈독에 올랐네, 성격도 포악해진 것 같아. 어릴 때 모습은 찾아볼 수가 없어.”

“그래요. 얼굴도 달라지고 눈빛이 달라져서 무서워요.”

“이를 어쩌나, 목숨이라도 부지하려면 늙은이도 돈이 좀 있어야 하는데…….”

“평생 땅 파먹고 살다가 이런 도시에서 뭘 파먹고 사나요?”

“있긴 있어. 이런 도시에서 늙은이 돈벌이 될 게 한 가지 있더라고.”

“예에? 늙은이가 돈벌이를 한다고요? 그게 뭔데요?”

“폐지 줍는 거지. 내가 어떤 늙은이에게 물어보았더니 잘하면 하루에 돈 만 원은 생긴다고 하더라고. 적어도 오륙천 원씩은 버는 모양이야.”

“그래요? 그런데 리어커가 있어야 하는 게 아닌가요?”

“으음, 많이 주우면 리어카가 필요한데 그거 있잖아. 애기들 유모차 같은 거. 그거면 된다고 하더라고.”

“그럼 그걸 사야 할 텐데.”

"아냐, 고물상에 가면 그냥 빌려준대. 리어카도 빌릴 수 있다나 봐. 우리 내일부터 폐지나 주우러 다닙시다."

"그래요. 하루 종일 방구석에서 감옥살이하는 것보다는 훨씬 낫지요."

이렇게 해서 두 양반은 다음 날부터 폐지를 주우러 다녔다. 생각보다 폐지 모으는 것이 쉽지 않고 폐지 값이 너무 헐해서 첫날은 겨우 삼천 원을 벌었으나 점심도 거르고 오후 세 시쯤 되어서 너무 배가 고팠다. 길거리에 털썩 주저앉은 할아버지는 할머니에게 김밥을 사 오라고 시켰다.

"여보, 여기 이천 원 가지고 가서 김밥 두 줄만 사 와. 배가 고파서 걸을 힘도 없어."

"그래요. 먹을 것을 챙겨 왔어야 했는데 성급하게 그냥 나왔더니 배창자가 꼬이네요."

할머니는 그렇게 말대답을 하고는 바로 옆에 있는 김밥집에 들렀다가 잠시 후 나왔다.

"김밥 한 줄이 2,000원이랍니다."

"뭐어? 서울 물가가 비싸더니만 읍내보다 두 배나 되네. 허허허."

할아버지는 헛웃음이 저절로 나왔으나 금세 눈물방울이 맺히기 시작하고, 할머니 역시 눈물을 훔치고 있었다. 두 노인은 그렇게 눈물을 흘리면서 김밥 한 줄을 나누어 먹어야 했다.

다음 날은 주먹밥을 가지고 나오는데

"반찬 없는 주먹밥이지만 깨소금이라도 뿌려야 맛이 나는데."

할아버지가 무의식중에 이런 말을 했다. 돌산에 있을 때처럼 부식은 넉넉한 줄 알았다.

"아이구, 그런 말 마슈. 박카스 병만 한데다 깨소금 넣어 놓고 쓰던데 그거 몇 번 뿌려 봐요, 바닥나고 집안 분란(紛亂) 일어나요."

"어허. 그런가, 그럼 어떻게 만드나?"

"그냥 맨밥에 소금만 뿌려야지요."

"그려, 할 수 없네."

이렇게 해서 둘째 날부터는 소금 주먹밥만을 들고 나와 고물상에 가서 유모차를 빌리고 폐지 수집에 나섰다.

사장은 처음이라 그렇지 요령이 생기면 어디에 폐지가 많이 나온다는 것을 알게 된다면서 잘하면 하루에 육칠천 원 벌이는 된다고 위로하였다.

"채소 한 광주리만 읍내 장에 가서 팔아도 이삼만 원은 되는데, 이삼만 원을 벌려면 한 파수(장날에서 다음 장날까지의 동안. 닷새 정도)도 더 걸리겠네."

할머니가 혼잣말로 넋두리를 하였다.

"그러게, 이게 무슨 형벌이야. 산에 가서 약초 한 망태기만 캐 와도 삼사만 원은 너끈한데."

할아버지가 말대답을 했다. 사실 그랬다. 아무리 돌산이라지만 나무도 있고 약초도 있고 군데군데 땅이 있는 곳에는 밭을 일구어서 작물을 심기도 했다. 늙어서 힘이 없어서 산에 올라가지 않아서 그렇지 몸만 움직이면 뭐가 되든지 돈이 될 수가 있었다.

이렇게 두 달도 안 되었는데, 손주 딸이 창피하다면서 그만 두라고 한다.

"할아버지, 너무 창피요. 그냥 예전처럼 돌산에 내려가서 살면 안 되나요?"

손주 딸 둘이 참다못해서 에미, 애비가 없을 때 당돌하게 물었다.

"나도 그러고 싶다만 네 아버지가 급하게 돈이 필요하다고 해서 돌산과 집 밭들을 죄다 팔아서 네 아버지에게 주었다. 그런데 용돈 한 푼도 주지 않아서 할 수 없이 폐지라도 주워서 휴대폰 요금이라도 내려고 한다. 이게 뭐 잘못되었냐?"

"잘못된 것은 아니지만 그냥 창피해요. 우리 할아버지 할머니가 걸인처럼 폐지 주우러 다니는 것이 창피하단 말이에요."

"허허 참, 참으로 난처하다. 돌산을 팔지 말았어야 했는데, 거기서 갈 때까지 살아야 했는데, 지금 와서 이를 어쩐다니."

"내려가서 아시는 분 집에 가서 방 하나라도 얻어서 살면 되겠네요."

"뭐어? 넌 이 할아비가 내려가야 한다는 말이구나."

"네, 할아버지 할머니가 예전처럼 돌산에 사시는 것이 집이 화목해지는 일이에요. 아빠도 늘 할아버지와 말다툼을 하다시피 하잖아요."

"오냐, 알았다. 내가 궁리를 해 보마."

할아버지는 이제 더 이상 갈 데가 없음을 직감하고 있었다.

그러던 또 하루,

"내가 돌산에 있을 때는 막걸리가 떨어지지 않았다. 그런데 여기 와선 막걸리 한 모금도 못 마시고 있다. 막걸리 한 병이라도 사게 돈 좀 다오."

"아이참, 아버지도, 술은 해로워요. 연로하셔서 기운도 없는데 그만 마시세요."

"기운 없어서 마셔야겠다. 담배도 끊고 평생 마셔 온 막걸리가 무슨 독이라도 있단 말이냐? 잔말 말고 막걸리 한 병이라도 사 와라."

"그만 마시라니까요."

오히려 아들놈이 화를 내고 있으니, 할아버지는 화가 치밀어서 소리를 질러야 했다.

"야, 이놈아, 땅 팔아서 다 네 입으로 들어갔는데 그런 말이 나와? 그 돈 다 내놔라. 나도 죽기 전에 호의호식 한번 하고 죽어야겠다."

"아버지, 지금 미쳤어요? 그 땅은 어차피 내 땅이지요."

"어째서 네 땅이야, 이놈아!"

"아비지 돌아가시면 내 몫이지 누구 몫입니까?"

"이런 배은망덕한 놈이, 네가 이럴 줄 알았으면 자선단체에 기부하고 대우나 받지. 은행에 담보로 맡겨도 죽을 때까지 생활비 준다더라."

"엉뚱한 소리 하지 마세요. 내 돈을 누구에게 거저 준다고 그러십니까?"

아들은 버럭 화를 내면서 방으로 들어가고 말았다.

참으로 억장이 무너지고 있었다.

며느리도 마찬가지다.

돌산에 있을 때는 어쩌다 내려오면 감자, 고구마, 호박, 고추, 콩, 옥수수 등을 주면 싱글거리면서 살갑게 대하고 좋아하는 빛이 역력했는데, 지금은 늘 똥 씹은 표정에 웃는 모습은커녕 벌레 쳐다보듯 하고 퉁명스럽기 짝이 없다. 이러니 할아버지 할머니는 바늘방석에 앉아 있는 것 같고 잠도 편히 못 자고 아들, 며느리, 손주 딸들의 눈치를 살펴야 했다.

그럴 때마다 할아버지와 할머니는 하염없이 눈물만 흘려야 했다.

그러나 이런 생활이 오래가지 못하였다. 할아버지가 이제 극

한 상황에 내몰린 것이다.

얼마 되지 않은 쌈짓돈도 다 쓰고 폐지 수집에 나섰지만, 이 돈으로는 휴대폰 요금이나 겨우 낼 정도이고 병원도 제대로 못 갔다. 설상가상으로 잇몸에서 냄새가 나길래 소금으로 벅벅 문지르면서 닦아내는데 위 앞니 두 개가 그냥 힘없이 쑥 빠졌다. 피도 거의 나오지 않고 썩은 나무 등걸 뽑히듯 뽑힌 것이다.

"아이구, 이빨이 저절로 뽑히네. 이를 어째, 보기에 흉측하다."

이제 앞니가 위에 세 개 아래에 두 개가 빠져서 정말로 흉물 인간처럼 보였다. 할머니가 안쓰러워서 어쩔 줄 몰라 하더니 마침내 눈물을 훔치기 시작했고 할아버지는 너털웃음을 웃으면서 울어야 했다.

"허허허, 허허허. 앞니 빠진 귀신이 되었네. 허허허."

"아이구머니, 이를 어째, 늙은이가 치아라도 성해야 사람 같은데."

"여보, 갈 때가 되었나 보오,"

"그러게요. 떠날 때가 되었어요."

"구차하게 몇 년 더 사느니 이 꼴이라도 있을 때 가야지. 자리에 누워서 산송장으로 살다가 갈 수는 없어."

"맞아요. 몸 성할 때 가야 해요."

할아버지 할머니는 은연중에 갈 때가 되었다는 것에 동의하고 있었다.

재성이는 제 아버지의 치아가 빠졌는데도 치과에 가 보란 소리를 하지 않고 "때가 되면 이빨도 다 빠져요." 하고 퉁명스럽게 한마디 하는 게 고작이었다.

아예 한술 더 떠서 대놓고 구박을 하기 시작했다.

"늙은이 냄새난다."고 구박하고, "늙으면 빨리 죽어야 자손에게 잘하는 거다."라고 폭언을 하기도 했다.

이럴 때마다 기력 없는 할아버지 할머니는 묵묵히 듣고만 있어야 했다. 대항 못 하는 늙은이가 된 셈이다.

"야, 이놈아, 지금 와서 그런 말이 나오냐? 이런 불효막심한 놈아. 우리가 널 어떻게 키운 줄 알아? 남들처럼 호의호식은 못 시켰어도 산짐승 잡아다가 먹이고 온갖 약초 캐다가 모두 네 입에 들이부었다. 이놈아. 말 한마디 효도는 못 할망정 빨리 죽으라고 이놈아. 너부터 빨리 죽어라."

"뭐라고요? 아버지 지금 미쳤어요. 뭘 먹였다고요? 당치도 않는 말씀 그만하시고 미쳤으면 들어가 주무세요."

재성이가 점점 정신을 잃고 미쳐가는 중이었다.

할아버지 할머니는 정말 억장이 무너졌다. 가난한 살림에 소, 돼지고기는 먹일 수가 없어도 닭고기는 가끔 먹였고, 산에 가서 올가미를 놓아서 잡은 산토끼도 수십 마리나 재성이와 그 아래 딸에게 먹였다. 그뿐 아니라 몸에 좋다는 뱀도 잡히는 대로 약초와 삶아서 할아버지보다는 재성이에게 먼저 먹였다. 그래서 재성이가 키는 좀 작아도 신체는 철인 같아서 한 겨울철에도 몸에서 열이 났고 단단한 체구에 힘도 셌다. 재성이는 어려서 그렇게 먹었던 사실을 알고는 있으나 지금은 모두 부인하고 별것도 아니라는 듯이 말하고 있었다.

더 이상 말해 봐야 큰소리만 나고 해결책도 없었다. 할아버지와 할머니는 다시 좁은 방으로 와서 눈물만 찍어 내야 했다.

"애가 변해도 너무 변했어. 효자라고 소문이 자자했는데 저렇게 불효막심한 놈이 되다니."

"돈이 사람을 변질시켰어요. 그놈의 돈이 웬수요."

"맞아, 돈에 데이더니 지금 돈독에 올랐어. 에휴~ 이놈의 세상, 이 꼴 저 꼴 안 보고 먼저 가는 게 상책이야. 그게 마음 편해. 맨날 소리 지르고 싸워 봐야 뭐해. 아무런 해결책이 없어."

"영감 말이 맞아요. 걔도 그러잖아요, 빨리 가는 게 자손들 도와주는 거라잖아요."

"그려, 그려. 맞는 말이여."

마침내 할아버지는 암암리에 저승으로 갈 채비를 준비하기 시작했다. 이제 날짜만 잡으면 되는데, 큰 손녀딸 진아가 11월 중순에 수능 시험이 있다니까, 그날을 지나야 했다. 날짜를 보니 수능 시험일이 목요일이었기에 바로 뒷날 금요일이나 토요일에 저승길로 떠나기로 작정했다.

11월 23일 목요일 수능 시험일.

재성이가 딸을 태워서 수능 시험장으로 데려다 주었다. 진아는 시험을 잘 보았다고 했다.

8

친구의 성공담

11월 24일 금요일.

며느리가 친정집에 제사가 있다면서 점심을 지나서 시골로 내려갔다가 내일 아침에 온다고 하였다. 재성이는 오후 6시까지 있다가 가게 문을 닫고 대리운전을 하러 갈 셈이었다. 다소 추워진 날씨였지만 할아버지와 할머니는 여전히 폐지 수집을 하고는 사천 원을 벌었다.

이날 진아는 시험이 끝나서 저녁때 친구와 놀다 온다고 하고, 현아는 늘 그렇듯이 학교에서 늦게 온다고 하였다.

재성이는 이날도 대리운전하고 밤 1, 2시경에 돌아올 것이다. 할아버지는 일단 오늘 밤에 길을 떠나야겠다고 마음먹었다.

저녁 7시경에 재성이는 첫 번째 콜을 받았다. 초저녁 손님은 골뱅이가 아니라 점잖게 저녁 식사와 반주를 몇 잔 마신 손님이라 '술 먹은 사람'이었다.

마침 이인 일조로 움직이는 최 기사도 콜을 받았다면서 차를 가지고 가지 말고 버스를 타고 오자고 하였다.

재성이가 콜을 부른 곳으로 가 보니 H사의 중형 승용차인 '소나투'였다. 이 차는 흔해서 운전하기가 수월했기에 내심 만족을 하고는 차에 올랐다.

"손님, 어디까지 모실까요?"

"황미동에 버드마을 아파트 아시죠? 거기 일 단지로 갑시다."

"예. 그럼 그리로 모십니다. 큰길로 가도 되지요?"

"당연히 큰길로 가야지요."

이렇게 대화가 시작되어 흔해 빠진 정치 얘기도 조금 하고, 살아가는 얘기도 조금 하였다. 손님은 소주 한 병 정도 마셨는데 도수가 약해서 별로 취하진 않았지만, 어제 수능 끝나고 오늘부터 음주 단속 기간이라면서 대리운전을 불렀다고 하였다. 자기 아들이 어제 수능을 보았는데 잘 보았다고 말은 하는데 성적표 나와 봐야 한다고 했다. 2등급 이상은 나와야 인 서울(In Seoul) 할 수 있다고 하였다. 그러다가 재성이가 말대답을 한다는 것이 자기 딸도 어제 수능을 보았다고 말했다.

그렇게 몇 마디 더 했는데 뒤 손님이 룸미러를 들여다보고 재성이를 살피는 것 같더니만 느닷없이 묻는다.

"혹시 재성이가 아닌가요? 돌산의 송재성."

"예에? 저를 아시나요?"

"야아~ 재성이구나, 나야 중학교 때 친구 한상훈이야. 상훈이."

"뭐어?"

재성이가 너무 놀라서 갓길에 차를 대고는 뒤를 돌아다보았더니 살이 쪄서 몸도 커지고 얼굴도 좀 커졌지만 중학교 때 친구인 한상훈이 틀림없었다.

"야아~ 이게 웬일이냐. 이게 몇 년 만이야. 중학교 졸업하고 처음이다."

"야~ 진짜 삼십 년 만이다. 그동안 어떻게 지냈냐?"

둘은 너무 기뻐서 어쩔 줄 모르다가 상훈이가 근처 식당에 가서 술을 마시면서 지난 얘기를 하자고 하였다. 주저하는 재성이를 보고, 상훈이는 이따가 또 다른 대리운전 기사를 부르면 된다고 했다.

상훈이가 저녁을 배부르게 먹었으니 어디 시원한 국물 종류로 소주를 마시자고 하여 두리번거리다가 마침 해물탕집을 발견하여 그리로 들어갔다.

상훈이는 한눈에 보아도 얼굴이 반들거리는 게 사장티가 났으나 재성이는 궁(窮)한 티가 나는 게 꾀죄죄하였다.

"너 기반 잡았나 보다. 중학교 졸업하고 무작정 상경했다고 하더니."

재성이가 궁금하여 먼저 물었다.

"응, 지금은 기반 잡았지. 그때 돈 없어서 고등학교도 못 가고 그냥 올라온 거야. 올라와서 갈 데가 있어야지. 거지꼴로 헤매다가 전봇대에 붙은 중국집 배달원 모집을 보고는 거기 가면 굶지는 않겠다 싶어서 중국집 배달로 들어갔다."

"너도 그랬구나. 나도 중국집 배달부터 시작했다."

"하하하, 그게 촌놈들 첫 번째 관문이다. 그런데 일 년 넘게 배달을 죽도록 해 봐야 별 전망이 없었어. 요리를 가르쳐 주는 것도 아니고 그냥 하루 종일 배달만 하고 그릇 가져오고 설거지하고 진짜 희망이 없더라. 그러다가 어떤 손님이 와서 자기들끼리 말하는데 앞으로는 한 집당 차가 한 대씩 보급된다는 거야. 그래서 기름밥을 먹어야 살 수 있다고 말하더라고. 난 그 기름밥이 무슨 참기름이나 들기름에 밥 비벼 먹는 기름 밥인 줄 알고는 틈을 봐서 조심스럽게 물어봤지. 무슨 기름밥을 먹어야 하느냐고 그랬더니 그 사람들이 배꼽을 잡고 웃으면서 기름을 손에 묻혀서 밥을 먹어야 하는 기술자를 말하는 거래. 다시 말하면 자동차 기술을 가지고 있어야 돈을 번다는 거야. 하하하."

"그랬겠다. 그래서 어떻게 되었어?"

"그래서 자동차 고치는 기술을 배우려는데 뭘 알아야지. 배달 오가면서 살펴보고 알 만한 사람들에게 물어보고, 그때 자동차 기술 가르쳐 주는 학원도 있었는데 너무 비싸서 근처에도 못 갔어. 대부분 기술자들이 정비센터에 들어가서 얻어맞으면서 배울 때라고. 그렇게 한참을 찾다 보니 다른 마을에서 초보자를 한 명 뽑는다는 거야. 그래서 자전거를 타고 가서 기술을 배우고 싶다고 했더니 월급이 없다고 하더구먼."

“맞아, 나도 배달할 때 월급 없었어. 먹고 자고 했지.”

“그래도 좋으니까 기술을 가르쳐 달라고 했더니 오라는 거야. 그때부터 지옥 훈련이 시작되었다. 와~ 진짜. 지금 같으면 폭행범으로 몰아서 콩밥 먹일 거다.”

“왜? 막 때려?”

“강호 카센터의 강대철 사장이라고 하는데, 삐쩍 마르고 눈이 쪽 찢어진 게 진짜 한 성깔 하는 사람이야. 사장 소리도 안 나온다. 그놈이 타이어 너트 빼는 렌치 있잖아, 기역 자처럼 생긴 것. 그걸로 내 머리를 내리쳐서 죽는 줄 알았어. 여기 봐, 봐라.”

상훈이는 머리꼭지를 들이밀고 머리카락을 젖혀 보였다. 거긴 꿰맨 자리와 함께 머리카락이 나질 않았다.

“와아~ 죽지 않은 게 다행이다.”

“맞아, 그걸로 한 대 맞아서 머리가 핑 돌면서 피가 철철 나잖아. 그제야 사장도 겁이 조금 났는지 나를 차에 싣고는 병원으로 가서 꿰매주더라고. 진짜 괴팍한 인간이야.”

“그런데 왜 그 집에서 안 나오고 있었냐? 다른 데는 또 맞은 데 없냐?”

“성질이 개 같아서 발길질로 엉덩이 맞는 것은 예사야. 뭘 코딱지만큼만 잘못해도 손에 들고 있는 공구로 등짝이고 다리고 아무 데나 때리는 거야. 머리 맞은 것은 내가 보닛을 열고 무슨 전기 배선을 잘못한 모양이야. 왕초보라 뭘 제대로 알아야지.

하이구, 내 원참."

"그런데 왜 안 나왔냐고, 나 같으면 백번도 더 도망쳤겠다. 맞고는 못 살지."

"내가 참았지. 그 사장이 성질은 진짜 개 같아도 기술은 끝내주었거든. 항상 차들이 밀려 있어. 그만큼 꼼꼼하게 수리하는 거야. 조금이라도 빈틈이 없어. 그러니까 사람들이 차를 맡기는 거야. 일만큼은 성실하고 A급 기술자라 내가 참고 울면서 배워야 했어. 기술도 잘 알려 주지도 않아, 거의 곁눈질로 배우다시피 하고 '이걸 해라.' 하면 즉시 해야 했으니까. 야, 지금이니까 이런 얘기하지. 진짜 지옥 훈련이었다."

"와, 정말 대단하다. 그걸 참고 기술을 배우다니."

"여기 열 손가락 모두 동상에 걸렸었다."

"겨울에 추워서?"

"그럼, 자동차가 온통 쇠라 겨울에 손으로 만지기만 해도 쩍쩍 달라붙어. 하도 추우니까 장갑을 껴도 별 소용없더라고. 잠잘 데도 없어서 셔터 문 내리고 연탄불 난로 피워 놓고 그 옆에서 자는 거야. 침대도 없어. 승용차 뒷좌석 뜯은 걸 침대 삼는데 그게 길이가 짧잖아. 내가 키가 좀 작아도 발이 쑥 나오는 거야. 자세도 불편하고, 거기에 누워서 새까만 이불 덮고 장갑 끼고 모자 쓰고 마스크까지 하고 자도 덜덜 떨리는 거야. 내가 아침에 하도 덜덜 떠니까 사장이 그래도 코딱지만 한 인정이 있었는지 뜨거운 물 넣는 찜질 주머니 있잖아. 주황색 고무로 된 것.”

“응, 알아.”

“그걸 두 개 사다 주더라고, 자기 전에 뜨거운 물 넣고 하나는 발치에 하나는 배나 등쪽에 놓고 자면 덜 춥다고. 그래서 그렇게 했더니 몸은 안 추워 더워. 얼굴이 추워서 그렇지. 그래서 여전히 모자 쓰고 마스크 쓰고 잠을 자야 했다. 늬들이 고등학교 다닐 때 난 이렇게 보냈다. 밤마다 눈물을 흘리면서 이를 악물었지.”

상훈이는 지난 일에 감정이 북받쳐서 눈물을 닦아냈다.

“정말 너 고생 진짜 많이 했다. 그래서 기술을 좀 배웠어?”

“응, 군대 가기 전까지니까 아마 삼 년은 배웠을 거야. 나중에는 기술도 조금씩 알려 주고 쉬운 작업은 나에게 맡기더라고. 그때 틈틈이 공부해서 운전면허도 땄지.”

상훈이가 흥분해 가면서 말하는 강호 카센터의 강사장은 그렇다고 흉악한 범죄자 정도의 악인은 아니었다. 성격이 지랄맞아서 그런 것이었다. 인정도 있는 편이어서 상훈이가 입을 옷을 어디서 구해다 주기도 하고 먹을 것은 똑같이 먹었다. 주로 시켜 먹지만 똑같은 메뉴를 시켜 먹고 어쩌다가 저녁 외식에 고기를 사 주기도 하였다. 얼마 후에는 중고 매트리스도 어디서 구해다 주고 전기장판도 사다가 깔아 주었다. 제대한 군인들이 군대 이야기를 할 때면 좋은 내용은 잘 하지 않고 고생하고 힘든 얘기만 하는 것과 같이 상훈이도 어려운 때만 이야기하고 있었다.

이 강 사장은 유난히 무협 소설에 빠져 있어서 한가할 때면 만화 가게에 가서 무협 소설을 빌려 오기도 하고 때로는 전화로 신간이 들어왔다고 하면 상훈이에게 만화방에 가서 무슨 무슨 무협 소설을 빌려 오라고 시키기도 하였다. 그래서 카센터 이름도 '강호'라고 지었다고 했다. 강사장은 기술이 꼼꼼해서 뭘 하나 가르쳐 줄 때도 세세하기 가르쳤다. 사람들은 카센터라면 엄청나게 많은 기술을 가지고 있어야 하는 줄 알고 있지만, 꼭 그렇지는 않았다. 늘 하는 수리가 돌고 돌았다. 엔진 오일을 교체하고, 복잡하다면 엔진룸을 열기도 하고, 프라그를 청소하고 간극을 조정하고, 타이어 펑크 수리 교체 등 늘 비슷한 작업이 매일 반복되는 것이었다. 이제까지 곁눈질로 봐둔 상훈은 그야말로 일취월장으로 기술을 습득하게 된 것이다.

재성이와 상훈이는 시간 가는 줄 모르고 술을 마시면서 얘기를 했는데 대부분 상훈이가 말을 했다. 재성이는 지난 과거가 부끄러운 면이 많아서 적당히 얼버무리고 있었다.

"군대에 갔는데 내가 운전면허가 있다니까, 운전병으로 보내더라고. 포병으로 가서 포를 끌고 다니는 포차 운전수였는데 내가 기술이 있다는 게 알려지면서 어느 날 갑자기 대대장 1호차를 몰라는 거야. 대박난 거야. 지프차인데 요즘말로 꿀 보직이야. 대부분 훈련도 열외이고 대기하고 있다가 대대장이 어디 가면 운전만 하면 돼. 할 일 없을 때는 차만 닦는 거야. 바퀴도 구두약으로 새카맣게 칠한다. 하하하."

"그때부터 운이 풀렸던 모양이구나. 난 땅개(보병)로 가서 박박 기다가 왔는데."

"땅개면 그랬을 테지. 아무튼 꿀 보직으로 있다가 제대한 후 먼저 그 카센터 강 사장에게 찾아갔더니 반갑게 맞이하더라고. 그러면서 자기가 아는 사람이 기술자를 한 명 뽑는데 그리로 가 볼 테냐고 하길래, 딱히 갈 데가 없던 내가 간다고 해서 '수' 카센터로 간 거야. 내가 강호 카센터 강 사장 밑에서 기술을 배웠다니까 웃어가면서 "그럼 기술은 단단히 배웠겠네." 이러면서 나오라고 하더라고. 거기선 월급도 조금 주고 사장이 좋아서 사람대우를 해 주대. 나는 정말 최선을 다해서 일해 주면서 언젠가는 나도 이런 카센터를 운영해야겠다고 마음을 먹었어. 그래서 손님들이 올 때마다 내 얼굴을 알리고 꼼꼼하게 전화번호를 챙겼어. 사장 모르게. 사장은 별 신경 안 쓰더라고. 오가는 손님 수리만 해 주면 끝나는 줄 알아."

"그래서?"

"월급이 얼마 안 되어서 카센터 차릴 엄두도 못 내는데, 건너편 어느 골목에 있는 카센터가 운영이 안 되어 헐값에 내놓았다는 거야. 그 카센터도 내가 알고는 있었는데 사장 혼자서 운영했어. 그런데 기술이 시원찮았는지 손님들이 없어서 그만두고 다른 것을 해 본다는 거야."

"그래서 그걸 인수했구나."

"그런 셈이야. 돈 없어서 인수는 아니고 매달 벌어서 얼마씩 갚겠다고 했더니 그렇게 하라는 거야. 사실 그런 업종은 다른 사람이 인수하기 어렵거든 거의 불가능하지. 몇 달간 안 갚으면 사장이 도루 회수하는 조건으로 계약서까지 작성하더라고. 살벌하지. 살벌해."

"그럼 그때 집에서 도와주셨나? 조금이라도."

"집? 너도 알잖아. 땅 한 뼘도 없어서 남의 땅을 도지(소작료) 주고 농사지어서 겨우 목구멍에 풀칠했잖아, 그래서 돈 없어서 고등학교도 못 가고 무작정 서울로 온 거야. 그때 그런 말이 있었잖아. 무작정 상경이라고 말이야. 거기서부터 출발해서 내가 적어 두었던 사람들에게 틈만 나면 전화하고 여기 골목에서 카센터를 오픈했다고 염가에 봉사한다고 했지."

"야아~ 그렇게 해서 시작했구나. 진짜 재주가 용하다 용해."

상훈이가 이럴 때쯤에 재성이도 제대 후 중국집이 잘 될 때였다.

아무튼 재성이는 상훈이의 성공담을 더 들어야 했다.

"넌 그동안 어떻게 지냈냐?"

"나도 중국집 배달부터 시작해서 요리를 배워서 제대 후 중국집을 어렵게 차렸는데 일이 잘 안 풀려서 치킨집으로 바꾸었다. 그런데 그게 또 대형 체인점이 생기면서 어렵더라고. 그래서 투잡을 뛰는 거야."

"그랬구나. 넌 시작을 그걸로 해서 어려웠겠다. 요즘도 우후죽순 생기는 게 치킨집인데. 나처럼 남들이 못하는 기술을 가져야 하는데."

"그러게 말이야. 난 그런 생각해 보지도 않았다."

"그렇게 시작해서 명함을 만들었어. '훈 카센터' 이름 상훈의 훈 자야. 명함을 만들고는 새벽이나 밤에 인근에 주차한 차에 꼽아 놓았어. 이렇게 해서 겨우겨우 한두 사람씩 골목길 우리 카센터로 오기 시작하더라고. 한 번 온 손님은 절대 놓치지 않으려고 무지하게 노력했다."

"야~ 너 진짜 대단하다. 중학교 때와는 딴판이다. 공부도 별로 안 하고 까불기만 하더니."

"그랬지, 너도 그랬잖아. 네 성격도 쾌활하고 까불었는데 지금 보니 영 아니다. 얼굴이 그늘져 있어. 뭐가 잘못되었나?"

"우웅, 쪼금."

재성이는 일부러 말대답을 회피했다.

"어서 다음 얘기나 해 봐. 진짜 재미있다. 오늘 밤새우겠다. 네 얘기 듣느라고."

"한 달 동안 열심히 일해서 한 달 월세와 인수금 일부를 갚았지. 와~ 이때서야 이제 살았구나 싶더라고. 첫 달도 못 넘기는 줄 알았거든. 안간힘을 써가면서 서너 달인가 지나서였을 때인데 알고 지내던 기름쟁이(기술자) 몇 명이 모여서 삼겹살을 먹자는 거야. 그때 막 삼겹살 구이가 인기 있을 때라 그 사람들 장사가 잘 되었잖아. 그래서 네 명이 모여서 알고 있었던 고기집에 가서 고기를 구워 먹고 있는데, 홀에 처음 보는 아가씨가 서빙을 하는 거야. 얼굴이 이쁘장한데 웃는 모습이 귀엽고 붙임성이 있어서 사근사근하게 손님들에게 대하더라고. 가위 들고 다니면서 고기도 자르고. 내가 첫눈에 그 여자에게 반했다. 이상하게 마음이 끌리더라고."

"오호, 그래서 어떻게 했는데?"

"내가 좀 까부는 성격이어도 여자 앞에선 맥을 못 추거든. 이게 촌놈들의 특징이야. 하하하."

"하하하, 그래 말 잘했다. 촌놈이 어떻게 했어? 그다음에."

"식당에 가긴 가야 하는데 그런 식당에 혼자서는 갈 수가 없잖아. 그래서 또 친구 한 명을 불러서 가서 고기만 먹고 나왔지. 아마 일주일에 한 번꼴은 갔을 거야. 그 아가씨는 전혀 눈치채지 못하고 웃어가면서 "또 오셨네요." 하고 인사만 하더라고. 웃는 모습만 봐도 내 애간장이 다 녹아서 없어지게 생겼어."

"크하하하, 진짜 재밌다."

재성이는 그동안 고단함을 잠시 잊고 이야기 삼매경에 빠지고야 말았다.

"아마 그렇게 한 달 넘게 아니 거진 두 달은 갔을 거야. 돈 쪼금 벌어서 식당에 상납하는 꼴이지. 간신히 임대료하고 인수비

내고 있는 판에 말이야. 나도 내가 왜 이러나, 내가 여자에 미쳤나 하는 생각도 들고 발길을 끊어야 하는데 이게 안 돼. 그 집에 점심은 김치찌개, 된장찌개를 일 인분도 팔고 있었는데 이젠 혼자서 그 집까지 가서 점심을 사 먹게 되는 거야. 거기 사장님하고 그 아가씨는 자주 오니까 얼마나 반가웠겠냐.

그러던 하루는 사장이 나를 보더니 "한 사장, 우리 미순이 좋아하지?" 하고 묻길래 얼떨결에 "예."하고 대답을 했더니 "미순아! 미순아!" 하고 그 아가씨를 부르는 거야. 그때 그 여자 이름이 미순이라는 것을 처음 알았다. 나중에 알고 보니 김미순이더라고. 그래서 미순이가 아무 생각 없이 사장 앞에 왔는데 사장이 "얘 미순아, 여기 한 사장이 너를 좋아한댄다. 어떻게 잘해 봐라." 이러는 거야. 내 원 참, 그때 미순이는 혼비백산해서 주방으로 뛰어 들어가고 나도 어안이 벙벙하니 있다고 겨우 점심 먹고 나왔지. 하이구, 느닷없이 그러는 게 어딨냐. 그 사장도 웃기지."

"크하하하, 지금 무슨 영화 설명하냐? 어서 말해봐. 다음 애기를."

"눈만 감아도 미순이 얼굴이 아른아른해서 가 보긴 해야 했는데 갈 수가 있어야지, 창피하기도 하고 어색하기도 하고 미순이가 나를 보면 어떻게 나올지도 모르고, 혹시 다른 곳으로 가 버렸는지도 모르고, 아무튼 애만 태우다가 열흘쯤 후에 점심때 혼자 갔어. 밖에서 보니까 미순이가 홀에서 왔다 갔다 하더라고. 그날이 금요일이었어. 그냥 용기를 내서 문을 열고 들어갔더니 사장이 웃으면서 반기고 미순이도 전처럼 웃어가면서 인사를 하데. 그제야 마음이 놓여서 방바닥에 올라가지 않고 옆에 식탁이 있는데 의자에 앉아서 만만한 된장찌개를 주문했지. 잠시 후에 미순이가 쟁반에 된장찌개를 가지고 와서 내려놓으면서 내 귀에만 들리도록 "이번 주 일요일, 비번이에요. 노는 날이에요." 이러고선 얼른 가더라고. 와아~ 그 소릴 들으니 심장이 터질 듯하니 "쾅! 쾅!" 거리더라. 그런데 말을 붙일 수가 있어야지. 남들 이목이 있고 바로 옆에 사장이 있는데 말이야. 그래서 밥을 다 먹고서 그릇 가지러 올 때 재빨리 명함을 꺼내 주면서 "전화하세요." 했더니 명함을 받아들고 가더라고."

"그래서 연락이 왔어?"

"그 날 밤 10시는 되어서 가게로 전화가 왔어. 그때도 난방도 없이 카센터에서 셔터 문 내려놓고 잠을 잘 때였거든. 내가 반갑게 전화를 받았더니 일요일 날 남산에 가 보고 싶다는 거야. 서울에 온 지 3년이 다 되어 가는데 식당에만 전전하다 보니 갈 사람도 없고 데려다 줄 사람도 없어서 못 가 봤다는 거야. 난 '이게 웬 횡재냐.' 하고선 내가 데려다 준다고 했지. 남산 타워도 올라가 보자고 했더니 웃으면서 꼭 몇 시에 어디 어디로 나오라는 거야."

"야, 진도가 일사천리로 나가는구나. 그러니까 미순이도 너에게 마음이 있었네."

"하하하, 그때 아주 쪼금 마음에 있었던 모양이야. 나중에 하는 말이 내가 카센터 사장이라니까 돈 많은 남자인 줄 알았대. 아직 병아리 사장인데. 하하하, 그 다음 날이 토요일이길래 먼저 있었던 '수' 카센터 사장에게 가서 이러저러한 일로 차를 하루만 빌려달라고 했더니 별말 없이 잘 쓰라고 빌려주더라고. 중형차야. 그 사장 진짜 되게 좋은 사람이야. 부처님이야, 부처님."

"그러네."

"그렇게 해서 일요일 날 만났는데 차를 보더니 눈이 휘둥그레지는 거야, 내 차냐고. 그래서 내 차라고 뻥 쳤지. 그때만 해도 부자들만 차를 가지고 있었잖아. 그러고선 남산에 가서 식물원도 구경하고 케이블카 타고선 남산 타워까지 올라갔는데 무지하게 좋아해. 남산 타워는 나도 처음 올라가 가 본 거야. 점심도 근사하게 사 주고. 하루가 한 시간보다 빨리 가더라. 저녁때가 되어서 저녁도 사 먹고 집 근처에 데려다 주었어. 시골에서 친구랑 두 명이 올라와서 자취방을 얻어서 둘 다 식당에 서빙하러 다닌다는 거야. 돈 벌러 왔는데 돈을 벌기가 어렵고 나이도 먹고 하니 점점 의욕이 떨어진다나. 그래서 방향을 바꾸어서 돈을 버는 것이 아니라 돈 많은 남자에게 시집을 가기로 결정했다나. 어쨌다나. 하하하. 지금 생각해도 웃기는 발상이야. 남자들도 이러면 얼마나 좋겠냐. 돈 벌기 어려우니 돈 많은 여자에게 장가를 가면 된다."

"와아하하하, 꾀가 대단한 여자다."

"맞아. 머리가 잘 돌아가. 근데 난 아직 가진 게 없는 병아리 사장이지, 단칸방도 없는 신세잖아. 아마 그때 이걸 알았으면 펄쩍 달아났을 거야."

"그랬겠다. 그다음은 어떻게 했어."

"할 수 없지. 한 달에 두 번 비번 때마다 만나서 뻥을 쳐야지. 앞으론 집집마다 자가용이 있는 세상이라 자동차 기술자가 돈을 많이 번다. 내 나이에 지금 사장인데 전망이 아주 좋다. 사람들에게 성실하다고 인정받았다는 등 어르고 달래서 세뇌를 시키다시피 했더니 나를 아주 좋게 본 거야. 사실 외모로 본다면 내가 지거든. 그 여자가 힐을 신으면 내키만 하니까 여자론 큰 키잖아. 난 남자로 작은 편이고. 만날 적마다 이런 식으로 세뇌를 시키면서 극장도 가고 경복궁, 덕수궁도 가고 그랬다, 남들처럼."

"그럼 그때마다 차를 빌렸나?"

"응, 몇 번 빌리다가 미안해서 내가 중고차를 하나 샀어. 아주 헐값에 사서 손을 싹 보았더니 새 차나 마찬가지야. 카센터 하면서 차가 있어야 하거든. 부품이 제때에 오지 않으면 직접 가서 가져와야 하니까. 차 바꾸었다니까 이 차도 좋다면서 별말 없더라고. 그냥 태워만 주면 좋은 거야. 차종도 잘 모르니까. 하하하."

"그러다가 결혼을 했구나."

"아니, 동거부터 먼저 했어."

"야아, 너 진짜 수완이 대단하다. 그 머리로 공불 했으면 고시도 합격했겠다."

"하하하. 근데 책은 적성에 맞질 않아. 공구를 가지고 놀아야지."

"하하하, 맞는 말이다. 나도 책하곤 친하지 않았잖아."

"그러니까 봄에 처음 만나서 가을까지 만났는데, 하루는 내가 이렇게 하다간 안 되겠다. '확실히 붙잡아야지.' 라는 생각이 들더라고. 사귀다가 틀어지는 사람들도 많잖아. 그래서 우선 근처 동네를 돌아다니면서 방을 하나 구했다. 작은 마당과 화단이 있는 단독주택인데 할아버지 할머니만 사셔. 그 주택 옆에 달아낸 방 한 칸이 있는데 처음부터 세를 주려고 만든 방이야. 부엌 하나에 방 하나인데 욕실 겸 화장실이 딸려서 있더라고. 요즘으로 말하면 원룸 비슷한 거야. 할아버지가 월세를 받아서 용돈으로 쓰려고 달아낸 방이라고 하데. 그 방에 신혼부부가 살다가 이사 갔다면서 날 더러 오라는 거야.

그래서 내가 좋다고 하고선 계약을 했지. 그다음엔 혼자서 도배도 하고 여기저기 손도 보고 화장실도 새집처럼 깨끗하게 닦고, 가구점에 가서 하나둘씩 가구도 사서 놓고, 부엌살림, 가전제품 등 살림살이 일체를 새것도 사고 중고도 사서 꾸민 거야. 동물에 대한 프로그램 있잖아. 거기 보면 정원새라고 있는데 이 새의 수놈이 새 집을 정원처럼 이쁘게 다 꾸며놓고 암

놈을 부르잖아. 암놈이 들여다보고 마음에 들면 들어와서 짝짓기하고 마음에 들지 않으면 날아가잖아, 봤지?"

"응, 신기하더라. 수놈이 별의별 것을 다 물어다 꾸미더라."

"맞아, 내가 정원새 수놈이 된 거야. 살림살이 일체를 다 물어다 놓았어."

"야아~ 진짜 꾀 많다. 천재다, 천재."

"하하하, 공부 못하는 천재다. 가을이 되어서 날이 추워지기 시작하는데 미순이를 만났을 때 꼭 가 볼 곳이 있다면서 단칸방으로 데려갔지. 엄청 놀라더라. '이게 우리가 살 집이야. 남들도 이렇게 단칸방에서 신접살림 시작했어. 여기 다 있잖아. 부엌살림, 집안 살림, 화장대에 화장품도 다 있어.' 이랬더니 눈을 간장 종지만 하게 뜨고는 이리저리 둘러보면서 감탄을 하는 거야. 그게 단칸방이라도 방이 아주 넓었거든."

"그래서 정원새 암놈이 들어갔나?"

"하하하, 안 들어갔어. 문밖에서 쳐다만 보더라고. 부엌도 보고 욕실 겸 화장실도 보고, 안방도 살펴보더니만 안 들어가는 거야."

"그럼 엄청 실망했겠다."

"서운하긴 했지만, 짐작은 하고 있었다. 아직 결혼 얘기를 할 정도의 사이가 아니거든. 뽀뽀도 못 했으니까. 미순이가 둘러보고는 나가자고 해서 나와서는 쉬고 싶다면서 극장엘 가자는 거야. 극장은 전에도 여러 번 갔었기에 그냥 아무 데나 갔지.

무슨 외국 영화인데 멜로물이더라고, 진한 베드신이 나오는 거. 제대로 확인도 않고 갔는데 어쩌겠어. 그냥 봐야지. 미순이도 별말 없이 앉아 있더라고. 그러고 저녁 먹고 헤어졌다."

"야아, 거기서 브레이크 걸리면 안 되는데."

"브레이크 걸리는 줄 알았다. 2주 후 일요일 날 비번이라 당연히 만날 줄 알았는데 시골에 간다는 거야. 시골이 강원도 어느 산골짜기거든. 거기서 감자, 고구마 캐고 옥수수 따기 싫어서 무작정 상경했었다고 했거든. 그냥 그런 깡촌이 싫고 도시에서 살려고 한 거였어. 그런데 그게 잘 안된 거지. 돈을 벌기가 그리 쉽나. 남자도 어려운데 여자가 더 어렵지. 재수 없으면 못된 놈들에게 걸려들어 평생 망치는 거잖아."

"그렇지, 여자가 더 어려워."

"월요일이 되어서 미순이가 출근했나 하고 몰래 식당에 가 보았더니 홀에서 어른거려. 다행이다 싶어서 전화 오기만 기다리는데 전화가 오질 않는 거야. 서먹서먹해서 식당에 갈 수도 없고, 하루가 일 년처럼 시간을 보내는데 이주 후에 금요일 밤늦게 전화가 오더라고. 이번 일요일 몇 시에 어디로 나오라고 말이야. 그래서 만나서 어디로 갈까 하고 생각하면서 차를 가지고 나갔는데, 미순이가 커다란 트렁크 가방과 박스 몇 개, 보따리 몇 개를 길가에 내놓고 나를 기다리고 있더라고, 나는 속으로 '이제 어디로 떠나는구나. 시골로 내려가나?' 하고는 차를 세웠는데 아무 말 없이 짐을 싣는 거야. 그러고선 뒷자리에 앉더니 훌쩍훌쩍 울기 시작하는 거야. 난 깜짝 놀라서 뒤를 돌아다보았는데 그냥 말도 없이 훌쩍거리는 거야. 말은 하지 않지 무슨 일이 터졌나 싶어서 미치겠더라고."

"어디가?"

"……."

"왜 짐을 다 들고 나왔어, 이사 가나?"

"집 나왔어요."

"으응, 그런 거 같아. 어디로 가려고 그래."

"갈 데가 없어요."

"그럼 우리 집으로 가, 지난번에 본 그 셋방."

"……."

"왜 싫어? 그럼 일단 짐이라도 놓고 다녀야지. 어딜 가든."

"그래요. 사장님 집으로 가요."

상훈은 얼마 떨어지지 않은 셋집으로 가서, 미순이의 짐을 들고 방으로 들어왔다.

미순이도 별말 없이 따라 들어와서는 또 훌쩍이고 있기에 상훈은 몇 마디 말로 달래다가 진정될 때까지 그냥 두기로 하고 TV를 켰다. 마침 웃기는 코미디언들이 나와서 그냥 맥없이 쳐다보고 있는데 미순이도 어느새 울음을 그치고 허탈한 표정으로 TV를 응시하고 있었다. 한참을 그러고 있는데 미순이가 일어서서 부엌으로 나가더니 뭘 먹으려는지 덜그럭 소리를 내고 있었다.

"배고파? 지금?"

"배고파요, 아침도 못 먹었어요."

"지금 밥 없어. 밥해야 돼. 배고프면 라면을 먹자."

"그래요. 라면 어딨어요?"

"거기 찬장 맨 아래 칸 열면 라면 몇 봉지 있어."

미순이는 능숙한 솜씨로 가스레인지에 라면을 두 개 끓여 오고 냉장고에서 김치와 반찬을 찾아내어서 밥상을 차려왔다. 상훈이는 여기에 와서 다른 사람이 차려 주는 밥상을 처음 받아보아서 감개무량하면서 둘은 별말 없이 라면을 먹었다. 라면은 쫄깃쫄깃한 게 상훈이가 끓인 것보다 백배는 맛이 있었다.

밥상을 물리고 둘은 또 별말 없이 TV 앞에 앉아 있는데 미순이가 낙엽이 떨어지는 공원으로 가자고 하여 상훈이는 차를 몰고 근처에 있는 작은 산으로 갔다. 거기에도 오솔길이 있고 쉴 만한 벤치가 있었고 그 위로 올라가면 작은 절이 있었다. 상훈은 여길 몇 번 와 보았지만 미순이는 처음이라면서 매우 좋아하였다. 시골에 있을 때는 엄마 따라 절에도 가끔 갔다면서 법당에 들어가서 절을 하기에 상훈이도 덩달아서 절을 하고, 몇 천 원을 꺼내어 미순이에게 주면서 "이거 시줏돈으로 넣어. 그리고 우리 둘이 잘 살게 해 달라고 빌어."이랬더니 미순이는 처음으로 해쭉 미소를 지으면서 시주를 하였다. 그 모습을 보니 상훈이도 뭉쳤던 가슴이 풀리는 듯하였다.

둘은 절 마당 끝에 있는 벤치에 앉았고, 그때부터 미순이가 조금씩 풀어지는지 마음의 문을 열고 말을 하기 시작했다.

이제 서울 생활에 지치고 지쳤다는 것이다.

돈을 벌려고 거의 3년간 서울을 돌아다녔지만 돈을 벌 수가 없었고, 아무리 힘들게 고생해도 식당 일을 해서는 목구멍에 풀칠할 정도였고, 돈 많은 남자를 만나서 시집이라도 가려는데 돈 많은 남자는 어디 갔는지 구경도 못 하겠기에 앞으로 돈을 잘 벌 만한 남자를 만나려다가 한 사장을 알게 되었다는 것이다. 그래서 지난번에 시골에 가서 시집을 간다고 하였더니 집에서 모두 반대하고 때려죽인다면서 하루속히 내려오라고 했다. 같이 있던 친구도 서울 생활에 진력이 나서 오늘 시골로 내려갔다는 것이다. 앞으로 겨울 되면 식당일이 어려워지는데 겨울에 손이 터서 피가 나고 엄청 아팠다. 고무장갑을 껴도 한겨울 내내 아물지 않다가 다음 해 봄이 돼서야 낫는다는 것이다. 설거지를 많이 하여 주방 세제에 손이 트는 것이다. 식당도 어제 날짜로 그만두었고, 한 사장이 받아 주면 여기서 함께 살려고 나왔다고 하였다.

"잘 생각했어. 내가 지금 돈은 없지만 앞으로 큰돈 벌 거야.

앞으로는 집집마다 차 한 대씩 갖는 세상이 온다는 거야. 경제 발전해서. 그러면 당연히 소소한 자동차 수리도 많아지고 나는 그런 손님들을 많이 유치할 자신 있어. 나름대로 고객 관리하는 노하우가 있거든. 나랑 살면 절대 후회 안 해."

"고마워요, 사장님."

뭔가 서먹서먹하던 둘은 이렇게 금세 서로의 마음을 터놓게 되었다.

"와아, 진짜 영화 한 편 감이다. 그렇게도 사람을 만나는구나."

"너는? 너도 결혼했잖아."

"했지. 난 그때 중국집에 있다가 독립할 때 먼저 사장이 중매해서 몇 번 만나보곤 단출하게 결혼식을 올렸어."

"하하하, 진짜 그게 좋은 거야. 난 애간장이 몇 번이나 녹았었다니까."

"그랬겠다. 이렇게 말은 하지만 당사자는 어땠겠어. 속이 타들어 갔겠다. 하하하. 그래서 그날부터 동거한 거야. 여자가 순순히 집에 와서 함께 잠을 자기 시작한 거야."

"그랬지, 함께 잠을 자도 사랑은 못 했어. 요도 따로 펴고 이불도 따로 덮고 잤으니까. 이쪽 벽 쪽에는 내가 저편 벽 쪽에는 미순이가 누웠다. 생각 같아선 내가 덮치려고 했는데 아차 잘못하다가 여자 비위를 거슬렀다가는 다 잡은 물고기 놓치는 격이라 생각하고 참고 또 참느라고 매일 밤잠도 제대로 못 잤다. 참느라고."

"크하하하, 그랬겠다. 옆에 여자가 자는데 그냥 자려니 잠이 오겠냐, 참을성이 대단하다."

"아무튼 첫날밤을 그렇게 보내고 신혼여행은 우리 카센터로 갔다. 내가 아침에 하루 종일 여기서 뭐 할 거냐고 카센터에 가자고 했더니 따라오더라고. 가게에 온 손님들이 누구냐고 눈을 휘둥그레 뜨고는 물어보길래 약혼자라고 했더니 다들 그러냐면서 참하고 이쁘다나 어쨌다나. 카센터 일이 어느 때는 일거리가 몰려서 돈을 받을 시간도 없어. 게다가 전화를 받아야지. 부품 가져오라고 전화도 해야지. 진짜 눈코 뜰새 없이 바쁠 때가 있는데, 그날따라 엄청 바쁜 거야. 월요일이라 대개가 일거리가 많거든. 그래서 내가 미순이더러 이 손님에게 얼마를 받고 장부에 기록하고, 어디에 전화해서 무슨 부품을 가져오라고 시켰다니 곧잘 하더라고. 손님들이 오면 웃으면서 인사도 하니까 다 좋아하는 거야. 이렇게 하루해를 보냈는데 그날 저녁에 대충 결산을 보니까 나 혼자 할 때보다도 거의 두 배 정도 일을 한 거야. 난 그때 엄청 놀랐다. 이 여자만 있으면 돈이 붙을 것 같더라고."

"이야 복덩이네. 복이 굴러왔어."

"그런 셈이었어."

"그럼 그날도 따로 잤어?"

"할 수 없지. 낚시에 걸린 고기 '아차'하다가 떨어져 나가잖아. 미순이에게 그런 느낌이 들었어. 잘 웃기도 하지만 어떤 때 보면 눈매가 매섭거든. 그냥 제풀에 지쳐서 항복할 때까지 좀 더 기다리기로 했지."

"눈이 작은 매 눈인가?"

"그 정도는 아니고 보통 눈이야. 그런데 어떤 때 보면 눈빛이 강해."

"맞아, 그런 여자들 있어. 아무튼 너도 대단하다."

"그런데 며칠 가지 않더라. 목요일인가, 금요일인가 되었는데 일찍 손님이 끊겨서 8시경에 셔터를 내리고는 저녁을 사 먹고 들어가자고 했어. 일하다 보면 밥 먹는 시간이 정해진 게 없어. 손님들이 기다리는데 밥 먹을 시간이 없는 거야. 빈틈에 먹는 거지. 집에서 도시락을 싸 오는데 이게 점심만 해도 괜찮은데 저녁때는 맛이 없거든. 그래서 저녁은 시켜 먹을 때가 많아. 그런데 그날은 배고픈 것을 참고 조금 기다리다가 셔터를 내렸어.

"오늘 조금 일찍 마감하고 저녁 사 먹으러 가자."

"그래요. 어디로 가나요?"

"뭘 먹을까. 저쪽 먹자골목에 가면 웬만한 음식 다 있는데 고기 먹을까?"

"아이고, 고긴 질렸어요. 거기에 해물 파는 데는 없나요?"

"왜 없어. 해물탕집도 있고 횟집도 있고 다 있다니까."

"그럼 국물 있는 해물탕집으로 가요."

그렇게 둘은 걸어서 먹자골목에 있는 동해 해물탕집에 갔다. 소주도 마셨는데 미순이도 아마 반병 정도 마신 것 같고, 상훈이는 거의 한 병을 마셔서 취기가 올랐다.

"고마워, 내게로 와 주어서, 미순이가 와서 도와주니까 매출이 두 배 가까이 되는 것 같아."

"정말이에요? 희소식이네요."

"아 그럼, 고장난명이란 말도 있잖아. 자전거를 봐, 서커스에서 보는 외바퀴 자전거가 잘 굴러갈까, 우리가 타고 다니는 두 바퀴 자전거가 잘 굴러갈까 생각해 보라고."

상훈이는 어디서 주워들은 제법 유식한 말을 하니 미순이가 잠자코 듣다가

"그래요. 두 바퀴 자전거가 잘 굴러가지요."

라고 대답을 하였다.

고장난명(孤掌難鳴)이란 한 손뼉만으로는 소리가 울리지 아니한다는 뜻으로, 혼자의 힘만으로 어떤 일을 이루기 어렵다는 뜻인데 미순이가 알아들었나 못 알아들었나 알 수 없었지만,

상훈이는 취중인지 어쩐지 유식한 말이 마구 튀어나왔다.

"지금 내가 그래. 혼자 하다가 미순이가 와서 도와주니까 손님도 더 늘고 일도 더 많이 하잖아. 이러다간 금세 부자 되겠다."

"호호호, 고마워요. 저를 인정해 주셔서."

이러면서 둘은 좋아서 시시덕대고 술도 더 마시고 집에 들어왔다. 집에 온 상훈이가 먼저 몸을 씻고는 자려는데 잠시 후에 미순이도 샤워를 하고 들어왔다.

술에 취해서 그냥 잠을 자려는데,

"사장님 자요? 저를 갖고 싶지 않아요? 숫처녀예요."

미순이가 모깃소리로 말하는데 상훈이는 천둥 번개가 치는 줄 알았다.

"어엉? 나도 숫총각이야."

상훈이는 냉큼 미순이에게로 가서 거사를 치르기 시작했다. 그날 밤은 새벽까지 세 탕이나 뛰었다.

"이야, 진짜 재밌다. 그렇게 해서 부부가 되었구먼."

"그랬어. 그때 젊어서 힘이 넘쳐나잖아. 매일 두 번은 경기를 치렀지. 아침저녁으로. 하하하."

"맞아, 나도 신혼 때는 힘이 넘쳐나더라고. 마누라 생각만 해도 불끈불끈 했었으니까."

"하하하. 나도 그랬다. 그러고 나서도 처가에서 끝까지 반대하다가 애가 들어서니까 할 수 없이 승낙해서 진짜로 쪼그만 예식장에서 식을 올렸다. 처가에서 대여섯 명밖에 안 오는 줄 알았는데 이십여 명이 왔어. 우리 집도 올 만한 사람도 없고, 친구들도 별로 없어서. 아마 한 오륙십여 명 왔나. 그때 임신했던 큰애가 어제 수능을 본 거야."

"그러게. 공부는 잘했나?"

"날 닮았나 잘하진 못해. 인 서울(In Seoul)이나 하면 만족해야지."

"맞아, 서울에 있는 것만도 우등생이다."

이들이 이렇게 장시간 동안 얘기를 하니까 주인이 와서 이제 문 닫을 시간이라고 하였다. 둘은 아직 남은 이야기가 많아서 근처에 호프집으로 옮겨서 맥주잔을 기울여 가며 뒷이야기를 시작했다.

"아 참, 어르신 생존해 계시냐?"

"으응, 몇 달 전에 모시고 왔어."

"살아 계실 때 잘 모셔라. 돌아가시고 나니까 후회막급하다. 평생 땅 한 평 갖지 못하고 도지(소작세) 주면서 우리 삼 남매를 키우느라 늙어서 완전히 탈진되셨더라고. 그래서 내가 황급히 서울 우리 집으로 모셨지, 그땐 작은 아파트에서 살 때인데. 노인네들이 기력이 그냥 빠져서 먼저 엄마가 자리에 누우셨어. 병원에 가 보니 노환이라는 거야. 치료할 수도 없으니 마음 편하게 해드리라고 하더라고. 그렇게 육 개월인가 지나서 심하게 기력을 잃는 것 같아서 병원으로 옮겼는데 삼 일 만에 돌아가셨어. 이때만 해도 아버지가 기력이 조금 있으셨는데 이번에는 아버지가 하루가 다르게 기력이 없는 거야. 똑같이 노환이지. 어느 날부터인가, 화장실 출입도 못 하시는데 미칠 것 같더라고. 나는 먹고살기 위해서 카센터에 나가야지. 할 수 없이 와이프가 아버지 기저귀 채우고는 대소변 다 받아냈다니까. 야 진짜 눈물 난다. 남자도 아니고 며느리가 시아버지 대소변 받아 낸다는 게 쉬운 일이냐. 불보살(佛菩薩: 부처와 보살)이야. 지나고 보니 이런 게 하늘에 통했나. 나를 살려준 것 같아. 그렇게 육 개월 정도 고생하시는데 나중에는 사람들도 잘 몰라봐. 아들 이름도 잘 기억하지 못해. 아들인 줄 알긴 아는데 이름을 기억 못 하시더라고. 며칠 후에 숨소리가 가쁘고 이상하길래 급히 병원으로 모셨는데 두어 시간 만에 가시더라고. 아, 그때 진짜 눈물을 얼마나 흘렸는지 모른다. 평생 자식들을 위해 고생하시다가 효도 한 번 제대로 못 하고 돌아가셨으니, 어떡하냐? 인명은 재천이라는데 할 수 없지. 너도 살아계실 때 한 번이라도 잘해 드려. 내 몸뚱이가 누구 때문에 있냐? 다 부모 덕이지. 그리고 제 부모에게 막하는 인간들 잘 나가는 거 하나도 못 보았다. 첫째로 부모에게 잘하고 남들에게도 잘해야 그 덕이 돌고 돌아서 나에게 오는 거야."

상훈이가 이렇게 훈시하다시피 말을 하니 재성이는 자기가 뭔가 잘못되었다는 것을 자각하기 시작했는지 고개를 숙이고 듣고만 있었다.

"너, 부모님 올라오셨다는 것을 보니까 거기 돌산 팔았구나."

"응, 팔게 되었어."

"아이구야. 그냥 놔두지. 중국집도 안 되고 치킨집도 안 되어서 산 팔아서 거기에 쏟아부었구먼, 안 그러냐?"

"그런 셈이야. 으휴, 어떻게 짐작했냐?"

"스토리가 뻔하잖아. 망하는 집안 다들 그런 코스야. 사업하다 안 되어 고향 땅 다 팔아먹고 그것도 안 되면 그냥 노숙자로 전락하는 거야. 이게 망하는 코스야. 정신 똑바로 차리고 두 눈을 부릅뜨고 살아야지. 어쩐지 아까 너 처음 보았을 때 얼굴색이 좋지 않더라. 네가 어렸을 때 좀 까불고 밝은 얼굴인데 아까 보니 뭔가 그늘져 있고 수심이 가득하더라고. 그리고 투잡으로 대리운전하는 사람들이 대개가 갈 데까지 간 사람들이다. 어느 누가 힘들게 투잡으로 밤에 잠 못 자고 대리운전까지 하겠냐. 아무튼, 딱하다. 그 돌산 아래 개울에서 여름철에 물장구치고 놀고, 겨울철에는 썰매 타고 놀았는데. 그때 네 아버지가 우리들 놀라고 개울을 크게 파서 물웅덩이 만들어 주셨잖아. 거기가 겨울이면 얼어서 썰매장이 되고, 그때 소문나서 읍내 애들도 여러 명 왔었잖아. 아, 진짜 아깝다. 거기가 좋은 덴데."

"그랬지. 이젠 다 잊힌 추억이다. 으휴."

"야, 그때 진짜 네 집 무진장 부자인 줄 알았다. 산도 있고 논밭도 있고 말이야. 우리 집은 논 한 마지기도 없는데. 그리고 네 아버지가 너한테 얼마나 잘했냐. 요즘 말로 아들 바보였지. 한 번은 여름 방학 때 갔는데 뱀을 잡아서 뱀탕을 만들어서 너에게 먹이더라고. 덩달아 나도 한 그릇 먹어봤다. 뭐든지 너만 최고였어. 우리 집은 없이 살아서 삼 남매가 어떻게 컸는지도 모른다."

"맞아, 그때 그랬어. 애들도 내가 뱀을 많이 먹어서 한겨울에도 추워도 안 타고 감기도 안 걸린다고 부러워했었어."

"아이고, 참말로 안타깝다. 늪 속에 빠져 사경을 헤매면서 죽어가는 자식을 어르신이 구해주셨구나. 다행이다."

이때 재성이는 뭔가 머릿속에 번쩍거리면서 혼란스러워졌다. 죽어가는 자기를 이제까지 이 선생(장달이)과 복덕방 이 사장님이 구해 준 줄 알고 있었는데, 지난번에 김 기사도, 지금 상훈이도 부모님이 살려 주셨다고 하니 뭔가 잘못 알고 있었다는 것을 알게 된 것이다. 곰곰이 따져 보니 그 땅을 부모님이 가지고 계시지 않았다면 어떻게 이 사장이 매입할 수 있었을까. 결국 이 사장은 두 번째이고 그 땅을 가지고 있던 부모님 덕분에 지옥의 문턱에서 살아난 것이라는 것을 깨닫게 된 것이다.

"네 말이 맞아. 나도 효도 한 번 제대로 못 하고 있다."

마침내 재성이는 눈시울이 뜨거워지면서 눈물이 방울져 내렸다.

"야아~ 울지마, 이제부터라도 잘해 드려라. 거기 팔았으면 최소한 몇억은 받았겠다. 남은 생을 잘 보살펴 드려. 얼마나 더 사시겠어. 나를 봐라, 기력 빠지면 금방 가신다."

"응, 맞아. 임플란트해 달라고 했는데도 못해 드렸어. 너무 비싸다고 해서."

"비싸지. 지금은 조금 내렸을 거야. 여기저기에서 하니까. 그거 말고 치아 빠져서 보기 흉하면 치과에 가면 가짜 이빨이 있다. 이거 붙이기만 해도 감쪽같아. 돈 얼마 안 들어. 그 자리에서 해 준다. 노인들 입 냄새도 많이 나는데 그게 다 잇몸 때문이야. 치과 서너 번만 가면 싹 나아. 요즘 의술이 좋아서, 나도 해 드렸었어. 진짜야 한번 모시고 가. 치과도 요즘 많잖아."

"응, 내일 모시고 잇몸 치료도 하고 우선 가짜 이빨이라도 해 드려야겠다."

그동안 돈에 시달리어 삐딱해졌던 재성이의 머리가 조금씩 제자리를 찾아가고 있었다.

"그래, 그런 게 다 복이 되어서 너에게 온다니까. 이게 내 신조야. 내가 이 정도 성공한 것도 남들에게 잘해서야. 여자들에게 잘했지. 여자들이 나를 구해 주었다."

"뭐어? 색시가 돈을 많이 가지고 있었나? 아니면 돈 많은 여자를 알게 되었나?"

"하하하, 언뜻 들으면 그럴 것 같지. 아니야, 난 승용차 가지고 수리하러 온 여자들에게 잘한 거야. 그 여자들이 나를 도와준 거야."

"그게 무슨 말이냐?"

"우리 같은 기름쟁이(기술자)들 중에 더티(Dirty)한 놈들이 많아. 차에 대해서 잘 모르는 초보 운전자나 여자 운전자가 와서 차가 이상 있다면서 수리를 맡기면 그런 놈들이 일을 저질러. 일이만 원으로 수리하면 될 것을 신품으로 갈아야 한다면서 일이십만 원을 받아 처먹기도 하고, 새 부품이라고 하고는 중고 부품으로 바꾸어서 사기 처먹기도 한다. 비싼 고급 엔진오일이라고 하고 돈 받아 처먹고는 저급 엔진오일로 채워. 이놈들이 그걸 또 자랑스럽게 말해. 술자리에 가서 말하는 것을 보면 범죄 집단이나 마찬가지야. 난 그럴 때마다 묵묵히 듣고만 있어. 이런 놈들이 잘될 리 있겠어? 폭삭 망하다시피 하고 지금 나에게 와서 직원으로 써 달라고 하는데 내가 미쳤냐. 그런 놈들 써서 나도 망하게. 그러다가 내가 카센터 개업했을 때 내 진실을 알리기 시작했어. 여자 운전자들이 와서 어디가 이상하다고 수리해 달라고 하면, 그 부품에 이상 있어서 신품으로 교체할 지경이라도 웬만하면 수리를 해 주고는 "이거 수리를 했는데 탈 때까지 타 보세요. 그때도 이상 있으면 신품으로 교체해야 합니다.” 이렇게 말하거든. 그러고는 경미한 것은 무료로 하고 수공이 좀 들어가면 수리비로 일이만 원만 받는 거야. 그러면 운전자들이 우선 먼저 큰돈이 안 들어가니 좋고 그냥 타는 데까지 타다가 이상 있으면 오라니까 엄청 좋아하는 거야. 결국 그 차가 내게로 와서 부품을 바꾸게 되지. 부품을 바꿀 때도 꼭 불러서 박스까지 보여 주면서 신품으로 교체하는 것을 보라고 한다. 처음에는 어색해도 다 이해하고 나를 무지하게 신임하게 되더라고. 이렇게 해서 여자들이 입소문을 내면 그게 엄청나게 큰 광고 효과야. 지금 우리 센터에 찾아오는 손님들 중에 여자가 반도 넘어. 여자 전용 휴게실까지 만들었더니 더 좋아하고 더 많이 찾아와. 이렇게 잘되어서 내가 2호점까지 내고 기술자 두 명을 붙여 주었는데 이 새끼들이 또 자꾸 사기를 쳐서 소문이 안 좋게 나더라고. 그래서 육 개월도 안 되어 손해를 보고 2호점을 문 닫고 얼마 후에 조금 외진 곳에 뼈대만 올라간 건물이 있더라고. 짓다가 만 거야. 돈이 없어서. 그래서 내가 어떻게 전화번호를 알아서 물었더니 1층 두 칸을 아주 저렴하게 분양을 하겠다는 거야. 아무것도 없는 텅 빈 3층짜리 건물인데 그냥 골조만 올라간 거야. 그래서 거길 싸게 두 칸을 분양받아서 운영하는데 거기가 지금 있는 훈 카센터야. 그러다가 2층, 3층도 분양되고 임대도 되고 그랬는데, 아, 이게 몇 년 지나면서 시세가 폭등하더라고. 지금 두 칸이 사오억은 된다.”

“야 진짜 운이 좋구나. 그렇게도 돈이 벌어지네.”

“그럼 알고 보면 돈 될 게 많아. 그뿐 아니라 돈 욕심이 있던 와이프가 이리저리 부동산을 알아보더니 처음엔 할부 들어간 작은 아파트를 분양받아서 매달 할부금이 나가는데, 그걸 또 어떻게 전매하고, 다른 데로 이사 가고, 또 이사 가서 여섯 번을 이사해서 지금 32평 아파트에 있는데 이게 지금은 4억도 넘어 아마 5억쯤 될 거야. 난 부동산에 관해선 아무것도 몰라. 기름밥만 먹고 살지. 우리 와이프가 복부인 되어서 잘 알아. 어디다 투자하면 돈이 될지 안 될지 아는 모양이야. 지금 카센터까지 총 합하면 아마 십사오억은 될 거야. 큰 부자 소리는 못 들어도 부자는 된 셈이야. 깡촌 촌놈이 와서 성공한 셈이다. 한마디 더 하자. 자식 자랑 마누라 자랑은 팔불출이라는데 마누라 자랑을 해야겠다.“

“그래 괜찮으니까, 어서 해 봐.”

“처음에 동거할 때부터 카센터에 같이 다녔다고 했잖아.”

“응,”

“그때 돈을 받고 장부에 적고 어느 손님은 영수증을 써 줘야 할 때도 있거든. 지금은 컴퓨터나 단말기로 하지만, 그때 와이프가 글씨를 잘 쓰더라고. 우리 기름쟁이들은 모두 악필이야. 글씨를 잘 쓰던 사람도 잘 쓸 수가 없어. 드라이버나 펜치, 몽키에 힘을 주고 작업을 하다 보면 손이 파르르 떨리는 거야. 그러니 글씨가 엉망이지. 요즘 아이들 말로 외계인 글씨가 돼버리는 거야. 아무튼 글씨를 잘 써서 나도 감탄을 하는데 하루는 어떤 남자 손님이 와서 쭈뼛거리고 서 있는 거야. 내가 뭐 고치러 왔느냐니까 경리 아가씨에게 볼일이 있다는 거야. 그래서 난 아무 말도 않고 차를 고치고 있는데, 미순이가 짬이 나서 그 손님한테 가니 손님이 뭘 부탁한 모양이야. 차를 고치고 가 보았더니 이 사람이 도화지 여러 장과 필기구를 가져와서 미순이에게 글씨를 써 달라고 하는데 보니까 시(詩)더라고. 그거 있잖아, 시화전(詩畫展)을 하는 모양이야. 그런데 한두 장이 아니라 열 장도 넘었어.

"어머나, 이거 너무 많아서 지금 다 못 써요. 집에 가서 써 올게요."

"그렇게라도 꼭 좀 써 주세요. 워낙 필체가 좋아서 부탁합니다."

"내일 오세요. 오늘 밤에 써 놓을 테니."

이때 상훈이가 이를 보고는 농담 삼아서

"공짜가 아닙니다."

라고 말했다.

"그렇지요. 대서료를 드려야지요."

그 남자가 돈을 준다는 것이었다.

"아니 그런 돈이 아니라 차 고치러 우리 카센터에 꼭 오시라는 말입니다."

"아하~ 그 말씀이세요. 제가 책임지고 열 명은 데리고 오겠습니다. 엔진오일도 꼭 여기서 교환하라고 하겠습니다."

"하하하, 고맙습니다."

이렇게 대화를 하고는 다음 날 미순이가 글씨를 다 써서 주었는데, 진짜로 그 손님이 열 명도 넘게 소개하더라. 엔진 오일도 일 년에 두 번 정도 갈아야 하는데 꼬박꼬박 우리 센터로 오는 거야. 그러니 내가 마누라 자랑한다고 하지. 알고 보니 여고에선 펜글씨를 배우는데 그것도 급수가 있다고 하더라고, 최고 높은 일급이래. 공부 쪽에선 나보다 나아."

"진짜 부럽다. 만나는 사람마다 도움을 주는 격이네. 처음에 몇 년 개고생하고는 순탄대로를 탔구먼."

"아 그러게 말이야, 마누라도 여자지, 손님들도 주로 여자지. 여자 때문에 돈 벌어먹고 산다니까. 그리고 또 하나 있다. 둘이서 그렇게 동거를 몇 달 하는데 카센터에 차들이 밀려서 힘에 부치는 거야. 혼자서 통반장 다하고 북 치고 장구 치고 하는 격이라. 그래서 압력이 아주 센 신형 에어 컴프레샤와 타이어 탈거기 등 공구 몇 개를 샀으면 좋겠는데 내가 목돈이 없어서 고민 고민했지. 돈을 모을 틈이 없었거든, 매달 임대료. 인수비, 월세방 등 버는 족족 나가는 형국이라 돈을 모으기가 쉽지 않잖아. 가게 인수비만 끝나도 내 것이 되니까 돈을 모을 텐데. 그렇게 고민을 하고 있었어."

"그랬겠다. 그냥 한 달 한 달 버티는 셈이네."

"맞아, 그러던 하루는 집에 와서 자려는데 미순이가 돈 봉투를 내미는 거야.

"이게 무슨 돈이야?"

"이 돈으로 신형 컴프레샤랑 타이어 탈거기 사요."

"에엥? 돈 어디서 났어? 돈 없다면서."

"돈이 없기야 없지요. 그 돈은 내가 식당 다니면서 모은 돈이에요."

"그래? 이걸 내가 써도 되나?"

"쓰세요. 공짜는 아니에요. 내가 투자하는 거니까."

"뭐어? 투자라고? 그래 내가 열 배 이상으로 불려 줄게."

"이러는 거야. 그때 난 너무 감명받아서 눈물이 나올 뻔했다. 그때까지 어느 누구한테 100원도 도움을 받아보지 못했거든,

하여간 미순이가 차분한 목소리로 입을 쫑알거리는데 그 모습이 귀엽고 사랑스러운 게 미치겠더라. 그때 젊어서 그랬나. 그렇게 미순이가 이뻐 보이니까 아랫도리에 힘이 불끈불끈 들어가더라고. 하하하."

"하하하, 그래서 어떻게 했어, 사랑했어?"

"아 당연하지, 참을 수가 없었어. 그냥 화산 터지듯 하려고 해서. 크하하하."

불알 달린 수놈끼리라 노골적인 이야기도 서슴지 않았다.

"하하하. 그렇구나. 여복이 많다. 그렇게 사는 데도 처가와 등지고 사나?"

"처가? 나한테 꼼짝 못 해. 와이프 위로 큰 처남이 있는데 이 큰 처남이 때려죽인다고 난리 쳤다고 하거든, 지금은 내 앞에서 고개도 제대로 못 들어. 처가에 냉장고, 김치 냉장고, 대형 TV 다 사 주었지. 큰 처남 앞으로 1.5톤 작은 트럭 한 대를 사 줬더니 설설 기다시피 하더라고. 중고차를 사서 싹 손보고 도장도 다시 했더니 새 차야. 이 차가 등판력이 엄청 좋거든. 웬만한 산비탈도 잘 올라가. 지게 지고 감자, 고구마, 옥수수를 내리던 것을 차가 올라가니 얼마나 좋겠어. 큰 처남은 그 차로 돈도 더 벌어."

"어떻게 운전해서?"

"그런 셈이지. 동네에 그 트럭이 생기니까 너도나도 자기네 감자를 실어 주라 고구마를 실어 주라 이러는 거야 그게 공짜인가. 수고비를 받아야지. 어느 때는 트럭에 가득 싣고 장날에 내다 판다더라고. 그러면 중간 도매업자에게 넘기는 것보다 훨씬 낫잖아."

"그러네. 생각지도 않게 돈을 벌게 되었네."

"또 나이 차 많이 나는 늦둥이 처남이 대학교 들어갈 때 입학금 대 주었지. 장인 장모도 내 앞에선 꼼짝 못 해. 우리 사위 왔네 하면서 씨 암닭 잡기 바빠. 따지고 보면 이게 다 돈이야. 돈의 힘이야. 내가 돈 없어 봐라, 때려죽인다고 쫓아다닐걸. 자본주의는 돈이야."

상훈이가 제법 유식한 소리로 설명을 하니 재성이는 그러지 않아도 기가 죽어 있었는데 점점 기가 죽어서 바닥에 엎드릴 지경으로 위축되어 있었다.

"내가 식당 여종업원이랑 결혼했다고 남들이 알면 우습게 볼지 몰라도 내게는 왕비 같은 여자야. 고등학교 다닐 때 공부도 잘해서 대학교에 진학하려는데 돈 없어서 못 한 거야. 그러다 홧김에 돈 벌러 서울로 왔었다고 하더라고. 그러다가 나를 만나고 내가 중학교밖에 못 다녔다니까 방통고에 들어가라고 하더라고. 난 공부하기 싫었는데 할 수 없이 얼떨결에 방통고 방통대까지 나와서 명색이 대학교 졸업장을 땄다. 와이프도 야간 대학교 졸업했어. 진짜 현모양처야. 내가 사람을 잘 찍었지. 요즘 세상은 하나라도 더 배워야 해. 너도 어렵다 어렵다 하지 말고 새로운 진로나 아이템을 연구해서 개발해야 한다. 요즘

우후죽순으로 체인 치킨점이 생기는데 내가 볼 때는 몇 년 안 가서 반의반은 망할 거다. 소비자는 한정되어 있는데 치킨점만 자꾸 생기면 어떡해. 어느 누군가는 망해야지. 잘 생각해봐, 치킨점을 계속 하려면 새로운 아이템이 있어야 한다고."

"글쎄, 지금 주로 애들 상대로 조각 치킨과 떡볶이, 김밥 분식을 하는데 이건 자리를 잡은 거 같아. 다른 곳에 체인 치킨점이 생겼다 해도 별 영향 없어. 큰돈을 못 벌어서 그렇지."

"그러니까 너만의 특색을 살려야 해. 혹시 탄두리 치킨이라고 알아?"

"아니, 처음 듣는데."

"너 그러고 보니 컴맹이지. 컴퓨터 할 줄 모르지?"

"응, 몰라 별 필요가 없어서. 우리 애들은 잘해. 그걸로 숙제도 하고 그러나 봐."

"그러니까 시대에 자꾸 뒤처지는 거야. 앞서가야 하는데, 축구를 봐봐. 먼저 달려가서 공을 차 넣으면 이기는 거잖아. 먼저 가. 남들보다 한발 앞서서 가야 해. 컴퓨터 인터넷 검색하면 이런 거 만드는 방법도 다 나와. 요즘 세상에 컴퓨터 인터넷 모르면 나만 바보 되는 거야. 스스로 왕따되는 거라고. 탄두리 치킨이라고 원래 인도음식인데 여기 서울에도 여러 군데 팔아. 양념치킨과 비슷해. 양념치킨은 치킨을 튀겨서 양념을 바른 것이지만 탄두리 치킨은 생닭 조각에 양념을 발라서 숯불에 구운 거야. 튀기지 않아서 육즙이 그대로 있고, 요즘 '힐링 힐링' 하는데 몸에 좋은 강황 가루 있잖아. 카레라이스 만드는 노란 가루. 그게 꼭 들어가, 아마 이런 탄두리 치킨을 판다면 굉장히 인기 있을 거다. 지금은 인도 음식 전문점에서만 있는데 큰 인기야. 그만큼 부드럽고 맛이 좋아. 숯불에 구우니 시간이 좀 걸려도 고소한 맛이 더 나는 거야. 게다가 웰빙 식품이지."

상훈이가 이렇게 장황하게 설명해도 정신이 돌아온 재성이가 귀담아듣고 있었다.

"그래, 고맙다. 오늘 너 만나서 신짜 인생 교훈을 많이 배운다."

둘의 대화는 끝이 없을 지경이었다. 대화라기보다는 상훈이가 일방적으로 강의하듯 말한 것이었다. 이제 시간이 한밤중이 되어서 둘은 자리에서 일어서야 했다. 상훈이는 또 다른 대리운전 기사를 부른다고 했고, 재성이는 택시를 타고 집에 가야 했다.

택시가 먼저 와서 타려는데 "너 오늘 대리운전 못 했으니 일당 놓쳤다. 이걸로 대신하고 택시비 내라." 하면서 호주머니에 돈을 찔러 주었다.

"아냐, 아냐. 나 돈 있어. 괜찮아."

"얼마 안 돼. 받아. 그래야 내 맘이 편하지. 가서 여생이 얼마 남지 않은 부모님께 잘해. 그게 바로 네가 잘되는 길이야."

"어, 그래, 고맙다."

재성이는 가슴이 뭉클하면서 눈시울이 뜨거워졌다. 택시는 곧바로 출발하여 재성이가 사는 아파트로 향하였다. 재성이는 아파트 입구에서 내리지 않고 그 전에 있는 포장마차에서 내렸다. 호주머니에 있는 돈을 꺼내 보니 상훈이가 준 돈은 오만 원짜리 두 장이었다. 재성은 그 돈을 가지고 포장마차에 들어가 혼자서 소주를 마시기 시작하였다.

성실하고 착하게 산다고 살았는데 어쩌다가 보니 빗투성이가 되고 아버지로부터 불효자식이란 소리를 듣게 되었나. 재성이는 심한 갈등과 회한(悔恨: 뉘우치고 한탄함.) 속에 눈물이 멈추질 않았다. 상훈이 부모는 땅 한 뼘 없이 소작만을 하다가 골병이 들어서 일찍 돌아가셨다는데, 재성이는 산을 팔아서 거금 3억 이천만이나 받아서 죽다가 살았는데도 불구하고 부모님을 무시하고 구박만을 했던 것이 이제 와서 후회막심하였다. 그런 상훈이는 십억이 넘는 부자가 되었고 재성이는 여전히 살림이 살얼음판 걷듯 한 것이다.

"상훈이 말대로 내가 죗값을 치르고 있구나. 흐흐흐흑"

재성이는 소주를 연거푸 마시고는 크게 취해서 비틀걸음을 걸으면서 밤 1시가 넘어서야 아파트로 돌아왔다. 자고 온다던 아내가 없어서인지 갑자기 온몸에 한기(寒氣)가 들었다. 재성이는 침대에 쓰러지듯 누워서 이내 코를 골기 시작하였다.

9

짐이 된다니 먼저 가마

한편,

돌산 할아버지와 할머니는 저승에 갈 날만 기다리다가 손녀딸 진아의 수능이 끝난 다음 날인 오늘로 날짜를 잡았다. 저승길 떠날 날짜를 잡았다.

재성이가 들어오는 소리를 들은 할아버지는 잠시 후 문을 살짝 열고 나와서 안방문을 열었다. 재성이는 크게 취해서 술 냄새를 마구 풍기고 코를 골면서 깊은 잠에 빠져 있었다.

불빛이 없어서 어두컴컴한데 할아버지는 재성이의 얼굴을 물끄러미 들여다보았다.

어려서 착하고 효자 소리를 들었는데, 어쩌다가 돈에 휘말려서 불효자 소리를 듣게 되었으니 애처로운 생각이 들었다. 얼굴도 돈에 찌들어서 그런지 많이 상해 있었다.

"잘 있거라. 너희들에게 짐이 된다니 먼저 가마."

할아버지는 울컥하면서 눈물이 쏟아져 나와 주먹으로 닦아

내면서 방을 나왔다.

할아버지는 조용히 작은방으로 돌아와서 구석에 놓아둔 까만 비닐봉지 속에서 막걸리와 수면제, 농약, 꿀이 든 병을 꺼내 들었다.

"자, 이거 먹어. 수면제야. 막걸리랑 마시면 더 빨리 잠이 든다고 하더라고."

"예. 저승에도 경운기가 있을까요?"

"그럼 그럼, 이승이나 저승이나 매한가지야. 거기도 경운기 있다고."

"그럴까요? 경운기 타고 읍내 장에 갈 때가 제일 좋았어요."

"으응, 그래, 저승에 가도 경운기 있어. 걱정 마."

할아버지와 할머니는 한 주먹가량의 수면제를 막걸리와 함께 서너 번에 나누어 먹고, 농약을 한 컵씩 따르고는 숟가락으로 꿀을 듬뿍 탔다.

"여보, 약에다 꿀을 듬뿍 탔으니 역겹지는 않을 거야. 그냥 넘겨. 아플 거야. 조금만 참아. 잠이 들 테니까. 아주 푹 자고 나서 저승에서 만나자고."

"예, 여보,"

둘은 눈물을 흘리면서 농약을 마시고는 누워서 꼭 끌어안았다.

잠시 후, 고통에 온몸이 마비되듯 하고 입에서 거품이 나와도 둘은 끌어안은 손을 놓치지 않고 마침내 잠이 들면서 숨을 거두었다.

10

재회와 갈등

장달이와 유미가 타의에 의한 강제 이별로 인해 고통이 나날을 보내도 시곗바늘은 돌고 돌아서 겨울이 지나고 2월이 되어서 쓸쓸히 졸업식을 치렀다. 장달이는 여전히 금을 찾는 연습을 가끔 하였으나 심드렁했고, 날이 추워서 실사도 나가지 못했다.

유미는 이별의 고통으로 공부를 제대로 하지 못하여 임용고사에 낙방하고 여전히 과외 알바를 하면서 다시 교원 임용고사 준비를 하였다. 친구들은 무슨 기업체에 가느니, 외국으로 가느니 했지만 과외를 늘 해왔기에 교사직이 적성에 맞는다고 판단했다.

이들의 고통을 치료하는 약은 단 하나 세월뿐이었다. 하루하루가 지나면서 그 고통이 손톱 끝만큼이나 줄어들고 다른 곳에 정신을 쏟을 수 있게 되었다.

그러나 이것보다는 부모님과 오빠의 영향이 컸다. 평생 안정된 직장을 가지려면 공무원이나 교사직이 최고라는 것이다. 젊어서 한때 우체국에 근무했던 경험이 있는 아빠도 적극적으로 권유했다.

"부부 교사로 있으면 얼마나 좋으냐. 애들 걱정도 같이하고 가르칠 것도 서로 상의하고 게다가 방학도 있어서 여행도 다니더라."

이게 부모님이 늘 하시는 말씀이고, 괴물 건달 같은 상호도 자기는 아무것도 못 하면서 여동생만큼은 잘되어야 하기 때문에 교사를 적극 찬성하였다.

어찌 되었건 장달이와 유미는 다음 해에 졸업하고, 임용고사에서 낙방한 유미는 풀이 죽은 채 공부와 알바를 병행하고 있었다.

봄이 되자 장달이는 금을 찾아서 전국을 헤매다가 감자를 캘 시기에 돌투성이의 돌산을 사게 되는데, 이는 부모님과 중달이만 알지 아무에게도 말하지 않았다.

그럭저럭 졸업 후 1년이 다 지나가고 있었다.

12월 중순,

돌산에 있다가 11월 말경 서울 집으로 올라와서 한가로운 시간을 보낼 때이다.

장달이가 혼자서 극장에 가서 SF 영화를 한 편 보고, 카페에 앉아서 빵 한 조각과 커피를 마시고 있었다.

"드르르륵~ 드르르륵~"

아까 진동으로 놓아두었던 스맛폰이 유리 탁자에 부딪혀 요란하게 몸을 떨고 있었다.

"응, 나 장달이."

"그래 별일 없지?"

"별일 없지. 어제나 오늘이나 내일도 똑같을 거다."

전화를 건 사람은 고등학교 때 절친이었던 다섯 명 중 하나인 김송빈이었다.

"다른 게 아니라 범준이가 지난번에 공시에 합격했다고 축하주를 산다고 한다."

"뭐어? 그랬어? 야, 진짜 축하한다. 그 어려운 공시에 패스하다니. 그래 언제 만나냐?"

"아무 때나. 오늘이나 내일. 지금 알아보고 있다."

"어, 그러냐? 나 지금 카페에 있는데 얼른 연락 줘라. 오늘 저녁때 만나자."

"그래, 시간 조율해 보고 카톡방에 올릴게."

"그래, 너 오늘 좋은 일 한다. 하하하."

"하하하, 공술이 좋긴 좋은 모양이다."

잠시 후 단체 카톡방에 문자가 떴다.

"팔팔 빌딩 뒷골목 밤바다 아구탕. 오늘 저녁 6시. 늦지 마라,"

그 집은 여러 차례 가 본 적이 있었다. 장달이는 한 시간 정도 카페에서 시간을 죽이다가 차를 가지고 밤바다 아구탕집으로 갔다. 여긴 조금 일찍 가면 주차할 수 있는 식당이었다.

차에서 내리니 갑자기 서늘한 바람이 불고, 하늘은 구름이 가득하였다.

"오늘부터 추워진다더니, 눈이 오려나."

장달이는 혼잣말을 하면서 식당으로 들어섰다.

총 다섯 명인데 한 명이 빠졌는지 테이블에 4명만 수저를 세팅해 놓았다.

장달이가 제일 먼저 도착했고 곧바로 세 명이 다 와서 자리에 앉았다.

"오늘 관우가 선약이 있다고 못 온단다."

"갑자기 관우 장군님이 전쟁터에 나가셨나?"

"하하하, 그런 모양이다."

"아 그럼, 그럼 내일 모임을 하지."

"아니, 생각난 김에 오늘 모이고 관우하고는 다음에 또 만나자."

맹범준이 해명을 하였다.

"그래, 그럼 되었어. 오늘만 볼 것이 아니고. 아무튼 범준아, 늦었지만 축하한다. 그 어려운 고시를 합격하다니."

공시가 어려워서 3대 고시(행정, 사법, 외무)에 4대 고시로 별칭이 붙었다.

장달이가 먼저 축하를 하니 나머지 두 명도 크게 동의하면서 축하하였다.

"그런데 축하주는 우리가 사는 거 아니냐?"

송빈이 겸연쩍게 말을 꺼냈다.

"야~ 원칙으로 따지면 그런데 지금 상황이 그렇게 안 되잖아. 다들 골머리를 앓고 있는 취준생인데. 내가 먼저 정상에 올랐으니 내가 내야지. 다음엔 늬들이 한턱 내."

"맞다, 맞아. 진리의 말씀이다."

친구들이 모두 환호했다. 곧바로 아구찜이 나오고 소주잔이 오가면서 대화가 시작되었다. 대한민국 남자들이 다 그렇듯이 처음에는 거창하게 경제 얘기, 사회 얘기를 하다가 끝에 가서는 자기 신세타령이 이어지고 이 모양 이 꼴로 사는 게 다 정치 탓으로 돌리고 있었다.

고교 시절 절친이었던 다섯 명은 김송빈, 김재민, 맹범준, 조관우, 이장달 이렇게 다섯 명이다. 이 중에 오늘 불참한 조관우는 듣보잡 회사에 입사하였는데 불안불안하다고 하고, 범준이는 이번 공시에 합격하고, 송빈이는 취준생이고, 재민이는 취업과 대학원 진학을 두고 고민하고 있다가 대학원에 진학

했으나 여전히 취준생이나 마찬가지이다. 이 중에 가장 어정쩡한 것이 이장달이었기에 저절로 화젯거리가 되었다.

"장달아, 너 지금도 기 연구하냐?"

"응, 기를 연구하는 데 잘 안돼."

"요즘 사이비 종교인들이 많은데 그런 기는 아니겠지."

"응, 아냐. 나는 또 다른 차원에서 연구하고 있다."

"아무튼, 네가 제일 부럽다. 그럼 취업 준비를 안 하냐?"

"안 해, 기 연구하다가 정 안 되면 가업을 이어받으려고."

"부동산 중개업?"

"응, 현금만 어느 정도 있으면 직장 생활보다는 나아. 남들은 다들 한물간 직업이라고 하는데 우리 집안 나름대로 노하우가 있어서 먹고는 살아."

"그러게 말이다. 팔자 편하다."

이 친구들은 장달이 집안이 잘사는 줄은 알지만, 어느 정도 재산이 있는지는 전혀 모른다. 왜냐하면 장달이가 집안 재산에 대해서는 일언반구도 하지 않았으니까.

그렇지만 대학교 시절에 중형 승용차를 타고 다닌 녀석은 이장달뿐이었다.

이때 어떤 커플이 들어오더니 호들갑을 떨었다.

"아이고, 옷 다 젖었네. 진눈깨비가 쏟아져서."

이러니 다들 창밖을 보니 함박눈과 비가 섞여서 소나기가 오듯 내리고 있었다.

"어어~ 오늘 진눈깨비 온다고 그랬냐?"

장달이가 다소 놀란 듯 친구들에게 물었다.

"비가 온다고 하더니 진눈깨비네."

이들은 잠시 날씨에 관해서 소란을 떨다가 주 임무인 음주와 객담(客談)으로 시간 가는 줄 모르고 떠들었다.

"야, 장달아, 아직도 여친이랑 연락 안 해?"

"응, 그때 단절했어. 전번도 바꾸고, 어른들이 난리야. 집안에 그런 건달 하나 있다가는 수십억 재산도 하루아침에 날리고 콩밥 먹기 십상이라고."

"맞아. 원래 망하는 집에는 그런 꼴통이 한 명씩 있더라고, 흥하는 집안에는 수재가 한 명씩 있고."

"그러게. 그런데 그 집안은 꼴통과 수재가 같이 있는 격이네."

"하하하, 그렇다. 여친이 I대 영문과 다닌다면서 수재가 아니라 천재급 아냐?"

"똘똘해. 아는 게 많아. 눈치도 빠르고 이쁜데 보고 싶다."

장달이가 아쉬운 듯 여친 자랑을 했다.

"아직도야. 헤어진 게 아니구먼. 그럼 연락하지 여친은 전번 그대로 일 거 아냐?"

"아마 그럴 거야. 그런데 여친 집안도 난리야. 나를 무슨 사이비 종교인으로 알고 돈키호테 같은 놈이라고 하면서 만나기만 하면 둘 다 때려죽인다고 벼르고 있어. 지난번도 그렇게 해서 패싸움이 된 거야."

"아 그때, 건달들과 태권도 학생들 싸웠다는 거, 그 얘기는 들을수록 재미있다. 진짜 액션 영화다."

"하하하, 맞아, 들을수록 화끈하다."

이들은 두 시간이 넘어서야 자리에 일어섰다. 다른 친구들은 술 마시는 모임인 것을 알고는 버스나 전철, 택시를 타고 왔는데 낮에 영화를 본 장달이는 차를 가지고 왔다.

"대리운전 불러."

"오늘 같은 날씨는 괜찮을 거야. 이렇게 진눈깨비가 내리는데 어떤 경찰이 나와서 음주 단속을 하겠어?"

"아, 그래도 불안하다. 대리운전 불러."

"괜찮다니까. 이런 날씨는 절대로 단속 안 한다."

장달이는 친구들의 만류에도 불구하고 만용을 부리면서 친구들과 작별 인사를 하고는 승용차에 올라서 운전대를 잡았다.

장달이가 2차선 도로를 서행(徐行)으로 조심조심 운전하는데 진눈깨비가 마구 쏟아져 내려서 앞이 잘 보이질 않았다. 와이퍼를 급히 돌리면서 겨우 시야를 확보하고는 대략 삼사백 미터나 운전했을 때였다.

퍽!
으악!

"퍽!"

"아악!"

장달이가 앞에 누군가를 친 것이다. 장달은 급히 차를 세우고 나갔다. 진눈깨비가 마구 쏟아지기에 점멸등이 번쩍이는 횡단보도를 보지 못한 것이다. 장달은 급히 나가서 쓰러진 여자를 일으켰고, 그 여자는 부축을 받으면서 고개를 돌린 순간,

"앗! 장달 오빠!"

"어! 유미야!"

너무나도 충격적이었다. 헤어진 지 일 년 몇 개월 만에 상면한 것이다.

"어어! 어떻게 여기에 있어? 어서 일어나 봐. 많이 다쳤어?"

"다치지는 않은 거 같아. 그냥 미끄러져서 넘어졌어. 오빤 여기 웬일이야?"

"그래도 어서 일어나 봐. 병원에 가야지."

장달이가 부축해서 유미가 일어서는데 넘어졌던 곳의 옷이 젖었다.

"괜찮아, 다친 곳 없어."

"아, 그래도 병원에 가 보자."

"아이참, 괜찮대도 그러네."

"그으래? 그럼 어디 가서 얘기나 할까?"

"응, 그게 좋겠어."

뒤에 줄을 서 있던 차들이 "빵! 빵!" 거리기에 장달은 급히 유

미를 태우고, 얼마 가지 않아서 길가 포장마차를 보고 차를 세웠다. 포장마차 옆에 주차할 만한 공간이 있었다.

진눈깨비는 눈으로 바뀌어 소록소록 내리고 있었다.

"추워진다. 옷 다 젖었어. 옷을 말려야지."

"괜찮아. 두꺼운 옷이라 속까지는 젖지 않았어. 빨리 집에 가야지."

"아이참, 정말 미안하다. 그런데 이 시간에 여기까지 왔어?"

"응, 과외 알바 끝나서 버스 타고 집에 가려고."

장달이는 미안한 마음에 어쩔 줄 몰라 했다. 날이 추워지고 있기에 뜨거운 오뎅 국물을 종이컵에 따라 유미에게 먼저 건네고 장달이도 후루룩거리면서 마셨다. 유미의 옷이 젖은 줄 아는 주인아줌마가 선풍기처럼 생긴 전열기를 가지고 와서 유미의 젖은 바지 쪽에 놓았다.

"고마워요. 아줌마."

"괜찮아요. 음식이나 맛있게 드세요."

"예, 고맙습니다."

장달이가 먼저 감사의 표시를 했다.

"소주 한잔 할까?"

"으응."

"안주는?"

"아무거나."

장달이가 안줏거리를 쭈욱 둘러보니 의외로 종류가 많았다.

고기 종류, 물고기 종류 등이 여러 가지였다.

"꼼장어 먹을 줄 알아?"

"아니, 징그러워."

"으음, 여기 오징어 데침도 있고 오징어 국도 있네. 오징어 먹을까?"

"추운데 오징어 국이 좋겠어. 국물이 시원하잖아."

"맞아, 맞아."

상날이는 오징어 국을 시키고 잠시 후에 냄비에 도넛 모양으로 썬 오징어와 무가 들어있는 오징어 국이 나왔다. 한 숟가락 떠서 입에 넣어 보니 정말로 맛이 일품이었다.

"자 유미야, 한잔하자."

"응."

둘은 약간 서먹서먹하게 소주 한 잔……, 두 잔……, 석 잔씩을 마셨다.

이때 유미가 취기가 올랐는지 고개를 떨구고 울먹거리는 목소리로 말을 하기 시작했다.

"오빠, 그럴 수가 있어? 그럴 수는 없어. 정말 너무해."

"나도 어쩔 수 없었어."

"오빠가 병원비 1,500만 원 냈지?"

"응. 부모님이 치료비라도 내지 않으면 후환이 두렵다고 하시면서 나더러 치료비 내고 오라고 했어. 1,500만 원이 적은 돈이 아니야. 부모님은 그런 건달 잘못 만나면 수십억 재산도 하루아침에 날아가고 콩밥 먹기에 십상이라고 하셨어."

"아무리 그래도 칼로 무 자르듯 단절하고 전번도 바꿀 수가 있어?"

"아 정말, 나도 미칠 것 같았다고. 일단 냉각 기간이라도 가지려고 일부러 그런 거야. 나를 이해해 줘. 모든 화근이 네 오빠 때문인 걸 왜 몰라."

"흐흐흑, 그렇기도 하지. 우리 집안에선 오빠를 사이비 종교인으로 보더라고. 허황되게 무지개나 쫓는 돈키호테 같은 사람이라고 말이야."

"아이구야. 내가 무슨 사이비 종교인이야? 믿는 종교 없는 거나 마찬가지야. 부모님이 가끔 절에 다니시지. 그런데 무슨 사이비 종교인이야, 말도 안 된다."

"오빠가 기를 이용해서 금광석을 찾는다고 하니까 그런 모양이야."

"아 진짜, 미치겠다. 길거리에서 젊은이들을 붙잡고 '기를 아시나요? 도를 아시나요?' 이러면서 접근하는 사람으로 본단 말이야?"

"응, 그래서 아니라고 해도 막무가내야. 엄마 아빠가 기겁하고 오빠는 나를 죽일 듯이 몰아세우더라고. 내 인생 내가 사니까 간섭하지 말라고 내가 거칠게 대항하니까, 우리 오빠가 나한테 어쩌지 못하고 장달이 오빠에게 가서 만나지 말라고 해코지하게 된 거야."

"하이구, 정말 꼬여도 이렇게 꼬일 수가 없다."

장달이는 억울하기도 하고 분하기도 해서 얼굴이 붉으락푸르락해졌다. 소주 한 잔을 맹물 마시듯 마시고는 오징어 한 점을 젓가락으로 집어서 우적우적 씹었다.

"그만 마셔. 아까도 술 냄새가 나던데 차는 왜 타고 나왔어. 요즘 연말이라 음주단속 많이 하던데."

"괜찮아, 대리운전 부르면 되지. 내가 너무 억울해서 참을 수가 없어. 무슨 사이비 종교인으로 몰아붙이는 거야. 진짜 너무 억울하다. 그렇다고 사람을 마구 패는 게 정당한 일이야?"

장다리가 큰 소리로 억울하다고 하소연을 하니 유미는 움찔했다.

"오빠, 그건 정말 미안해. 내가 대신 사과할게. 흐흐흑, 나도 샌드위치 되어서 죽을 것 같아. 흐흐흑."

장달이의 큰 소리에 유미도 너무 억울하여 참다못해 울음보를 터트렸다. 따지고 보면 두 집안은 모두 자기 자식을 보호하기 위한 행동이었으니 어쩔 도리가 없었다.

"울지마, 유미야, 이 시련을 이겨내야 해. 세월이 약이라잖아. 피차간에 이해할 날이 올 거야."

"그럴 테지만 그 세월이 어느 때까지냐가 문제야. 일 년이야 아니면 십 년 백 년이야. 아, 정말 심장과 머리가 터질 것만 같아."

"아~ 나도 그래, 수학 문제라면 풀기라도 하지. 도대체 이

문제를 어찌 풀어야 하나."

장달이도 해결책이 없기에 전전긍긍했다. 둘은 잠시 고개를 숙이고 있다가 유미가 먼저 술 한 모금을 마시고 장달이는 한 잔을 마셨다.

"지금 건달 오빠는 뭐해? 그때 늑골이 골절되는 중상이라고 원무과에서 말하더니."

"그랬지. 그래서 입원하여 수술하고 회복 중인데 그때 개심(改心)했나 봐. 엄마 말씀으로는 어떤 스님이 와서 무진장 좋은 말씀을 하고 가셨다나 봐. 그 이후로 건달 생활 접고 버스 운전 알아보더니 몇 개월 후에 버스 회사에 취직되었어. 지금 시내버스 몰아. 같이 있던 후배들도 손 씻고 제각각 다른 일 하는 모양이야."

"그거 듣던 중 반가운 소리다. 진짜 난세에 태어났으면 크게 될 장군감인데 이런 시국에 태어나서 기도 제대로 못 펴고 사는구나."

"스님도 그렇게 말했다나 봐. 부모님도 좋아하셔. 처음으로 사람 구실을 한다고. 첫 월급 타서 삼겹살 식당에서 한턱냈어. 엄마는 감격해서 아들 돈으로 고기를 다 먹는다고 훌쩍이시더라고."

"아이참, 원래 본성은 바른 사람인 것 같은데 중간에 뭐가 잘못되어서 그렇게 변해. 알 수 없네. 알 수 없어."

장달이가 안타까워 한마디 거들었다.

"부모님 말씀이 우리가 망해서 서울에서 너무 어렵게 살 때 오빠가 중학생이었다는데 그때부터 조금씩 비뚤어지기 시작했다나 봐. 그때 몸이 엄청 커지기 시작했는데 애들이 그냥 똘마니처럼 따라다니기 시작하고 나중에 고등학교 졸업 후에 아예 동네 조폭으로 나섰다고 하시더라고."

"그럴 수도 있지. 집안 환경이 급격히 악화되면 누구든지 악인이 되고 범죄자가 될 수도 있어. 예전에 우리나라 IMF 시절에 사회 범죄가 폭증(暴增)했다잖아, 자살률도 높고. 다 이해가 되지만 어쩌겠어. 본인의 자각만이 해결책이지."

"응, 맞아. 오빠 말이 맞아. 우리 오빠도 그런 셈이야. 스님 말씀에 많이 개심한 모양이더라고."

"그럼 한 가지 문제는 서서히 해결되는 모양이네."

"그것까지는 아닌 것 같아. 아직도 오빠를 좋지 않게 보니까."

"흐흠, 그럴 수도 있지. 아직도 사이비 종교인이나 돈키호테로 볼 테지. 어쩔 수 없어. 세월만이 해결책이야."

"그럴 것 같아. 아무튼 지난 일 모두 내가 대신 사과할게."

"그래, 네 말이라도 듣고 보니 조금은 속이 시원하다."

"그런데 오빤 지금도 금광석 찾으러 다녀?"

"응. 가끔 실사(實査) 다니다가, 돌산을 샀어. 그리고 다른 것을 더 연구해서 병합한 방법으로 찾는 중인데 아직 내공이 부족해.”

“하여간 오빠도 대단한 고집이야. 남들 다 안 된다는 것을 하고 있으니.”

“고집 센 사람이 성공한다는 말 들어봤어?”

“들어 봤어.”

“세상사는 고집 센 사람만 살아남아. 고집 세게 공부하고, 고집 세야 돈 벌고, 고집 세게 운동하는 사람들이 살아남아. 그런 고집 없는 사람들은 모두 중도 포기야. 일만 벌여 놓고는 끝을 맺지 못하는 사람들이야. 고집은 바로 집념(執念)이야. 칠전팔기(七顚八起)라는 말도 있잖아. 그 말을 달리 해석하면 고집 센 놈이 성공한다는 뜻이야.”

“하긴 그 말도 맞는 말이네. 나도 어려서부터 고집 세다고 혼난 적이 많았어.”

장달이의 설명은 유미를 놀라게 했다. 유미도 공부를 잘하여 아는 것도 많았고 말주변도 좋은 편이어서 친구들과도 잘 어울려 수다는 떨었지만, 장달이에게는 이상하게도 꼭 한 수 아래인 느낌이 들 때가 많았다. 칠전팔기면 글자 그대로 일곱 번 넘어져도 여덟 번 일어서야 한다는 교과서적인 해석이었지, 장달이처럼 고집이 집념이고 집념이 칠전팔기로 연결하여 설명이나 이해를 해 본 적이 없었다. 이번뿐이 아니었다. 가끔 대화 중에 이런 식으로 응용하거나 적용한 설명을 해서 그때마다 감탄했다. 저 정도의 머리라면 무엇인가 크게 한 건 할 것으로 생각하기도 하였다. 장달이 말로는 부모님이 너무 어렵게 공부하지 말라고 하셨다는데 그렇다면 집에 재산이 도대체 어느 정도인지 궁금하였으나 장달이는 더 이상 부가 설명은 없었다.

"그렇다니까. 아 참, 임용고사는 어떻게 되었어? 고집 세게 공부했나?"

"작년에 떨어지고 이번에 또 보았는데 작년보다는 나을 것 같아. 다음 달이면 발표해."

"오, 그렇구나. 이번엔 될 거야. 느낌이 그래."

"호호호, 기 수련하면서 예지력도 생겼나 보네."

"하하하, 그런가? 내 친구들도 시험 본 애들이 있는 모양이던데. 내가 시험 안 보니까 관심이 없어서. 그럼 합격하면 언제 발령받아?"

"내년 3월부터지. 중등 교사니까 중학교나 고등학교, 난 중학교로 희망할 거야."

"그렇구나. 이번에 잘 될 것 같다. 집안 분위기가 좋잖아. 가화만사성(家和萬事成)이라는 말도 있잖아."

"나도 그렇게 생각해. 우리 둘만 떨어져 있지, 집은 예전보다 비교가 안 돼. 화기애애해졌어."

이런저런 대화를 하다 보니 둘 사이에는 그럭저럭 감정이 조금 누그러졌다.

유미가 눈길을 돌려서 밖을 보니 진눈깨비가 눈이 되어 펑펑 내리고 있었다. 바닥에 쌓이지는 않아서 길이 매우 질척해 보였다. 그러면서 장달이를 쳐다보니 얼굴이 예전 같지 않았다. 원래 갸름한 얼굴이 더 말라서 수척해지고 햇볕에 피부가 그을려서 진한 갈색에다가 피부도 거칠거칠해진 것이 영락없는 시골 농부의 형상이었다.

장달이는 졸업 후에 본격적으로 금광석 탐사를 하느라고 햇볕에 그을리고, 돌산에서 혼자 있다 보니 제대로 먹질 못하고 피곤이 누적되어 나이 먹은 시골 농부처럼 바뀐 것이었다. 유미는 그런 장달이를 보고 속으로 크게 실망하고 말았다. '이 사람은 까딱하다 평생 무지개를 좇아다닐 사람이야.' 라고 생각한 것이다. 사람의 본성이 남자는 추상적인 면이 많고 여성은 현실적인 면이 많다고 한다. 그토록 보고 싶었던 장달이지만 이제 와 보니 장래를 같이할 배우자로서는 자격 미달인 것으로 판정한 것이다. 그러지 않아도 주위에서 '연애 따로 결혼 따로' 라는 말을 여러 번 들었던 터이다.

둘은 거기서 얼마간 더 이야기하다가 일어서야 했다. 장달이는 급히 스마트 폰을 꺼내서 유미에게 "유미야, 사랑해."라고 문자를 보냈다.

"지금 문자 보냈어. 거기에 내 폰 번호 찍혀 있으니깐 연락해. 그리고 이름은 본명으로 하지 마, 만에 하나 훼방꾼이 나타날지 모르니까."

유미는 문자를 확인하고는 물었다.

"그럼 뭐라고 할까? 전에 소개팅에 나갔을 때 닉네임이 뭐였더라?"

"아 그때, 그냥 부르기 쉽게 드래곤이라고 했지, 아마."

"맞아, 드래곤, 용이었어. 그걸로 저장할게."

"응, 오늘 정말 하늘이 점지해 주신 모양이야. 오늘 오후쯤부터 일어난 일을 보면 꼭 누가 시나리오를 쓴 대로 그대로 진행되었어. 정말 놀랍다."

"나도, 그런 느낌이 들었어."

"그래, 늦었다. 일단 오늘은 헤어지고 다음에 만나."

"응."

이에 장달이는 먼저 택시를 잡아서 유미를 태웠다. 유미는 버스 타고 간다고 했지만, 버스를 태워 보낼 수가 없었다.

장달이는 오만 원 지폐를 꺼내서 기사에게 건넸다.

"기사 아저씨. 이거 오만 원인데 택시비하고 거스름돈은 여기 아가씨에게 주세요."

이러니 유미가 극구 사양했으나 기사는 그냥 출발했다.

장달이는 그 뒷모습을 우두커니 쳐다보다가 다시 포장마차로 들어와서 남은 소주 한 잔을 마저 마신 후 대리운전을 불렀고, 얼마 후 기사가 와서 장달이와 승용차를 데려갔다.

금세 연말이 다가왔으나, 유미는 장달이에게 아무런 메시지를 보내지 않았고, 장달이는 이제나저제나 유미에게 연락 오기만을 기다렸으나 먼저 액션을 취하진 않고 묵묵히 있었다.

몇 번 친구들을 만나긴 했으나 모두들 불확실한 미래에 대하여 걱정뿐이어서 별 재미가 없었다. 장달이가 이렇게 태연한 것은 남들에게는 말하진 않았지만, 집이 부동산 재벌이나 마찬가지였기 때문이다. 부모님께서도 힘들게 직장 구할 생각 말고 상가, 부동산 관리만 해도 자자손손 먹고살 만하니까 걱정하지 말라고 하셨다. 그래서 가업을 이어받을 요량으로 공인 중개사 자격증을 취득했고 또 하나 포클레인 자격증도 취득했다. 이는 언젠가 금광석이 있을 만한 산을 사게 되면 손수 포클레인을 운전해서 땅을 파 볼 생각이었다.

금세 연말이 지나가고 새해가 되었다. 1월 말인가, 2월 초인가.

어느 날 아침에 일어나 보니 유미에게 문자가 왔다.

"나, 임용고사 합격했어."

단 한 줄이었다. 장달이는 기뻐서 재빨리 답 문자를 보냈다.

"오우, 축하 축하, 인생 최고의 수확이다. 축하주 사 줄게."

그러나 유미에게는 곧바로 답 문자가 오질 않고 그날 저녁때쯤 답 문자가 왔다.

"지금 우리 만나는 것을 알면 집안 분란(紛亂)이 날 것 같아. 잠시 더 기다려."

"으응, 그러자."

이렇게 문자가 오가고 말았다.

이에 유미네 집안은 큰 경사가 났다. 엄마와 아빠는 웃다 울다 하면서 어쩔 줄 몰랐고, 상호도 기뻐하면서 축하해 주었다. 그런데 또 화제가 엉뚱한 곳으로 돌려졌다.

부부 교사가 최고라는 것이다. 우리나라에서 배우자감 1순위가 여선생님이라고 하면서 3월부디 근무하게 되면 정말 좋은 혼처가 나타난다는 것이다. 유미는 아직 나이도 어리고 결혼에 대하여 생각해 보지도 않는데도 자꾸 결혼을 부추기니 자기도 모르게 '결혼은 빨리 해야 한다.'라는 생각이 들게 되었다.

"너, 예전에 만났던 돈키호테 같은 놈을 또 만났다가는 둘 다 다리몽둥이 부러질 줄 알아."

오빠가 선수 쳐서 겁박을 주었다.

"아이구 얘, 그만해라, 벌써 일 년도 더 되었는데 안 만난단다. 너무 그렇게 윽박지르면 애가 기를 펴고 살겠니. 걱정 말그라."

엄마가 이러저러한 말로 제지를 하였다. 유미는 가슴이 약간 뜨끔했지만 아무 소리도 하지 않았다. 그날 저녁에 가족들 모두 근처 식당에 가서 축하주를 마셨다.

"이제 우리 집안에 해 뜰 날이 오는 모양이다."

아빠가 하시는 말씀이다. 말썽꾸러기 사고뭉치였던 상호는 개심하여 버스 운전을 하고 유미가 교원 임용고사에 합격했으니 더 이상 무엇을 바랄 것인가, 참으로 행복한 순간이었다.

얼마 후 3월이 되어서 유미는 M중학교로 발령받았다. 입사 동기는 김선희 국어 여선생님과 상지호라는 남자 과학 선생님, 이렇게 세 명이 초임으로 발령받았다.

그리고 이번에 발령받은 사람 중에 대학교 때 1년 선배인 방수지도 있었다. 즉, 유미는 재수하여 합격하고 방수지는 삼수해서 S중학교에 발령을 받은 것이다. 방수지는 걸쭉하게 말을 잘하는 선배이다.

11

선배와 친구들의 조언

유미는 M중학교로 발령받고 3월부터 근무하기 시작했다. 남녀공학인데 학생들이 까불긴 하지만 그다지 문제를 일으킬 것 같지는 않았고, 학부형이나 학생들이나 영어는 관심이 많았기에 수업의 호응도가 좋았다. 더구나 유미는 그동안 영어 과외 알바를 꾸준히 해 왔기에 초임 교사라고 보기 어려울 정도로 수업 컨트롤(control)을 잘했다.

3월은 선생님들에게는 지옥 훈련을 받는 것 같이 정신없는 달이었다. 다행히 유미에게는 초임이라고 하여 담임 배정을 하지 않아서 그나마 숨통이 트이긴 했지만 무슨 일이 그렇게 많은지 모두들 바빠서 쩔쩔매었다.

그런 중에 가끔 틈이 나서 커피를 마시면서 담소를 하거나 식사 후에 잡담하기도 하는데 초임으로 온 유미에게는 대번에 결혼했느냐, 누굴 소개하고 싶다는 등의 이야기가 단골 메뉴였다. 유미의 가족들이 말하던 대로였다. 유미는 웃어 가면서 아직 남친은 없지만 정신없어서 아직 누구를 소개받고 싶지 않다고 정중히 거절하곤 했다.

그런데 거절하기 어려운 일이 생겼다. 그동안 중고등학교에 다녔던 경험으로 볼 때 학교 선생님들도 서열이 있는데, 교장, 교감, 교무부장, 학생부장, 연구부장 이런 순서였다. 당연히 연세도 많으셨다.

이 중에 연구부장인 김창호 부장이 적극적으로 나서서 고등학교의 국어샘을 소개하였다.

마음에 들지 않아도 좋으니까 한 번만 만나 보라는 것이었다. 연구부장이 이렇게 자꾸 권하니까 유미는 더 이상 거절하지 못하고 퇴근 후 잠시 만나 보겠다고 승낙을 했다. 4월 초 첫째 금요일 퇴근 후에 연구부장의 차를 타고 인근에 있는 커피숍으로 가서 국어샘을 만나게 되었다. 이름은 손준태였는데 고등학교 국어샘이고 첫눈에 아주 단정하고 예의바른 사람으로 보였다. 연구부장은 그 국어샘을 익히 알고 있었는지 서로 안부 인사를 하고는 먼저 가 버렸다. 하지만 유미는 아직 결혼까지는 생각지 않고 있었기에 한 시간도 못 있고 나와야 했다. 저녁을 사 준다고 하였지만 적당히 핑계를 대고 나왔다.

그런데 손준태는 첫눈에 유미가 마음에 들어서 곧바로 집에 부모님께 말씀드리고 김창호 부장에게도 알렸다.

이에 김창호 부장은 또 적극적으로 유미에게 다가와서 준태의 의향을 전했다. 유미는 지난번에도 연구부장이라는 위치에 계셨기에 단번에 거절치 못하고 잠시 만나 보기만 했는데 이번에도 또 이렇게 나오니 참으로 난처하였다. 어쩔 수 없이 유미는 4월 말쯤에 단둘이서 만나게 되었고 그날은 저녁 식사도 함께하였다.

그리고는 집에 가서 엄마와 아빠에게 이런 사실을 전했고, 곧바로 건달 오빠도 알게 되어서 크게 환영을 하였다.

손준태의 집안에서 적극 찬성하고, 유미의 집안에서도 적극 찬성을 하였으나 유미는 아직 결정하지 못하고 반신반의하였다.

그래서 유미는 제일 먼저 학교 선배였던 방수지에게 조언을 듣고 싶었다.

"언니, 나야. 유미."

"우웅, 알아, 학교 근무 잘하지?"

"네. 언니도 잘하고 있지요?"

"바빠서 미칠 지경이다."

방수지는 1년 선배로 유미가 4학년 가을에 장달이와 헤어지고 커피숍에 혼자 앉아 있다가 우연히 만나서 수다를 떨고는 이후 몇 차례 만났었다. 방수지는 입담이 좋아서 듣고 나면 속이 시원할 정도였다. 아는 것도 많았다. 둘 다 임용고사에 도

전했는데 유미는 재수하여 붙고, 방수지는 삼수하여 붙어서 사회생활은 동학년이 된 셈이었다.

"시간 나면 얘기나 하려고 전화했어요."

"언제?"

"아무 때나."

"그럼 오늘 만나자. 답답하고 입이 근질거려 죽겠다."

"호호호, 기대되네요. 저기 그레이스 백화점 알죠?"

"응,"

"그레이스 백화점 바로 옆 건물 1층에 안경점이 있고 엘리베이터 타고 제일 꼭대기 층 9층에 스카이 레스토랑이라고 있어요. 거기가 퓨전 음식점인데 별거 별거 다 팔아요."

"소주도 팔아?"

"아, 그럼요. 거기로 나와요. 이따 6시경까지."

"그래, 그래. 좋다. 내가 쏜다."

"아이참, 오늘은 제가 낼게요. 얻어먹은 죄가 많아서."

"호호호, 그래라. 그럼 이따 보자."

유미는 점심시간에 짬을 내어서 방수지에게 전화로 약속했다.

유미는 퇴근 후 버스를 타고 부지런히 레스토랑으로 올라갔다.

방수지는 먼저 와서 전망 좋은 창가에 앉아 스마트 폰을 만지

작거리고 있었다.

“언니, 벌써 왔네요.”

“어맛, 오는 줄도 몰랐네.”

“아이구야, 언니 쌍수(쌍커플 수술) 했어요? 몰라보겠네요. 이뻐졌어요.”

“호호호, 했지. 애들이 새우 눈이라고 놀릴까 봐, 쌍수했는데 영 어색하다. 눈이 거져서 그런지 바람이 휘휘 들어와.”

“호호호, 그래요. 쌍수한 애들도 한동안 그런 느낌이 든다고 하데요. 괜찮아질 거예요. 그런데 정말로 너무 이뻐졌어요.”

“호호호, 고맙다. 넌 자연산이니 얼마나 좋으냐,”

“부모님 덕택이지요.”

“쌍수해서 눈을 바꾸었더니 이번엔 성씨도 바꿔야 할 모양이다.”

“예엣? 그게 무슨 말이에요. 성을 바꾸다니.”

“호호호, 극성맞은 중학생들이 내 성씨가 방씨라니까 방구선생이라고 벌써 별명을 지어 놨어. 방구 선생 왔다. 이러더라. 내 원 참.”

“호호호, 진짜 웃기네요. 북한의 김정일, 김정은이가 울나라 중학생 무서워서 못 쳐들어온다고 하더니만, 저도 시달려서 죽을 맛이에요. 고무망치로 두더지 잡기예요.”

“호호호, 맞다, 맞아. 예서 불쑥 제서 불쑥. 그러더라. 너 담임 있어?"

"담임 배정은 안 받았어요. 초임이라고 빼준 모양이에요."

"아이구야, 복도 많다. 난 담임이라서 정말 눈코 뜰 새 없어. 볼일 보고 밑구멍 볼 새도 없다."

"아이참, 언니 두, 뭐하러 볼일 보고 아래를 보나요?"

"왜? 봐야지, 양식 조개가 잘 크고 있나 확인을 해야지."

"뭐라고요? 호호호, 호호호."

"호호호, 호호호."

남자들이 군에 있을 때 너무 바쁘면 "오줌 싸고 좆 쳐다볼 시간도 없다."라는 말이 있는데 방수지는 이 얘기를 어디서 듣고 와선 임기응변식으로 여자도 볼일 보고 아래를 볼 수 없다고 과장되게 한 말이다. 입담이 좋다는 방수지와 함께 있으면 정말로 시간가는 줄 모르게 된다.

"학교 다닐 땐 선생님들 수업하고는 노는 줄 알았잖아. 아니 노는 것은 아니고 쉬는 줄 알았잖아."

"그랬지요."

"그런데 웬 할 일이 그렇게 많아. 공문 처리, 학급일, 수업 준비, 쭈그리고 앉아서 뭣 좀 하려면 이번엔 회의하러 오라고 하지, 연수받으러 오라고 하지. 오히려 수업시간이 쉬는 시간이 되는 셈 같아."

"맞아요. 호호호. 진짜 죽을 맛이에요. 그래도 삼사월 지났으니 조금 한가해진다고 선배 샘들이 말하더라고요. 뭐든지 초임은 힘들고 바쁘다고요."

"하긴 그 말이 맞아, 대학교 때도 1학년은 공연히 바쁘기만 하잖아. 선배가 보면 그냥 대충 처리할 것도 말이야."

"맞아요. 언니, 소주 할 거죠? 안주는 뭘 할까요?"

"응, 소맥으로 하자. 그래 말이 나온 김에 이 집 조개탕 있나. 메뉴 좀 보자."

"호호호, 조개탕은 없을 겁니다. 술 안주로 조개찜이 있으면 있을 걸요."

둘은 너무 웃어서 배가 아플 지경이었다. 과연 조개탕은 없고 조개찜은 있었다.

유미는 안주로 조개찜을 시키고 소주와 맥주를 시켰다.

둘은 온갖 잡다한 이야기꽃을 피우기 시작했다. 방수지는 소맥이 약하다면서 소주만을 마시고, 유미는 그냥 소맥을 홀짝거리면서 마시었다.

"언니, 지금도 4학년 때 만나던 남친이랑 교제해요?"

"어~ 그때, 너 만났을 때 얘기했던가?"

"네."

"호호호, 걔하곤 그냥 오래간다. 아직도 만나긴 해."

"지금 남친은 뭐해요? 취업했어요?"

"취업은 무슨 취업, 자격증 하나 따 놓고 빈둥대지."

"옴마나, 무슨 자격증을 땄는데요."

"호호호, 대한민국 대학생들 다 받는 자격증을 몰라? 졸업장과 동시에 주는 백수 자격증."

"뭐요? 호호호, 백수 자격증이래."

"아무개, 위 사람은 하루 종일 빈둥거릴 수 있는 백수 자격증을 수여하노라."

"호호호."

"호호호."

둘이 큰소리로 웃어대니 주위에서 힐끗대었다. 곧바로 종업원이 와서 조금만 조용히 해 달라고 부탁을 하고 갔다.

"한 삼 년간 잘 지냈는데 이젠 헤어져야 할까 봐."

"예엣? 왜요? 그동안 정들었을 텐데."

"정이야 들었지. 하지만 연애 따로 결혼 따로야. 학교에 와 보니 여기저기서 소개해 준다고 하는데 정말 이력이 화려한 사람들 많더라. 교사도 많아. 우리나라 신붓감으로 1위가 여교사라더니. 휴우, 정말이야. 남친은 언제 어디에 취업할지도 모르고 말이야. 사람은 괜찮은데 가정이 생기면 먹고 살아야 하잖아. 그래서 요즘 심각하게 고민 중이다."

"오, 그렇군요. 사실 저도 그 문제 때문에 언니에게 자문을 들으려고 만나자고 한 거예요."

"그랬어? 잘했다. 동병상련(同病相憐)이라는데 무슨 일이 있었어?"

이에 유미는 그동안 장달이와의 교제하다가 헤어지고, 지금 학교에서 국어샘을 소개받아서 두 번이나 만났는데 적극적으로 결혼하자고 하였다고 대강 얼버무려서 말했다.

"야아~ 지금이 어느 시대인데. 캘리포니아 골드러시처럼 금을 찾아다녀. 와, 정말 놀랍다. 돈키호테라고 부를 만하다. 금을 어떻게 찾아?"

"수맥 찾는 방법의 일종이라고 은으로 만든 추를 가지고 다녀요. 모든 물질에는 독특한 파장을 내고 있다는데 인간이 그걸 감지하지 못하니까 매개체인 추를 이용해서 찾는다고 해요. 원리는 수맥 찾는 거랑 비슷하다네요."

"와, 진짜 놀라운 청년이다. 만약 성공하면 왕대박이다. 그럼 그걸로만 찾아다녀?"

"아니에요. 또 다른 방법과 병합해서 찾으러 다녀요, 나와 헤어진 작년에 실사를 많이 다닌 모양인지 얼굴이 새카맣게 탔어요."

"그럼 지금 또 만나?"

"작년 12월경인가 우연히 한번 만나고 말았는데 그때 전번을 다시 알게 되었어요."

"하이구, 진짜 무슨 영화 보는 것 같다. 저절로 그렇게 되네. 스토리를 보면 하늘에서 점지해 준 천생연분 같은데, 현실은 안 그러네. 남들이 보면 뜬구름 잡으러 다니는 또라이로 보겠다."

"예, 그래요. 우리 집에선 사이비 종교인, 사기꾼으로 몰아붙여요."

"아휴, 대강 감이 온다. 그러니까 넌 그 청년에게 마음이 있는데 집에서는 반대하고, 주위에서는 이번에 소개받은 국어샘하고 결혼시키려고 하는구먼."

"그런 셈이지요."

"국어샘은 어떤데?"

"그냥 얌전하고 마네킹 같이 생겼어요, 옷도 항상 정장 차림에 넥타이도 가지런히 매고, 그런데 3대 독자랍니다."

"무어? 하이고, 난 마음에 안 든다. 그렇게 깔끔을 떠는 인간들은 누가 뒤치다꺼리를 해 줘야지. 남자가 털털한 면이 있어야 돼. 그런 남자에게 시집갔다가는 종살이하기 십상이다. 왜 그런 말 있잖아, 물이 너무 맑으면 고기가 없다고. 물고기가 숨을 곳이 있어야지. 그런데 어쩌냐. 둘 다 썩 마음에 내키지 않아. 내가 볼 때는, 그리고 너 아직도 어리잖아, 집에서 뭐라 하건 그냥 몇 년 기다려."

"그러고 싶은데, 양쪽 집안에선 당장에라도 식을 올리자고 하는 형국이니 나도 미칠 것만 같아요."

"그렇겠다. 아유 참, 내 일도 아닌데 머리가 복잡해지네. 술이나 한잔 더 마시자.

방수지는 진짜로 해결책이 없어서 머리가 지끈거릴 정도이니 유미는 어떻겠나.

그들은 한동안 떠들면서 해결책을 알아내려 했지만, 인간사가 다 그렇듯 뚜렷한 해결책은 없었다. 방수지는 둘 다 반대했으나 유미는 이상하게 결혼을 하는 쪽으로 기울어졌다. 왜냐하면 집에서 너무 채근하기 때문에 자신도 모르게 일찍 결혼해야 한다고 생각되었다. 일종의 최면 효과였으나 유미 자신은 잘 모르고 있었다.

"국어샘은 아파트가 있어서 거기서 살림을 하고 있답니다. 그래서 혼수 하나도 없이 몸만 와서 살면 된다고 해요. 그 사람은 진짜 적극적으로 나와요."

"그으래? 그런 면에선 구미가 당긴다마는, 그게 꼭 좋은 방법은 아냐. 형평에 맞게 적절히 혼수도 있어야지. 빈 몸으로 갔다가는 꿇리는 일이 많아."

"그럴까요? 사람이 되게 착하게 보이는데."

"아유 참, 세상을 그렇게 몰라. 그 사람이 착하면 뭘 해? 주변 사람들이 나대는데. 시부모나 올케가 나서면 사람 죽는 거야."

"으응, 그러네요, 올케는 없고 시부모는 계시니까. 그것도 또 하나의 변수가 되네요."

"그렇다니까. 암튼 시간을 두고 더 깊이 생각해 봐. 혼인은 인륜지대사라고 하잖아. 자칫하다간 몸과 마음만 멍들고 갈라서는 수가 많아. 요즘 세상은."

"맞아요."

결국 이런 식으로 대화를 마치고 헤어져야 했다.

5월 하순 마지막 금요일,

고교 때 친한 친구 한아름, 김미나, 배유미 이렇게 세 명이서 커피숍에서 만나서 그동안 밀렸던 이야기꽃을 피우기 시작하였다.

"얘, 요즘 중학생들 어떠니?"

"아이고, 말도 마라, 나도 학교 다녔지만, 남학생들이 그렇게 극성떠는 줄 몰랐다. 그거 있잖아, 망치로 두더지 때려잡기. 그거 같아, 여기서 불쑥, 저기서 불쑥. 미치겠다."

"호호호, 맞아 그럴 거다."

"맞아, 요즘 애들 어른들 선생들 다 몰라본다더라. 언제 터질지 모르는 시한폭탄이라고 하더라고."

"호호호, 그래, 북한의 김정일하고 김정은이가 우리나라 중학생들 무서워서 못 쳐들어온다잖아, 언제 터질지 모르는 시한폭탄이라고."

"호호호, 그런 얘기도 있었지."

"예전에는 우리나라 곳곳에 폭탄 세일을 많이 해서 못 쳐들어온다고 하더니만 지금은 중학생 무서워서 쳐들어오지 못하네. 호호호."

세 명의 여자들은 막아 놓았던 봇물 터지듯 온갖 이야기들이 터져 나왔다.

그렇게 삼십여 분 정도 지나서야 유미가 입을 열었다.

"얘들아, 사실은 나 말이야, 고민이 있어서 그런다."

"무슨 고민, 왜 또 네 오빠가 사고 쳤냐?"

"아니, 오빤 요즘 정신차렸나 봐. 버스 운전해."

"오호, 그거 잘되었다. 맨날 조폭 같은 오빠 때문에 걱정하더니."

"그랬지. 그렇게 위아래 무서운지 모르다가 어린 대학생들에게 무지하게 얻어맞았어."

"뭐어? 어린 대학생들에게? 네 오빠 키가 180도 넘는다면서."

"그래, 그런데 뭐가 좀 잘못되어서, 아니 우리 오빠가 벌집을 먼저 건드렸지. 그랬다가 태권도 전공하는 대학생 등과 결투를 했는데 한결같이 오빠들이 무지하게 맞은 모양이야, 병원에 입원했다니까."

"이야, 그랬어? 태권도가 실전에서도 무섭구나."

"그런 모양이야. 대학생들은 한 명도 다치지 않았다고 하더라고 한 대 때리려고 하면 요리조리 빠져나가서 주먹질, 발차기를 하니 덩치만 컸지 둔한 오빠들이 감당할 수 있겠어. 그냥 때리는 대로 맞은 거지."

이러면서 유미는 자기 오빠가 갈비뼈가 부러졌다는 말까지는 하지 않았다. 왜냐하면 너무 부끄러웠기 때문이다.

"아무튼 죽지 않을 정도로 얻어맞고 입원했는데, 그때 뭘 좀 깨달았나 봐. 그 후로 퇴원해서 건달 생활 하지 않고 어디 버스 회사 알아본다고 하더니 출근하기 시작하더라고. 잘 되었지. 전화위복이지 뭐."

"오오, 그랬구나. 정말 잘 되었다. 그럼 뭐 때문에 고민이냐?"

"나 시집가야 할 거 같아, 교사로 발령받자마자 여기저기에서 소개가 많이 들어오더라고. 정말 대한민국에서 여선생이 배우자감으로 1순위라더니 실감했어. 그래서 이것저것 핑계 대고 거절했는데 어떤 국어 선생이 적극 대쉬하는 거야. 그 국어 선생이 내가 마음에 든다면서 우리 학교 아는 선생님에게 푸시(Push)를 한 거지."

"그래서?"

"그래서 한 번 얼굴이나 보자고 해서 만났는데 사람이 단정하니 괜찮아. 잘 생긴 편이고 키도 큰 편이고 사람이 아주 예의 바른 것 같더라고."

"그래서?"

"하지만 아직 나이도 어려서 결혼할 마음도 없고 결혼을 한다 해도 혼수 비용도 한 푼도 준비하지 못했다고 했지. 한 5년 후에나 생각해 보겠다고 했어."

두 여자는 침을 꼴깍 삼키면서 유미의 입술만을 쳐다보고 있었다.

"그랬더니 그런 것들은 전혀 상관하지 말라나. 몸만 오면 된다고 하는 거야. 자기가 지금 살고 있는 36평 아파트에 그냥 들어오면 된다는 거야. 거기에 혼수 필요 없이 살림살이가 다 있다는 거야. 최신 60인치 TV도 있다나. 그래도 생각을 더 해봐야 한다고 그랬지."

"옴마나, 그럼 아직 결정은 안 했네."

"으음, 그런데 한 가지 걸리는 것이 그 사람이 외동아들이라는 거야. 집은 선대 유산이 있었나 부족함 없이 잘사는 모양이고, 그러니 아들에게 아파트도 사 주었겠지. 차야 자기 돈으로 샀다고 해도."

"그럼 지금 몇 살이래?"

"스물여덟인가 울 오빠보다 한 살 위야."

"글쎄, 마음에 든다 해도 외동아들이 가끔 문제가 되는 수가 있더라. 내 언니의 친구도 외동아들에게 시집갔다가 몇 달 후부터 트러블이 생기더래. 시어머니가 자주 와서 미주알고주알 참견하면서 귀찮게 하더니만 남편까지 시어머니 편을 들어서 스트레스가 심했대. 그게 결혼 후 오륙 개월인가 지나서였는데, 그때 임신 2개월이 넘어선 상태였어. 그 언니가 성격이 급한 면이 있어서 그랬는지 남몰래 아이를 지우고는 집에 와서 스트레스받아서 유산했다고 했다나 봐. 그리고선 이혼한 거야. 남자가 위자료 때문에 결혼했냐고 소리소리 질렀다는데 그 언니는 '위자료 단 한 푼도 안 갖는다. 나 혼자 마음이나 편히 살련다. 네 엄마하고 잘 살아 봐. 이 집안에서 나는 필요 없는 존재니까 떠나는 거야.' 하고 헤어졌다나 봐."

"이야, 정말 그런 경우도 있구나. 요즘 남자들 마마보이가 많아서 그래. 그런 놈들 만나면 정말 대책 없겠다. 하루속히 헤어져야지."

"그래, 유미야, 다시 한번 생각해 봐."

"으응, 나도 별 마음이 없는데, 부모님과 오빠는 지금 난리야. 이런 기회가 없다고. 그 사람 놓치면 쭉정이가 걸린다나 어쩐다나. 아, 정말 고민이다."

"암튼 행복한 고민인데, 나는 반대다."

"나도 반대야. 내가 너라면 일언지하에 반대한다. 남자가 그 사람밖에 없니? 너 같으면 줄을 서 있다. 그냥 참고 넘어가라."

"나도 그러고 싶어."

하지만 유미의 마음에는 또 다른 한가지 이유로, 집에서 하루속히 독립하고 싶었다. 하다못해 원룸이라도 얻어서 부모님과 건달 오빠에게 벗어나서 한소리라도 듣지 않았으면 좋겠다고 생각했다. 이런 중에 준태를 몇 번 만나게 되었는데 준태는 유미에게 굴종적(屈從的: 제 뜻을 굽혀 남에게 복종하는 것)일 정도로 대해서 마치 궁인이 중전마마를 대하는 듯하였다. 온갖 사탕발림도 추가되어서 결혼하면 유미에게 승용차도 한 대를 사 주겠다고 하였다. 유미는 졸업한 후인 작년에 운전면허를 취득했기에 차를 갖고 싶은 생각도 늘 가지고 있었다. 하지만 초임 교사의 봉급으로는 새 차를 산다는 것은 매우 큰 부담이었다. 부모님이 도와주지 않은 한 어느 세월에 차를 사게 될지도 몰랐다. 반면에 이번에 새로 부임한 초임 선생님은 처음부터 차를 가지고 출퇴근을 하였기에 속으로 위화감(違和感)이 들었다. 이런 중에 준태가 결혼하면 차를 사 준다기에 유미는 마음이 자꾸 기울기 시작하였다.

12

어긋난 결혼

유미는 결혼에 반신반의했지만, 집에서 워낙 채근하니까 마음이 조금씩 돌아서기 시작하였다. 가진 돈이 없었던 부모님이 적극적이었기 때문이다. 오빠도 이런 면에서는 같은 생각이었다. 달리 표현하면 돈이 없기에 돈에 팔려가는 모양새인데, 이런 사실을 유미는 제대로 감지(感知)하지 못하고 있었다. 돈에 팔려가면 예전이나 지금이나 떳떳지 못하고 구속되기 마련인 것을 인지(認知)하지 못하고 있었다.

결국 유미는 그 남자와 몇 번 데이트 끝에 6월 하순경에 반승락을 하고는 부모님 상견례를 하자고 했다. 물론 양쪽 집안에서는 크게 환호했다. 국어샘의 부모님이 적극 나서서 이제 막 교편생활을 했기에 혼수 비용을 준비하지 못했을 터이니 몸만 오라고 했고, 유미 부모는 '빈한한 가정 살림에 이게 웬 떡이냐.' 하고 반기면서 결혼을 승낙했다. 뿐만 아니라 유미의 오빠인 상호는 하루빨리 적임자가 나타났을 때 혼인을 시켜야지 사이비 종교인이자 사기꾼 같은 놈(이장달)에게 여동생을 줄 수는 없는 노릇이었다. 그래서 부모님에게도 이런 내용을 과장해서 거듭 설명하고 유미를 설득했다.

"지금은 시작이지만, 남자가 아파트도 있고 차도 있고 집도 살 만하다고 하니 네 인생의 꽃이 이제 피기 시작한다. 걱정 말고 그쪽에서 하자는 대로 해. 그리고 또 만에 하나 사기꾼 같은 놈을 만나기만 하면 내가 둘 다 때려죽일 테니 그런 줄 알아."

이렇게 설득도 하고 위협도 했다.

상견례가 끝나고 각자 집으로 돌아갔다.

그런데 유미 아빠가 어딘지 모르게 탐탁지 않은 부분이 있어서 유미 엄마에게 입을 열었다.

"담수무어(淡水無魚)라는 말이 있는데 사람들이 지나치게 깔끔하고 맑아."

"그게 무슨 말이에요?"

"응, '맑은 물에서는 물고기가 살지 않는다.'라는 뜻이야. 물고기가 숨어서 살 데가 없으니까. 지금 사돈이 될 사람을 보니 그런 생각이 들어. 사윗감도 지나치게 깔끔한 것이 꼭 살아있는 인형 같고, 시어머니가 될 사람도 너무 맑아. 빈틈이 없이 차가워 보여."

"아이참, 그게 뭐 어때서 그래요. 사람이 깔끔하게 살아야지. 우리 집처럼 털털하게 살면 쓰나요. 유미도 그런 집안에서 고귀하게 공주나 왕비처럼 살아 봐야지요."

"하 참, 그게 자칫하다가는 거꾸로 되는 수가 있단 말이야."

"걱정도 팔자네요. 그만두시구려."

유미의 아빠가 이런 걱정을 하였다.

어찌 되었건 양가는 결혼 승낙을 하였고, 결혼 날짜는 방학 때로 잡았다. 신혼 휴가를 별도로 낼 필요 없이 방학 때를 이용해서 해외로 신혼여행을 가자는 것이다.

유미는 한참을 망설이던 끝에 장달이에게 문자를 보내야 했다.

"어쩔 수 없이 결혼하게 되었어. 장달 씨, 미안해. 그동안 너무 고마웠어."

문자를 보낸 유미는 한동안 흐느끼면서 감정이 북받쳐 올랐다.

문자를 받은 장달은 곧바로 "행복하게 살아."라고 답 문자를 보냈다. 하지만 장달은 유미와는 달리 울음이 터져 나오진 않았다. 그동안 기다리다 지쳤던 것이다. 결국 작년 진눈깨비가 오던 날 재회를 한 이후로 이런저런 사연으로 만남을 미루다가 개학이 되어 유미가 중학교에 발령을 받고, 거기서 중매가 들어왔을 것으로 추측하고 말았다.

한편,

신랑 될 손준태의 부모는 상견례를 한 후 유미의 집안이 궁금해졌다. 바깥사돈은 마른 체구에 점잖은 선비 같기도 하였으나 어딘지 모르게 궁한 티가 나고, 안사돈은 한복을 곱게 차려입었으나 꼭 식당 아줌마 같은 분위기가 풍겼기 때문이다.

궁금한 것을 못 참는 준태의 엄마는 친구에게 전화를 걸었다.

"나야, 준태 엄마야."

"응, 뭐 좋은 일 있어?"

"글쎄, 좋은 일 만들어 보려고."

"뭔데?"

"우리 애 혼담이 오가는 데 너에게 부탁을 하려고 한다."

"어머나, 그래? 어디 좋은 사람이 나타났나?"

"응, 올해 막 신임으로 온 M중학교 여교사인데 사람은 좋아, 미인이야. 오늘 상견례해서 만나 봤어."

"그러면 되었지. 뭘 더 부탁해. 내가 부탁 들어줄 수 있는 것도 없을 것 같다."

"아니, 전에 네 신랑이 왜 남의 집안 뒷조사 한다고 안 그랬니?"

"아항, 몇 년 전에 그거, 우리 신랑이 아니라 우리 신랑이 아는 사람이 사설 흥신소 비슷한 것을 운영하나 봐. 불법이라 몰래 하는 모양이야."

"그랬어? 잘 되었다. 우리 사돈 될 집안이 궁금해서 그런데 뒷조사를 부탁할 수 있을까?"

"할 수 있지만, 비용이 꽤 들어간다고 들었어."

"그럴 테지. 웬만하면 내가 부담할 테니 그 사람 전번 좀 알려줄 수 있겠니?"

"그래, 신랑에게 물어보고 문자 넣어 줄게."

"응, 그래 고맙다."

준태 엄마는 이렇게 전화를 하고 끊었다. 10분도 안 되어서 전번과 이름이 문자로 떴다. 준태 엄마는 즉시 전화를 해서 이러저러한 사람의 집이 어떻게 살고 있는지 알아봐 달라고 부탁했다.

"아 그럼, 신부 될 여자의 전번은 아시나요? 주소도 모르고 인적 사항도 모르면 일하기 진짜 어렵습니다. 전번이라고 알면 쉽게 추적할 수 있습니다."

"네. 그렇군요. 그럼 잠시 후에 다시 연락드리겠습니다."

마음이 급해진 준태 엄마는 바로 준태에게 전화해서 배유미의 전번을 알아냈다.

준태 엄마는 다시 사설 흥신소 직원에게 전화를 걸어서 유미의 전번을 알려 주고는 그 집안이 어떻게 살고 가족들은 무엇을 하는지 알아봐 달라고 하였다.

"그 정도면 삼사일이면 될 것 같습니다. 우리가 은밀히 나가봐야 하니까요."

"괜찮아요."

이렇게 해서 유미 집안의 뒷조사를 하라고 시켰다.

3일 후 오후 5시경, 흥신소 직원에게 전화가 왔는데 내용은 충격적이었다.

유미의 아빠는 젊어서 우체국에 다녔다는데 빚보증으로 망해서 서울에 와서 막일하다가 지금은 아파트 경비원으로 있고, 엄마는 주로 식당에서 홀 아줌마로 서빙을 하고 있다고 했다. 그런데 오빠 한 명이 있는데 동네 조폭 건달 생활을 하다가 지금은 마음을 고쳐먹었는지 버스 운전을 하고 있다고 하였다. 재산이라고는 서민 아파트뿐이고, 유미가 대학생 시절 알바를 해서 생활비를 대다시피 하여서 고생을 많이 한 효녀라고 말했다.

"으음, 예상했던 대로 가난한 살림이군. 그 집에 유미만 개천에서 용 나듯 한 거구먼 그래. 그런데 건달 오빠는 대체 어떻게 생겨 먹었길래 그런 생활을 한 게야. 지금은 개심하여 버스 운전을 한다니. 우리에게 해코지할 일은 없겠다."

준태 엄마는 이런 사실이 몹시 마음에 걸렸지만, 가족들 아무에게도 말하지 않았다. 괜히 말했다가는 해결책도 없이 근심 걱정만 더 할 뿐이기 때문에 혼자서만 알고 있어야 한다고 마음먹었다.

그런데 유미의 집안이 이렇게 못산다니까 자신도 모르게 업신여기는 마음이 저절로 생겼다. 즉, 돈 많은 부자들이 가난뱅이들을 사람 취급도 하지 않는 것처럼 말이다.

이런 한편,

해외여행을 단 한 번도 가 보지 못한 유미는 초등학생들 소풍 가듯 마음이 설레었다. 급히 여권을 만들고 하루속히 결혼하고 해외에서 허니문을 즐기기 바랐다.

여름철이라 덥겠지만 태국에 가야 최고급 호텔에 최상의 서비스를 받고, 신혼부부만을 위한 가이드와 차량이 제공된다고 하여 그리로 결정했다. 물론 이런 것들은 아무것도 모르는 유미 대신 신랑 될 사람인 손준태가 모두 결정했다.

드디어 결혼식 날 7월 22일 토요일

서울 외곽의 허니문 웨딩에서 조촐히 치렀다. 양가집에서 서로 의논하여 검소하게 치르자고 협의를 했었기 때문에 가까운 일가친척과 친구들이 왔는데, 의외로 유미의 학교 선생님들이 많이 와서 축하해 주었다. 하얀 웨딩드레스를 입은 유미는 그야말로 하늘에서 강림하신 여신이었고, 많은 사람들이 사진을 찍었다.

주례가 무슨 말을 했는지 들을 정신도 없이 시간이 지나가고 결혼식이 끝나자마자 식사도 제대로 못 하고 인사를 하고는 인천공항으로 향했다. 유미는 이 세상에서 제일 행복한 여자가 되었고 새신랑인 손준태도 입이 귀에 걸리면서 싱글벙글 좋아하였다.

인천공항에 비행기를 타고 6시간 만에 도착한 곳은 태국의 푸켓이었다. 내리자마자 전용차가 대기하고 있었고 한국인 가이드가 나와서 아주 정중하게 신혼부부를 맞이하면서 호텔로 향하였다.

호텔은 한국의 모텔과는 비교도 되지 않을 만큼 실내도 크고 거실이 따로 있는 스위트 룸이었고 스파 욕실까지 갖추어져 있었으며 실외에는 수영장까지 있었다.

둘은 짐을 풀고 가이드의 안내에 따라 저녁 식사를 하고는 곧바로 쇼를 보러 갔다. 한국에서는 볼 수 없었던 야릇한 쇼였는데 알고 보니 출연자 전원이 트랜스젠더인 여자였다. 즉, 남자가 여자로 성전환을 한 것인데 어디를 보아도 남성의 흔적은 전혀 찾아볼 수 없었다.

쇼가 끝나고 호텔에 들어와서 각자 샤워를 하고 첫날밤 행사를 치르기 시작하였는데, 첫 경험이 아닌 유미는 대단히 조심스럽게 준태를 맞아들였는데, 뭔가 처음부터 이상하였다. 장달이와 첫 경험을 할 때나 그 후에도 여러 번 잠자리를 했기에 자꾸 준태와 비교가 되었다. 그러나 차마 내색을 하지 못하고 "으음, 으으~" 하면서 분위기를 맞추어 주어야 했다. 장달이는 남성의 그것이 강직하여 꼭 나무 방망이와 같이 거세었는데, 준태의 그것은 크기도 작을뿐더러 아주 강직한 것이 아니라 마치 물렁한 소시지 같았다. 처음이라 그런지 몰라도 3분도 채 안 되어 내려오고 말았다.

"좋았어?"

"응. 좋았어."

유미는 짧게 대답하고 말았다.

아무튼 유미는 가려운 곳을 긁다가 만 기분으로 잠이 들어야 했다. 다음 날 새벽에 또 준태가 올라왔으나 그게 그 모양이었다.

4박 5일간의 신혼여행을 마치고 준태가 사는 36평짜리 아파트로 갔다.

그런데 아무도 없을 줄 알았던 그곳에는 시부모가 계셨다.

둘은 정성스레 절을 올리고서 안방에 들어갔는데, 어째 분위기가 이상하였다.

옷장이 있었는데 열어 보니 여러 가지 옷들이 있는데 준태의 옷이 아니라 시부모의 옷들도 함께 걸려 있었다.

잠시 후에 알게 된 내용이지만 이 집은 준태가 서울에서 대학교에 다닐 때부터 사 놓은 집이었다. 즉, 이 집에서 대학교를 다니고 지금의 고등학교 교사로도 다니는 것이다. 그런데 외동아들인 준태가 혼자서 식사 준비나 집 살림을 할 수 없었기에 시어머니가 올라와서 계셨던 것이다. 시댁은 경기도 다주였다. 즉, 다주에서 여기까지 오가면서 아들을 건사했던 것이다. 그러니 이때까지 안방은 시아버지 시어머니 차지이고 건넌방에서 준태가 기거하다가 결혼하게 되어서 안방을 준태가 차지하고 시부모가 건넌방으로 가게 된 것이다.

시어머니는 처음부터 준태가 무슨 음식을 좋아하고 집안 살림을 어떻게 해야 하는지 등에 대해서 며칠 묵으면서 알려 주고 떠난다고 했다.

그래서 유미도 그럴 수도 있지 하고 그냥 웃어 가면서 그러시라고 대답해야 했다.

"준태 씨, 여기 옷장을 시부모님과 같이 써야 하나?"

"그럼 그게 어때서? 옷장을 또 살 필요가 없잖아. 사서 놓을 데도 없지. 살림살이 여기 있는 대로 그냥 쓰면 돼."

"으응, 알았어."

유미는 혼수로 아무것도 해 오지 않았기에 더 이상 말대꾸를 하지 못하고 말았다.

유미는 침대에 누워서 한 시간이라도 낮잠을 자면서 쉬고 싶었지만, 시부모님들이 왔다 갔다 하는데 그럴 수가 없어서 억지로 두 눈을 부릅뜨고 뭐라도 하는 척하다가 참다못해서 커피 한 잔을 진하게 타서 마셨다. 커피 한잔 마시는 것도 눈치가 보였다. 집 같으면 아무 상관 없이 나 혼자 마시면 되는데 여기선 일일이 다 물어보고서야 마실 수가 있었느니 처음부터 심적이 부담이 가기 시작한 것이다.

다행히 아무도 커피를 마시지 않는다고 하여 혼자 마시고 나니 잠시 정신이 드는 듯했다.

곧바로 저녁 식사 준비를 해야 했는데, 시어머니가 "이런 걸 해야 한다. 저런 것을 해야 한다. 준태가 좋아하는 음식은 무엇무엇이다."라고 세세하게 지시하면서 음식을 만들어야 했다.

"시집살이 고되다 더니 이래서 고된 모양이구나. 이제까지 내가 살아온 생활 방식을 한순간에 바꾸어야 하니 어렵다."

유미의 입속에서 이런 말이 뱅뱅거렸다. 그런 중에도 시어머니는 무슨 말씀인가를 연신해 가면서 음식을 만들고 있는데 이번에는 갈비찜이다.

그런데 유미가 언뜻 듣기에 "이런 음식을 해 봤겠니?" 하고 말씀하시는 것을 분명히 들었다. 한마디로 못사는 집안에서 갈비찜을 해 보았겠냐는 듯이 말씀하시는데 혼잣말인지 들으라고 한 말이지는 분명치 않으나 유미는 똑똑히 들었다.

그까짓 갈비찜이 무슨 대단한 음식이라고. 오히려 살찌고 콜레스테롤이 많다고 하여 기피하는 음식인데, 참으로 억장이 무너져 내리는 것만 같았다.

잠시 후, 음식 조리가 다 끝나서 식탁에 넷이 둘러앉아 식사하는데, 유미는 또 기겁하지 않을 수 없었다.

"자, 이거 먹어라."

시어머니가 준태의 밥숟가락에 반찬을 올려놓고 준태는 대수롭지 않은 듯 받아먹었다.

"아이참, 어머니도 그만 하세요. 나이가 삼십이 다 되는데도 세 살 아이처럼 반찬을 올려주시다니요."

"아니다. 얘는 이렇게 하지 않으면 무슨 반찬을 먹어야 하는지도 몰라. 어떤 반찬이 몸에 좋은지 나쁜지도 몰라. 그러니 너도 이렇게 해 줘야 잘 먹는다. 그래도 살도 안 쪄."

"아이구, 너무 괜한 걱정이세요. 음식점에 가면 혼자서도 잘 먹어요. 이제 그만하세요."

정말로 그 모습을 본 유미는 징그러운 벌레가 속옷 속에서 슬금슬금 돌아다니는 것만 같았다.

"아, 이제 그만해. 며느리 보기에 창피하구먼."

마지못해서 시아버지가 며느리 역성을 들었으나 시어머니는 막무가내였고, 준태도 아무 소리 하지 않고 있었다.

얼마 후에 안 이야기지만 준태가 외동은 아니었다고 한다. 누나가 있었는데 아주 어려서 교통사고로 죽고 나서 어머니가 준태에게만 집착하기 시작했다고 하였다.

그 모습을 보면서 유미는 밥이 넘어가는지 안 넘어가는지도 모르게 식사를 마쳤다.

밤이 되어서 시아버지는 내일 출근해야 한다면서 자가 승용차를 가지고 떠났고 시어머니는 살림을 좀 더 가르쳐야 한다면서 집에 남았다.

시아버지는 세무 공무원인데 얼핏 듣기에 예전에는 부수입으로 생기는 돈이 있었고, 선대로부터 물려받은 전답이 있었는데 그 전답이 도시 계획에 포함되면서 꽤 많은 보상금을 받았다고 한다. 그래서 시아버지는 "땅에서 생긴 돈은 땅에 묻어 두어야 한다."면서 여기 아파트도 사고 서울 변두리 어딘가에도 싸구려 땅을 사 놓았는데 그것도 지금 가격이 폭등하여 재산 가치가 많은 모양이었다.

유미 집안의 재산과 비교하자면 정말로 하늘과 땅 차이의 살림이었다. 이러니 시어머니가 유미를 얕잡아보고 업신여기는 것이다.

군대에서 흔히 하는 말로 "거꾸로 매달아 놓아도 국방부 시계는 돌아간다."라는 말이 있었다. 유미는 군대에 가 보진 않았지만 어디서 주워들은 이 말이 생각났다.

"그래 좀 참아보자. 오죽했으면 옛날 조선 시대에도 석삼년이란 말이 있잖은가?"

석삼년이란 말은 여자가 시집을 가서 벙어리 삼 년, 귀머거리 삼 년, 장님 삼 년, 모두 구 년을 참고 살아야 한다는 뜻이다. 하지만 지금은 조선 시대가 아니라 21세기 현대이다.

이윽고 밤이 되어서 잠을 자려는데 노크도 없이 느닷없이 시어머니가 불쑥 들어와서 옷장을 열고는 잠옷을 꺼내 갔다.

"이거 너무하는 거 아니야?"
"뭐가?"
"어머니 말이야. 그래도 명색이 신혼부부 방인데 노크도 없이 불쑥 들어오다니."
"괜찮아, 처음이라 그래. 시간 지나면 괜찮을 거야."
"누가 괜찮아. 우리가 아니면 어머니가?"
"우리지. 그냥 참고 넘어가 별일 아니니까. 잠자는 거 깨우는 것도 아니잖아,"
"하이구 나 원 참, 새 며느리가 들어왔는데 개인 사생활은 완전히 무시하네."
참으로 기이하였으나 그렇다고 유미가 당장 바꿀 수도 없다. 잠시 후 준태가 몸을 더듬으며 수컷 흉내를 내려고 하였으나 유미는 화가 머리꼭지까지 나서 거절하고는 그래도 안 되자 아예 바닥에 내려와서 잠을 청하였다. 다행히 그 밤에는 시어머니가 들어오진 않았다.

다음 날,

유미는 일찍 일어난다고 일어났는데, 벌써 시어머니가 일어나서 거실을 청소하고 음식 준비에 분주하다.

유미는 어정쩡하게 아침 문안 인사를 하고는 음식 준비를 하기 시작하였다. 어제 저녁때 먹다 남은 것도 많은데 무얼 또 만드는지 알 수가 없었지만 옆에서 시중이라도 드는 체하면서 여러 얘기를 들어야 했다.

아침을 먹고 남들이 그러하듯이 둘은 친정집으로 향했다. 신행(新行:혼인을 할 때 신랑이 신부집에 감)을 간 것이다. 준태의 승용차를 타고 서울 시내를 가로질러서 오십여 분에 걸쳐서 집에 갔더니 아빠와 오빠는 출근하고 없고 미리 연락받은 어머니만 반갑게 맞이하였다.

유미는 억지로 행복한 체 미소를 띠면서 처신을 해야 했다.

그러다가 엄마가 유미를 쳐다보았는데 웃는 모습에서 어딘지 모르게 그늘진 얼굴이었다.

"힘드니?"

"아뇨."

"원래 시집살이는 힘들다. 낯설고 물설어서 그렇지. 생활 습관도 느닷없이 바뀌어 얼떨떨할 거야. 할 수 있다니, 여자의 운명인데, 참고 견디다 보면 다 적응해서 살게 마련이다."

엄마가 이렇게 훈계를 하니 유미의 커다란 두 눈에 눈물이 그렁그렁 맺히더니 주르르 흘러내렸다. 마침내 엄마 품에 안겨서 흐느끼기 시작했다.

이 집에서 나가 결혼을 하면 천국 같은 세상이 펼쳐질 줄 알았더니만 또 다른 형태의 고통이 유미의 온몸을 옥죄고 있으니 비통하지 않을 수 없었다.

"정신 차려, 오죽하면 옛말에도 석삼년이란 말이 있잖니. 진정하거라."

"예, 엄마, 잘 살아 볼게요."

하지만 터진 눈물은 그치질 않고 양 볼을 타고 내렸다.

잠시 후,

점심상을 차리는데 엄마는 혼자서 어떻게 그 많은 음식을 준비했는지 제사상의 음식 종류보다도 더 많았다. 커다란 교자상에 갈비찜, 닭찜, 불고기, 조기, 꽁치, 고등어, 콩나물 무침, 가지 무침, 도라지 무침, 호박전, 송이버섯 볶음, 계란탕, 동그랑땡, 깍두기, 배추김치, 물김치, 식혜, 수정과, 쇠고기 무국 등이 올라왔다.

한마디로 새 사위가 왔느니 전시용 대접상인 셈이었다.

"사위, 이리 와서 점심 먹게나."

"예."

준태는 시집가기 전에 유미가 썼던 방에서 컴퓨터를 하며 시간을 보내고 있다가 나왔는데 한마디로 두 눈이 휘둥그레졌다.

"아이고, 어머니 이게 웬 잔칫상인가요?"

"호호호, 새 사위 왔는데 잔칫상을 차려야지. 아빠가 계셨으면 좋으련만 오늘 근무일이라 안 계셔서 서운하네. 원래 새 사위와 술 한 배(한 잔)를 해야 하는데 아쉽네그려."

"아이 괜찮습니다."

"어서 들게나. 원래 우리 집안이 양반집이라 따지는 법도가 많았네만 이제 다 옛 세월이고 현대식으로 살기로 했네."

핀잔만 하는 시어머니와 달리 유미 어머니는 정말로 양반집 어른처럼 언행을 하였다.

그럭저럭 셋은 담소를 하면서 점심을 먹고 잠시 쉬다가 차를 타고 집으로 돌아왔다.

생각 같아서는 하룻밤이라도 자고 오고 싶었지만, 준태가 불편해하는 기색이 역력하여 돌아온 것이다. 준태가 기피하는 이유는 조폭 건달 같은 오빠(처남)를 보고 싶지 않아서이다. 결혼식 날 통성명은 했지만 어쩐지 거부감이 드는 사람이었다. 부리부리한 눈에 덩치도 크고 키도 커서 위압감을 주었다.

그러고 보니 이 집 사람들은 모두 눈이 큰 모양이다. 유미도 큰 눈이 꼭 만화 주인공 같은데 어머니도 큰 편이다. 장인어른도 작은 눈은 아니었다.

집에 돌아왔더니 시어머니가 가고 없다. 전부터 같이 생활하였기에 열쇠를 가지고 다니면서 아무 때나 오고 간다고 하였다.

유미는 집에 오자마자 옷도 갈아입지 않고는 침대에 뻗어 버렸다. 긴장감이 풀린 탓인지 늪지로 빠져들 듯 잠에 빠지고야 말았다.

그날 밤,

준태는 수컷이 되어 유미에게 다가왔다.

푸켓에서 너무 실망한 유미였지만 그렇다고 거절할 수도 없어서 하잖은 대로 내버려두었다. 여전히 물렁한 소시지 같은 물건으로 들락거리더니 또 삼분도 안 되어 내려와서는 "좋았어?" 하고 물어본다. 이때 말 한마디 잘못했다가는 남자들 임포텐츠(발기 불능)가 될 수 있다는 여성 잡지의 기사를 떠올리고는 "우웅, 아주 좋았어."라고 대답하는 수밖에 없었다.

그런데 이런 부부 관계가 여러 날 지속되니 유미는 또 다른 괴로움에 시달려야 했다.

등 한가운데가 가려운데 근처만 긁어 대는 것 같고, 배가 고파서 밥 한 그릇을 먹어야 하는데 한두 숟가락만 먹은 것 같고, 물 한 대접을 마셔야 하는데 물 한 모금을 먹은 것처럼 아쉽기만 하고 답답하고 짜증이 막 났다.

장달이와 관계를 할 때는 이렇지 않았다. 장달이 말대로 사람도 막돌 같은 사람과 다이아몬드 같은 사람이 있다면서 자기에게 온갖 공을 들여서 애무하면서 달아오르게 하지 않았던가. 남성 심볼도 더 크고 단단한 것이 생각만 해도 욕정이 끓어올랐다. 그랬었는데 이 남자는 모든 게 자기 위주다. 자기만 좋으면 끝이고, 남을 배려하지 않는 것이다. 어려서부터 그렇게 커 왔던 것이다.

며칠 후부터는 준태는 방학 중인데도 출근해야 했다. 학생들에게 방학 중 보충 수업을 해야 하기 때문이다. 이날 유미도 출근해서 학교에 계신 교장 교감샘과 출근하신 여러 샘들에게 인사했다. 다들 좋으냐고 인사를 하고 좋았다고 형식적인 대답을 해야 했다.

정오쯤에 집에 돌아온 유미는 무슨 생각을 하는지 인터넷 검색을 하기 시작하였다.

유미가 찾은 것은 거실에 설치할 수 있다는 붙박이장이었다. 안방에 있는 장롱에 시아버지 어머니 옷이 그대로 있어서 수시로 들락거리기에 거실에 붙박이장을 꾸며놓을 생각이었다.

"쇠뿔도 단김에 빼라고 했지."

유미는 즉시 전화를 걸어서 거실 한쪽 크기에 맞는 붙박이장을 주문했다. 내일모레 10시경에 와서 오후 2시면 설치가 끝난다고 하였다. 가격은 대략 삼백만 원이었다. 유미가 돈이 전혀 없는 것은 아니었다. 알바하면서 남몰래 모아둔 돈이 어느 정도 있었고, 시집가는데 아무리 빈 몸으로 오라고 했다지만 혹시 돈이 필요할지 모른다면서 엄마가 모아 놓은 돈 500만 원을 받아왔기에 거실 붙박이장은 설치할 수 있었다.

그리고 이삿짐센터에 전화해서 집에서 쓰던 장롱을 아파트 1층 재활용품 놓는 곳에 가져다 놓기만 하면 된다고 하면서 시간은 1시간도 안 걸린다고 하니까 혼자서는 안되고 두 사람이 가는데 6만 원만 달라고 하였다.

그래서 그들에겐 모레 오후 3시에 오라고 했다. 그리고는 근처에 있는 가전제품 숍에 전화를 걸어서 42인치 TV를 모레 오후 4시경에 가져오라고 하였다.

이 모든 것이 30여 분밖에 걸리지 않았다. 돈만 있으면 다 되는 것이다.

다음 날, 그다음 날도 준태는 출근하였다.

정확히 오전 10시경에 붙박이장을 설치하러 기사가 여러 가지 조립식 자재를 가지고 왔다. 커다란 소파를 앞쪽으로 밀어내고 그 뒤에 설치하는 것이다. 조립식이라 생각보다 쉽게 조립하고 몇 군데는 나사못으로 튼튼히 고정시켰다. 문은 여닫이문이라 공간도 덜 차지했다. 그들이 설치를 다 끝냈는데도 오후 1시도 채 안 되었다. 돈은 인터넷 뱅킹으로 이체한다고 했더니 그러라고 하고는 가 버렸다.

유미는 안방으로 가서 옷들을 꺼내 순서대로 붙박이장에 걸고 쌓아 놓았다. 자리가 바뀌면 찾기 어려운 게 옷이기에 그대로 걸어 놓은 것이다. 시부모의 속옷 겉옷, 준태의 양복 와이셔츠 등이 있었다.

곧 이어서 이삿짐센터 직원 두 명이 와서 헌 옷장을 들어내어 아파트 1층 재활용품 놓는 곳으로 가져갔다. 스티커는 유미가 붙인다고 하고 가지고 있던 돈으로 6만 원을 주었더니 매우 고맙다고 인사를 하고는 갔다.

이어서 가전제품 사장이 차를 가지고 와서 42인치 TV를 안방에 설치했다. 마침 잘 쓰지 않는 탁자가 있길래 그 위에다 설치했다. 이제 TV를 보러 거실로 나올 일이 없다. 시부모가 옷을 가지러 안방에 들어올 일도 없어졌다.

뱃속에 뭔가 막혀 있던 것들이 일시에 다 뚫리는 기분이었다.

"아이고야, 이제 살 것 같다. 이제야 내 공간이 생겼어."

유미는 혼자서 크게 만족했다.

이렇게 보내던 하루 중

시어머니가 시골로 가고, 준태는 방학 중인데 출근한 날이었다.

방안에 준태가 쓰던 PC가 있어서 가끔 멜 확인과 뉴스 검색도 해 보고 전에 가입했던 카페도 들여다보기도 하였다.

그런데 이날은 어쩌다가 D드라이브에 여러 폴더를 보았는데 그중에 "공문서"라는 폴더가 있었다. 유미는 중학교와 고등학교의 공문이 어떻게 다른가 하고 그냥 무심결에 클릭했더니 그 안에는 공문서는 몇 건 없고 여러 학습자료와 PPT가 있었다. 생각보다 정리가 아주 잘 되었고 잘 만들어져 있었다. 약간의 그림 실력도 있는 모양이었다.

그렇게 이런저런 파일을 보고 있다가 저 한구석에 '참새'라는 폴더가 눈에 띄었다.

그래서 참새 폴더를 클릭해 보았는데, 그 안에도 자동으로 이름이 생성되는 새 이름의 폴더가 십여 개 정도 있었다. 오리, 원앙, 꾀꼬리, 논병아리……, 등

"으음, 무슨 동물 분류인가 보다."

유미는 그래서 마우스 포인트가 가는 대로 '꾀꼬리' 폴더를 클릭했는데 그 안에는 족히 오륙십 개가 넘는 동영상이 파일이 가득 들어 있었다.

"어머나, 동영상 폴더네. 영화인가?"

유미는 혼잣말하면서 아무 동영상이나 클릭했더니 "아뿔싸~" 그 동영상은 적나라한 포르노 동영상이었다. 동양인으로는 상상할 수 있는 거대한 물건을 소유한 남녀배우가 완전 알몸으로 모자이크 처리 하나도 없는 섹스 내용이었다.

"어맛, 이런 게 다 있었네."

유미가 대학교 시절에 이런 게 있다는 것을 알고 있었다. 크게 관심이 없었으나 친구들에게 USB로 몇 편을 보다 말았다. 어쩐지 역겹게 느껴졌기 때문이었다.

남자들은 몰라도 여자들은 이런 야한 동영상을 좋아하는 애들이 많지 않았다.

유미는 두근거리는 가슴으로 몇 개의 동영상을 확인하고, 다른 새 이름 폴더도 확인해 보니 모두 그런 동영상뿐이었다.

갑자기 유미는 속이 울컥하고 뒤집히면서 토할 것만 같았다.

"이런, 이런, 이 사람이 겉보기와는 다르네."

하지만 이런 불쾌한 내용을 준태에게 말할 수도 없었다. 이러니 유미는 심리적으로 준태가 의심스러워졌고 마음이 차츰 멀어져갔다. 그러잖아도 부부관계가 원만치 못한 데다 실망감만 더해 갔다. 준태는 관음증이 있었던 것이다.

얼마 후,

시어머니가 오셨는데 유미는 안중에도 없이 부엌데기 취급을 하다시피 하였다. 준태가 퇴근하면 곧바로 시어머니와 무슨 이야기를 하는데, 꼭 초등학생이 학교 갔다가 집에 오면 그날 있었던 일을 엄마에게 이야기하듯 했다. 준태는 어려서부터 그렇게 컸기 때문에 당연한 일이었으나 유미에게는 매우 불쾌했다. 어쩌다가 옆에 앉아서 대화라도 들으려고 하면 "얘야, 넌 먼저 들어가서 자거라, 피곤하겠다."라고 하니 속이 부글부글 끓고 있어도 아무 말도 못 하고 방에 들어와서 잠을 자는 체라도 해야 했다. '도대체 내가 여기 왜 있나?'라는 자괴감이 매일같이 들었다. 소외당하는 것이 꼭 왕따 당하는 기분이었다. 방에 들어와서 뒹굴다가 겨우 잠이라도 들려고 하면 그제야 준태가 들어와서 수컷 행세를 하려고 하니 이 세상 어느 여자가 좋다고 하겠는가? 생각 같아선 공 차듯이 차 버리고만 싶었다.

장달이의 그것(페니스)은 장대(長大)하고 머리(귀두)는 꼭 큰 알밤같이 생겨서 속살을 비집고 들어오자마자 온몸이 움찔거리며 감흥이 시작되고 후끈하게 달아올랐는데, 준태의 그것은 크기도 작을 뿐만 아니라 머리가 작아서 그냥 일자 모양인데 그것도 물렁한 소시지 같았다. 이러니 속살을 비집고 들어오는 것이 아니라 그냥 별 느낌 없이 들락거리다가 잠깐 사이에 일을 마치곤 하였다. 그뿐만 아니라 장달이는 절정이 될 때 온몸을 으스러지라 껴안아 주면서 절정을 맞이하여 쾌감이 배가 되었는데, 준태는 저 혼자 낑낑대다가 슬그머니 내려왔다. 평생을 같이해야 할 부부인데 부부 관계가 이 지경이니 유미는 실망감이 가득 찼다. 남들에게 말 못할 고민이 생긴 것이다. 참다못한 유미는 준태 몰래 마스터베이션(masturbation)을 하기 시작했다. 이거라도 하지 않으면 미쳐 죽을 것만 같았기 때문이다. 이 짓을 하고 나면 허탈감과 자괴감이 몰려와서 눈물이 저절로 흘러내리면서 오싹한 외로움에 몸이 떨려왔다.

또 한 가지 장달이는 관계를 할 때마다 활화산처럼 열을 내뿜었는데, 준태는 열이 오르질 않았다. 평상시에도 몸이 차가

운 편이어서 그동안 시어머니가 인삼, 녹용을 많이 먹였다고 하였다. 이러니 준태는 하얀 마네킹 같은 얼굴을 하고 있었던 것이다. 유미는 그런 얼굴이 좋아 보였으나 이제 와 생각하니 모든 게 오판을 한 것이다. 혈액 순환이 좋질 않아서 얼굴이 흰 것을 원래 피부가 하얀 줄 알았던 것이다. 그러나 이제 와선 엎질러진 물이었다. 시곗바늘을 과거로 돌릴 수도 없고 타임머신을 타고 과거로 돌아갈 수도 없었다.

게다가 준태는 잠버릇이 심하였다. 낮에는 샌님처럼 얌전히 있다가 깊이 잠들면 마구 발길질을 해서 이불을 다 차버리고 곤히 잠자고 있는 유미에게도 발길질하여 깜짝 놀라면서 깨기도 하였다. 낮에 억눌려서 못 쓰던 근육들이 밤에는 살아서 제멋대로 움직이는 것이었다. 이걸 시어머니도 잘 알고 있었다.

"준태는 잠버릇이 심하다. 자다가 이불을 꼭 덮어 주어야지 안 그러면 감기 걸린다."

"저도 깊이 잠들면 업어가도 모릅니다."

"여자가 그렇게 깊이 잠들면 쓰겠니."

이러니 유미는 배 속의 창자들이 모두 뒤꼬이는 것만 같았다.

그래서 두 달을 지나서부터는 이불을 한 채 더 꺼내어 따로따로 덮고 자기 시작했다. 부부는 잘했건 못했건 잠자리에서만은 살을 맞대고 자야 하는데 벌써 격벽(隔壁)이 생긴 셈이었다.

그러니 유미는 문득문득 장달이 생각이 나곤 했다. 별다른 내용 없이 주거니 받거니 말을 잘했고, 가끔 실없는 농담으로 배꼽을 잡고 웃질 않았던가.

"비가 몇 도인 줄 알아?"

"비? 하늘에서 내리는 비?"

"응, 그 비의 온도가 몇 도냐고."

"호호호, 그걸 어떻게 알아? 그때그때 다르지. 여름비 가을비 겨울비가 있잖아."

"하~참, 비의 온도는 오도야."

"어째서?"

"'비가 오도다.'라는 말이 있잖아. 노래도 있고."

"뭐라고? 호호호, 호호호. 비가 오도래."

"놀부 알지?"

"그래, 심술궂은 놀부 모르는 사람이 어디 있어?"

"놀부의 아들이 놀남이, 놀돌이, 놀철이 이고 놀부의 딸이 놀순이, 놀순, 놀자, 놀희야.

그러면 놀부 동생이름은 뭐게?"

"으응? 놀민이인가 놀식이인가?"

"크하하하, 놀부의 동생은 흥부지."

"뭐야? 아이고야, 내가 또 속아 넘어갔네. 호호호."

"슈퍼맨 되기 쉽다."

"정말? 하늘을 막 날아다녀?"

"그럼 슈퍼맨 되기 엄청 쉬워."

"오~ 정말이야, 어떻게 하는데?"

"응, 바지 위에 팬티 입으면 돼."

"뭐라고? 호호호, 아이구 배야, 호호호."

"낙지 발이 몇 개인 줄 알아?"

"낙지 발은 8개이고 오징어 발은 10개 아냐? 가정 시간에 배웠는데."

"틀렸어."

"그럼 몇 개야?"

"낙지 발은 세 개야

"어째서?"

"세발낙지라고 하잖아"

"뭐라고 호호호, 낙지발이 세 개래, 호호호."

가끔 이런 생각이 아련하게 떠오르면서 눈물이 맺히곤 하였다.

시어머니는 여전히 아침 출근 때만 되면 말끔하게 양복을 입은 준태를 이리저리 살펴보면서 넥타이도 만져 주고 머리도 만져 주면서 "남자는 여자가 하기에 달렸다."라는 말을 들으라는 듯이 말했다. 참으로 기가 찰 일이다. 여자인 자기도 아침에 바빠서 화장도 제대로 못 하고 헐레벌떡 뛰어 나가다시피 하는데 언제 옷매무새를 살핀단 말인가. 이래저래 유미의 마음은 조금씩 틈이 생기기 시작하였다.

시어머니는 아침도 꼭 밥을 지어서 주어야 한다면서 매일 아침 일찍 일어나서 밥을 지었다. 유미는 도저히 따라 할 수가 없어서 듣기 싫은 소리를 들으면서 보온밥통의 밥으로 아침밥을 먹게 되었는데 이걸 시어머니는 매우 못마땅하게 생각하고 있었다.

시어머니의 은근한 괴롭힘과 간섭은 그뿐이 아니었다.

어느 일요일 날 늦은 아침, 준태가 라면을 먹고 싶다고 하여 라면을 끓여서 몇 젓가락 먹을 때에 시어머니가 들이닥쳤다.

"아니, 얘들이 아침부터 라면을 먹네."

"라면 먹고 싶다고 해서 끓여 주었어요."

"아침부터 그런 인스턴트식품을 먹으면 안 된다. 영양가도 없고 인체에 해로워. 라면을 끓여 달라고 해서 무조건 끓여 주면 안 된다. 여자가 조정해야지."

이런 식으로 일장 훈계를 하는데 준태는 별말 없이 먹던 라면을 먹고 있고 유미는 고개를 숙인 채 듣고만 있어야 했다. 아침에 라면 먹은 것이 무슨 중병에 걸리기라도 한 듯한 억지 말씀을 듣자니, 뱃속에 넘어간 라면이 창자와 함께 꼬이기 시작하여 복통으로 이어졌고, 급기야는 화장실에 가서 모두 쏟아내야 했다.

라면뿐만 아니라 어제저녁 때 먹은 음식까지 나오는지 "우웩~ 우웩~" 하고 소리를 내면서 죽을 곤경을 치렀다. 하지만 신랑이라는 작자는 들여다보지도 않고, 제 어미와 뭐라고 씨부렁거리고 있었다.

이러니 이제 시어머니 얼굴은 물론이고 목소리만 들어도 노이로제에 걸릴 지경이었다.

결혼 두 달쯤인가, 느닷없이 시어머니가 월급 통장을 내놓으라고 했다. 살림을 잘 못할 테니 돈 관리를 해 준다는 것이다. 준태는 처음부터 시어머니에게 다 맡기고는 초등학생이 용돈 타서 쓰듯이 생활하고 있었다.

이에 유미가 또 반항하며 내 돈 벌어서 내가 살림에 쓴다고 하였더니 "그렇게 살림을 잘했으면 그 꼴로 살았겠니?"라고 훈계를 하였는데 유미의 집안이 어렵다는 것을 비꼬아서 말한 것이다. 유미는 정말로 옆에 방망이라도 있었으면 시에미의 주둥이를 박살을 내고 싶었다. 하지만 할 수 있는 일이라곤 방안에 들어와서 하염없이 눈물만 흘릴 뿐이었다.

시에미가 그대로 포기할 리가 없었다. 이번에는 둘의 월급 중에서 한사람 몫은 저축하고 한 사람 몫은 생활비로 써야 한다는 것이다. 이 말은 준태의 월급은 한 푼도 쓰지 않고 저축을 하고 유미의 월급만으로 생활하라는 것이다. 준태의 용돈도 주라는 것이다. 당연히 유미는 그것도 못하겠다고 하였으나 그게 쉽지 않게 되었다. 결국 준태는 종전대로 시어머니에게 용돈을 타다 쓰고 아파트 관리비나 부식비 등 생활비는 유미가 지출하게 되었다. 시에미는 무엇무엇이 떨어졌으니 퇴근하고 들어올 때 사 가지고 오라고 수시로 지시하곤 했다. 아직 초임 교사라 월급도 얼마 되지 않았고 친정 부모님에게 조금이라도 용돈을 보내드리려고 했는데 이게 모두 허사가 되고 말았다.

준태에게 이럴 수가 있느냐고 항의했더니,

"그게 뭐가 어때서 그래? 엄마가 돈 관리 잘해서 이만큼 살고 있는데."

라고 당연하다는 듯이 대답하고 말았다.

'이게 과연 남편이란 작자가 하는 말인가?' 유미는 속이 부글부글 끓어 올랐다. 생각 같아서는 나불대며 대꾸하는 주둥이에 주먹을 내지르고 싶었다.

결혼 전에 온갖 사탕발림을 하면서 차도 사 주겠다고 하더니만, 이제 그런 얘기는 꺼내지도 못할 형국이었다. 준태는 단돈 백 원도 자기 마음대로 쓰지 못하는 실정이었기 때문이다. 준태는 제 어미가 조종하는 꼭두각시였다.

낚시꾼들이 하는 이야기가 있다. "잡은 물고기는 밑밥을 주지 않는다."라는 말이다. 즉, 물고기를 잡기 전에는 물고기를 유인하기 위해서 밑밥을 듬뿍듬뿍 던져 가면서 물고기를 유인해서 낚시에 걸리게 하여 잡지만, 일단 잡은 고기는 더 이상 밑밥을 줄 필요가 없다는 뜻이다. 지금 준태와 시부모가 그런 마음이었다. 결혼 전에는 몸만 오라는 등 뭘 해 주겠다며 유혹을 하고는 결혼을 하고 나니까 전에 한 말은 모두 기억에도 없다는 듯이 유미를 잡힌 고기쯤으로 생각하고 있었다. 이제 잡혔으니까 내 마음대로 종처럼 부려 먹기만 하면 되는 것이다. 하지만 사람은 물고기가 아니다. 또 시대가 조선 시대도 아니다. 조선 시대는 "시집간 딸은 죽어서도 시집 귀신이 되어야 한다."라는 말이 있듯이 아무리 고된 시집살이를 해도 시집에서 살다가 죽어야 한다는 것이지만, 지금은 21세기이다. 자유분방한 사고방식을 가지고 살아온 청춘 남녀들이 그런 고리타분한 관습에 얽매어 자기 인생을 희생하지 않는 것이다.

유미는 빈한한 가정에서 컸으나 그것은 경제적인 문제이지 인격적으로는 공주처럼 금이야, 옥이야 대우를 받으면서 자라왔다. 타고난 명석한 두뇌와 체력으로 중고등학교 시절에는 모든 학생들에게 선망의 대상이 되었었다. 공부도 잘하지 운동도 잘하지 체력도 좋지 선생님들도 칭찬이 자자해서 늘 스타 같은 대우를 받았고, 헤어진 장달이도 처음부터 사람도 막돌 같은 사람, 금강석 같은 사람이 있는데 유미는 금강석 같은 사람이라고 대우를 해 주었었다. 게다가 여권신장(女權伸張)에 앞서 왔다는 I대 출신이 아닌가.

뿐만 아니라 유미는 고집도 있고 한 성깔 할 때도 있는 겉보기와는 달리 매서운 면이 있는 여자였다. 그런 성격이니까 이제까지 부대끼면서도 이를 악물고 참아가면서 공부를 하여 I대 영문과에 진학하여 졸업하고 교사가 되질 않았던가. 유미는 그렇게 맨땅에서 자수성가한 여자였다.

시에미는 간간이 참견 겸 훈계를 잊지 않았다.

"예전에는 부수입도 생겼는데, 지금처럼 맑은 세상은 떡고물 생길 데가 없다. 그저 아껴서 저축하는 수밖에 없다."

유미는 이제 시에미가 하는 말을 귀담아듣지도 않고 마이동풍식으로 흘려버리고 말았다. 그리고 아직 사회 초년생이어서 사회가 어떻게 돌아가는지도 잘 모르고 있었다.

그런데 이번에는 조금 달랐다. '떡고물'이 무슨 뜻인가 궁금했기 때문이다. 그래서 방수지 언니에게 전화해 보았더니 깜짝 놀랄 얘기를 해 주었다. 떡고물은 한마디로 부정한 뇌물이나 청탁의 대가로 받은 돈이라는 것이다. 즉, 시아버지가 세무 공무원으로 있으면서 과거에는 이러저러한 명목으로 부수입도 챙기고 떡고물이란 부정한 돈을 챙겼다는 것이다.

유미의 오빠(상호)가 공갈 협박으로 사람들 등쳐 먹듯이, 준태의 아버지는 세무 공무원으로 있으면서 서류로 남들을 등쳐 먹었기에 월급만으로는 형성할 수 없는 많은 재산을 가지게 된 것이다. 금액으로 따지면 수십 배 아니, 수백 배 이상의 돈을 서류로 등쳐 먹었다는 것이다. 이런 내용을 알게 된 유미는 시아버지의 얼굴을 다시 보니 꼭 뺀질이, 사기꾼, 협잡꾼처럼 생겨 먹었다. 그렇게 업무를 빙자해서 교묘하게 서류만으로 남들을 등쳐 먹었던 것이다.

이러저러한 좋지 않은 일이 겹치고 또 겹치었다. 결혼 생활이란 하루하루 살아가면서 없던 정이 만들어져야 했는데, 유미는 하루하루 지나면서 정이 생기기는커녕 미움과 증오만이 쌓여 갔다.

13

반항

준태가 부실한 몸이었지만, 어쩌다 보니 임신이 되었다. 멘스가 멈추고 임신 테스트에 두 줄이 나타났기에 병원에 갔더니 임신이라는 것이다. 유미는 즉시 준태에게 알렸고, 준태는 부모에게 알렸다. 독자 집안에 이렇게 쉽게 임신이 되다니 매우 기뻐했음은 물론이다. 그러나 그것은 그때뿐이고 유미는 특별한 혜택이나 대우를 받는 것도 없이 심리적으로 여전히 괴로움을 당하고 있었다.

시에미는 아직도 준태의 먹을 것만 챙기지 산모인 유미에게는 그저 "몸조심해야 한다. 임신 초기에서 찬바람을 맞아도 안된다. 음식도 정갈한 것만 먹어야 한다."는 등의 말뿐이었다.

신경이 예민해진 유미는 참다못해서 친정어머니에게 하소연을 가끔 하기 시작하였으나 친정어머니도 별달리 조언하지 못하고 그저 참고 살아야 한다는 말뿐이었다. 하지만 이런 전화가 여러 번 오게 되니 유미의 부모님과 상호는 유미에게 이상 신호를 감지하였으나 또 별다른 해결책이 없이 한숨만 푹푹 내쉬고 있어야 했다.

"사기꾼에게 떼어 놓고, 부부교사가 최고라길래 시집을 보냈더니 무슨 일이 생기는 모양이다."

"하이 참, 겉보기엔 얌전한 순둥이 같더니만."

상호도 안타까워서 어쩔 줄 모르고 주먹을 쥐었다 폈다 하고 있었다. 사실 상호가 등을 떠밀다시피 하여 유미가 준태에게 시집을 간 것이나 마찬가지였기 때문에 자책감도 생겼다.

"그 사람도 문제지만 시에미가 은근히 괴롭히는 모양이야, 현대판 시집살이지."

엄마는 몇 마디를 더하다가 끝내 눈물을 보이고 말았다.

날짜가 하루하루 지나서 유미가 임신 3개월에 막 들어섰는데 가끔 배꼽 아래가 아팠다. 잠시 그러다가 언제 그랬냐는 듯이 통증이 없어지곤 하여 별 대수롭지 않게 생각하고만 있었다.

유미가 졸업 후 2년 차에 임용고사를 합격하고 7월에 결혼하여 얼마 안 되어서 임신을 했고, 장달이는 졸업 후 1년 차 초여름에 돌산을 사서 금을 찾는 중이다.

11월 하순경, 어느 날 저녁 8시경,

준태는 거실에서 TV에서 방영하는 영화를 보고 있었고, 유미는 방에서 컴퓨터를 켜 놓고 학교에서 못다 한 일과 교과 준비를 위해서 워드 작업을 하고 있었다. 이때 유미는 아무 생각 없이 옆에 있는 TV를 켜 놓았는데 뉴스를 하고 있었다. 뉴스는 별 관심이 없었으나 그냥 켜져 있기에 아까부터 그대로 채널이 고정된 것이었다.

그러던 중에 TV에서 청년사업가 어쩌고저쩌고하더니 "청년사업가 이장달 씨 대규모 금맥을 발견하였습니다."라는 멘트가 나오는 것이 아닌가.

유미는 급히 고개를 돌리고 화면을 응시했는데, 거기에는 장달이 얼굴이 나오고 있었다. 작년에 돌산을 샀다고 하더니만 그동안 금을 찾느라 얼굴이 시골 농부처럼 변한 이장달이 화면 그득히 메우고 있었다.

"아악! 장달 씨가 드디어 금을 발견했네!"

유미는 하마터면 비명을 지를 뻔했다. 가슴이 방망이질 치듯 심장이 뛰고 있었고 정신이 흥분되어 온몸에 열이 오르고 손발이 저절로 떨렸다.

"세상에, 진짜네! 사기꾼이네, 돈키호테네 하고 몰아붙였는데 정말로 금맥을 찾았어."

이런 말이 수도 없이 입안에서 뱅글거리면서 마치 쇠망치로 머리를 맞은 듯이 정신이 희미해졌다.

그런데 그것도 잠시, 갑자기 아랫배가 아프면서 배를 쥐어짜고 뜯어지듯이 통증이 심하여 급히 화장실에 갔더니 하혈을 하고 있었다. 유미는 상황이 급박함을 알고 준태의 차를 타고 인근 산부인과에 가서 몇 가지 검사와 초음파 검사까지 했는데 아이가 벌써 유산되었다는 것이다. 그러니까 하혈을 할 때 유산된 것이다. 준태는 크게 낙심을 하고 유미도 자기의 분신이 느닷없이 떨어진 것에 아쉽고 허전하기만 해서 눈물이 방울져 내렸다.

그런데 이후로 준태와 시부모가 큰 걱정을 하면서 아쉬워하면서도 은근히 구박을 더 하기 시작하였다. "여자의 자궁이 약해서 애가 떨어졌다."는 것이다 "앞으로도 애가 들어서기 어려울 것이다." "대가 끊기게 생겼다." 등의 말로 구박하기 시작했다. 유미를 달래 주어도 모자랄 판에 이런 식으로 은근한 구박이 더해지자 유미의 신경이 매우 날카로워지기 시작했다.

유산을 한 유미는 이제 가족들에게 개밥에 도토리처럼 소외당하기 시작하였다. 전에도 이런 느낌이 들 때가 한두 번이 아니었지만 이제 대화는커녕 같은 자리에 앉아있기도 피차간에 불편하게 느껴졌다. 유미 혼자만이 물위에 기름 뜨듯 동동거리고 있었다.

어느 날 저녁에 거실에서 시부모와 준태가 TV를 보면서 자기들끼리 뭐라 뭐라 대화를 하고 있었다. 유미는 안방에서 컴퓨터로 워드 작업을 하고 있었는데 방문을 완전히 닫은 것이 아니라 손가락 들어갈 정도의 틈이 있는 채 문이 닫혀 있었기에 밖에서 하는 말이 다 들려왔다. 그런데 밖에서 하는 말이 유미의 신경을 곤두서게 하고 있었다. 유미 이야기를 하는데 뭔가 또 트집을 잡아서 흉을 보고 있었다.

대화의 시작 무렵은 유미의 유산이었다. 자기 아들(준태)은 관우 · 장비 같은 몸인데 며느리(유미)는 겉만 번지르르했지 속 빈 강정 같았기에 자궁이 부실해서 유산했다는 것이다. 유미가 그렇게 몸이 부실한 것은 집이 너무 가난해서 못 먹고 커서 그렇다는 것이고, 못 배워서 가정 법도도 모른다는 것이다. 자기들끼리 하는 대화라 말소리가 조금씩 커지고 있는 줄 모르고 흥에 도취되어서 흉을 보기 시작했다. 이 얘기는 곧바로 혼수 문제로 이어졌다.

"아무리 그래도 그렇지. 몸만 오라고 했다고 빈손으로 와."

분명히 시에미의 말씀인데 결혼을 서두르느라 혼수 할 돈이 없다고 했더니 몸만 오라고 했었다. 그런데 이제 그걸 시비 삼고 있었다.

"못 배워서 그래. 못 먹고 못살아 배우지 못해서 그래."

"아암, 맞아, 그런 게야."

이런 말이 분명히 들렸다.

유미는 벌떡 일어나서 문을 쾅하고 열어젖혔다.

"뭐가 못 배워서 그래요? 내가 뭘 잘못했나요?"

"어어~ 얘 좀 봐라, 버릇없이 어른들 앞에서."

"대체 내가 뭘 못 배웠느냐고요. 나도 배울 만큼 배웠어요. 가정 교육도 이 집안보다 훨씬 더 잘 배웠어요. 양반집 가문이라서 어려서부터 옛날식으로 배울 만큼 다 배웠습니다. 시대가 바뀌어서 그렇게 안 했을 뿐이지."

"어라, 얘 봐라, 점점 더 가관일세, 그게 배워 먹은 가정 교육이냐?"

시아버지가 역정을 냈다.

"그래요. 이게 배운 가정 교육입니다. 그럼 이 집안은 삼십이 되어가는 아들 밥숟가락에 반찬 올려 주는 게 가정 교육인가요? 무슨 일이 있으면 명색이 마누라가 있는데 마누라는 제쳐 놓고 어머니에게 전화해서 미주알고주알 일러바치는 것이 이 집 법도인가요? 틈만 나면 새며느리 트집을 잡고 흉만 보는 것이 이 집안 법도인가요?"

악에 받친 유미가 고래고래 소리 질렀다.

"어어, 유미야, 왜 그래 진정해. 뭐라고 했다고 그래?"

"허구한 날 흉이나 보고 핀잔만 들으니 사람이 살 수가 있나요? 내가 종살이하러 이 집에 왔나요?"

"어어, 얘가 정말 죽을 짓을 하네. 죽으려고 작정을 했어."

시에미가 벌떡 일어서서 한 대 칠 기색이었다.

"예, 죽여 주세요. 더 이상 살고 싶지 않아요. 당장 죽여 주세요."

유미는 진짜 정신 나간 여자처럼 악을 쓰면서 반항을 했다.

"당장 죽이라고요. 죽여요! 죽여!"

이때, 보다 못한 준태가 유미의 따귀를 올려붙였다.

"따악!"

"아악!"

유미는 한 손으로 얼굴을 감싸면서 쓰러지고야 말았다.

"이제 손찌검을 하네. 아예 죽여라. 야, 이놈아 너 준태. 나 죽으면 너도 죽을 줄 알아, 어엉?"

"어렵쇼. 이게 한 대 맞고도 발악을 하네."

준태는 꼴에 사내라고 허세를 부리고 있었다.

순간적으로 유미는 이대로 나가면 무슨 꼴로 확대될지 몰랐기에 급히 방으로 들어와서 거울을 보면서 폰카로 맞은 자리를 사진 찍었다. 얼마나 세게 때렸는지 손가락 자국이 선명하고 아직도 얼얼하게 아프고 머리까지 흔들렸다.

유미는 커다란 캐리어 트렁크를 꺼내어 꼭 필요한 소지품만 챙겨 넣었다. 부피가 큰 옷가지는 챙기지 않았다.

그러고서는 방문을 열고 나왔다.

"이제 끝이야. 더 이상 살 수가 없어."

"어라, 이게 알고 보니 꽃뱀이네. 위자료 타 내려고 별짓 다 하네. 한 푼도 못 준다잉."

준태가 하는 소리다.

"뭐라고? 내가 꽃뱀이라고? 이 개 같은 자식아, 사람이면 사람대우를 해 주어야지, 개돼지 취급하는 게 이 집 법도냐? 내가 이 집에 시집왔지, 종살이하러 왔냐? 이 자식이, 몸도 부실한 놈이 잘난 체하기는. 야, 이 자식아, 다시는 안 나타날 테니 어머니와 잘 먹고 잘살아라. 나는 이 집안에 필요 없다."

유미가 워낙 악에 받쳐서 소리소리 지르니 시부모는 어이가 없어서 쳐다보고만 있고 준태가 사태를 수습한다는 것이 더욱 악화되고 말았다

유미는 더 이상 대꾸할 가치를 못 느끼고 현관문을 열고 나왔다.

"어어~"

"그냥 내버려 둬, 제풀에 죽을 때까지."

뒤에서 들리는 소리다.

유미는 울면서 택시를 타고 친정집으로 돌아왔다.

저녁때라 집에는 일 나갔던 엄마가 돌아와 있었고 사나운 오빠가 오늘은 비번이라면서 하루 종일 집에서 빈둥거리다가 울

면서 들어오는 유미를 보고는 크게 놀랐다.

"어어~ 유미야. 왜 그래 무슨 일 있어?"

조폭 건달 같은 오빠지만 하나밖에 없는 여동생 유미를 끔찍하게 아끼고 귀여워했던 사이가 아닌가. 유미는 엄마 품에 안겨서 한없이 흐느끼고 엉엉 울기만 했다.

"왜 그래, 부부싸움 했어?"

오빠가 와서 달래 보려고 했으나 아무 대답도 없이 울기만 하고 있었다.

한참 후에

"나 이제 더 이상 그 집에서 못 살아. 나를 며느리 취급하는 것이 아니라 종으로 취급해. 종도 아냐, 벌레 취급이야."

"뭐어? 그랬어?"

"얘야, 그만 그치고 자초지종을 말해 봐라."

이에 정신을 가다듬은 유미는 그동안 있었던 일을 부풀리기도 하고 축소하기도 하면서 낱낱이 다 말해 버렸다. 얻어맞아서 빨갛게 된 볼 사진도 보여 주었다. 아직도 볼에 맞은 흔적이 역력하였다. 몸도 부실해서 부부관계도 잘 못 한다고 말해 버렸다.

"너, 그래도 임신했었잖아."

"그랬지, 유산해서 그렇지."

"옛말에 손이 귀한 집이 또 손이 귀하다더니 그 말이 맞는 말이다. 외동아들이라더니 다른 자식은 없더냐?"

"누나가 있었는데 아주 어려서 교통사고로 죽었다네요. 그리고 그 사람은 외동아들이자 3대 독자예요. 그러니 시에미가 손에서 놔주질 않아요. 마마보이라는 말을 들어 보았어도 그런 인간은 처음 봐요. 아직도 밥 먹을 때 밥숟가락에 반찬을 올려준다고요. 나더러 그렇게 하라는데 난 싫다고 했지요. 이루 말할 수 없어요. 나는 안중에도 없고, 부엌데기 청소부 종년 취급해요."

"그 정도야? 겉보기에는 얌전하고 착하게 생겼던데,"

"겉보기는 그렇지요, 늘 마네킹처럼 옷을 입히니까요. 요즘 세상에 어느 남자들이 매일 정장 차림에 넥타이 매고 다니나요. 이 사람은 매일 같이 와이셔츠를 다려야 해요. 난 화장할 시간도 없이 생얼로 다니는데. 정말 내가 참다 참다 못 살겠다고 뛰쳐나왔더니 나더러 위자료 타 내려는 꽃뱀이라네요."

"뭐어? 그 자식이. 이 새끼 내가 손을 봐야겠다."

드디어 조폭 오빠가 화가 솟구치기 시작했다.

"얘야, 그러면 못쓴다. 부부싸움은 '칼로 물 베기'라는 말이 있잖아. 며칠 쉬면서 마음을 진정시켜 보자."

"이런, 이 자식을, 당장 모가지를 분질러 버려야지."

유미도 고집이 있어서 한번 결정한 것은 굽힐 줄 모르는 여자였다.

다음 날부터 친정집에서 버스를 타고 출퇴근을 하기 시작하였다.

오빠는 당장 혼내 주려고 벼르고 있었으나 엄마와 아빠가 참으라고만 했다. 자칫 잘못하다가는 엉뚱하게 엮여 들어갈 수가 있으니 진정하라고 하면서 폭력은 절대 안 된다고 신신당부했다.

이렇게 해서 유미와 준태와의 기 싸움은 시작되었는데, 유미는 절대로 다시 가지 않고 이혼을 결정했다. 이제 서류만 받으면 되는 것이다. 유미는 위자료는 단돈 백 원도 생각지 않고 거기에서 풀려나기만을 바랐다.

하루 이틀이 가고 일주일 이주일이 가도 피차간에 전화 한마디 카톡 문자 하나도 없이 냉전 상태가 지속되었고, 유미 가족들도 이제는 어쩔 수 없으니 좋게 헤어지자고 의견을 모았다.

"다시는 그 집 근처도 안 가. 근처만 가도 미쳐 죽을 것만 같아, 하루속히 이혼해서 혼자 살 거야."

유미는 단호하게 가족들에게 말하고, 상호도 이제 더 이상 어쩔 도리가 없다고 생각했으나 뭔가 안타깝고 아쉽고 억울했다. 선녀 같은 여동생이 인생을 망친 대가가 없는 것이다. 부모님보다도 더 자괴감(自愧感: 스스로 부끄러워하는 마음.)이 컸다. 그런 교사가 최고의 배우자라면서 거의 반강제적으로 유미를 시집보낸 장본인이나 마찬가지였으니 지금 그 심정이 오죽하랴.

"이 자식을 어떻게 손을 봐야 하나. 생각 같아선 쳐 죽이고 싶지만 그럴 수도 없고."

그러면서 상호는 아는 후배를 시켜서 손준태의 뒷조사를 하였다. 물론 집안 식구와 유미 몰래 시킨 것이다.

5일도 안 되어서 알아낸 바로는 준테와 유미가 살던 36평 아파트 시가 십억 정도. 변두리에 나대지 몇백 평이 있는데 이것도 시가 칠팔억 정도, 다주에 단독 주택(시부모 자택) 및 근처 밭 이것도 대략 칠팔억 간다고 하였다. 거의 이십오억 정도의 부동산이 있다는 것인데 어디에 더 숨겨진 부동산이 있는지는 더 이상 모르겠다는 것이다. 즉, 차명(借名)으로 된 부동산이 있을 수도 있다는 뜻이다. 게다가 준태의 아버지는 다주의 세무 공무원으로 재직 중이며 이름이 손한무였다.

"으음, 이 정도면 되었다. 고맙다."

"왜 무슨 일 있어요?"

"아니, 누가 뒤 좀 알아봐 달라고 부탁해서 그래. 내가 시간이 없어서, 나중에 시간 날 때 한잔하자."

"그래요. 형님. 버스 운전은 할 만해요."

"아, 몸이야 좀 고되지만 정신은 한가롭다. 내 적성에 맞아. 화만 안 내면 할 만하다."

"하하하, 그래요. 그러니까 그 많은 버스가 굴러다니지요. 형님이 맘 잡으면 곧 재벌이 될 것입니다."

"하하하, 그래 고맙다."

상호는 이제 D-Day만을 잡으면 되는 그날을 어떻게 잡아서, 어떻게 일을 진행시켜야 할지 계획을 세울 수가 없었다. 자칫하다가는 폭력배나 폭행죄로 잡혀 들어갈 것만 같았기 때문이다.

그러다가 드디어 때가 왔다.

유미가 집에 온 지 3주째 금요일 저녁이었다.

이날은 가족 모두가 저녁을 먹고 거실에 앉아서 TV를 보던 중이었다. 유미도 이제 예전 결혼 전처럼 되돌아가서 별일 없이 여기서 출퇴근하면서 잘 지내는 중이었다. 시간은 아마 저녁 7시 30분쯤 되었을 것이다.

"띵동! 띵동!"

"누구지?"

누가 올 사람이 없는데 초인종이 울리고 마침 서 있던 엄마가 나가서 현관문을 열었다.

"안녕하세요."

"어엉? 이게 누구야 사위 아닌가?"

"예, 접니다. 죄송합니다. 유미가 여기로 온 것 같아서요."

"여기로 온 것은 맞네만 이제 맘 돌아섰어. 오려면 진작 와서 데려가든지 말든지 해야지. 이젠 다 식었어. 다 틀렸어."

이러는 사이에 유미가 나섰다.

"뭐하러 남의 집에 와요. 이제 다 틀어졌으니 가서 어머니랑 잘 사세요. 난 그 집에 종살이하러 간 게 아니에요."

"아이구, 그게 아니야. 죄송합니다. 어머니. 제가 잘못했습니다."

이러는 사이에 오빠와 아빠도 현관 앞으로 다가왔다.

키와 덩치가 큰 오빠가 다가오니 좁은 현관 앞이 성벽을 세운 듯 다 막히다시피 하였다.

"아, 일단 들어와서 가타부타 얘길 해야지. 문 앞에서 이게 뭔가."

아빠가 들어오라고 하니 모두들 일단 들어와서 소파에 앉았다.

"죄송합니다. 제가 생각이 모자라서 이런 일이 생겼습니다."

"죄송하기 뭘 죄송해. 살다 보면 그럴 수도 있는데 이번에 너무 과한 모양이야. 돌이킬 수 없으니 그만 돌아가게나."

"아닙니다, 아버님. 유미를 데려가야 합니다."

"어허, 다 틀렸다니까."

"흐흥, 내가 미쳤다고 그 집구석에 들어가. 나도 살아 보려고 무지 애를 썼건만 날이 갈수록 부엌데기 종년처럼 취급하면서 가정 교육을 잘못 받았다고 하질 않나. 하루빨리 이혼해서 자유의 몸이 되어야 해. 다시는 안 가, 그런 줄 알아."

"아니야, 내가 잘못했어. 잘못했으니 한 번만 봐 줘, 오늘 같이 가자."

이때 오빠인 상호가 두 눈을 부라리면서 입을 열었다.

"이봐, 안 간다고 하잖아. 그냥 가. 듣고 보니 선녀 같은 내 동생을 종 취급했다는데 그러면 쓰나. 부부가 서로 존중해 가면서 살아가야지."

상호는 애써 진정해 가면서 되도록 좋은 말로 말하였다.

"아닙니다. 처남, 제가 잘못했어요. 그러니 집에 가서 화해하면 됩니다."

"어허, 안 간다고 그러잖아. 걔도 고집 있어서 꺾을 수 없어. 이게 지금 당장 결정한 것도 아니고 벌써부터 그런 마음을 갖고 있었다고 하더구먼. 그리고 생각 좀 해 보게.

애를 얼마나 괴롭히고 혹사시켰으면 유산을 했느냐 말인가."

"압니다. 제가 잘못했습니다. 반성하고 있습니다."

"이번 일은 처음부터 너무 성급했어. 급히 한 밥이 선다더니 그 말이 맞았어. 그러니 원점으로 되돌리자고. 손해는 유미가 손해지, 자네에게는 하등(何等: 아무런) 손해될 것 없어."

상호는 최고로 마음을 진정시키면서 잽을 날리고 있었다.

"아이구, 한 번만 봐 주세요. 유미를 데리고 가서 잘 살겠습니다."

"어허, 안 간대도 그러네. 말귀를 못 알아듣네."

상호는 이러더니 벌떡 일어나서 "잠깐 나 좀 보세." 하고는 손준태를 일으켜 세웠다.

"유미야. TV 소리 좀 크게 해. 큰소리 날지 모르니까."

"응."

상호는 준태를 유미의 방으로 데려갔다. 거기에는 전에 준태가 써 보았던 컴퓨터가 그 자리에 그냥 있었다.

준태가 방에 들어오자마자 방문을 걸어 잠그더니 그 앞에 의자를 가져다 놓았다. 밖으로 뛰쳐나가지 못하게 한 것이다.

"이 자식이 말을 안 듣네."

상호는 느닷없이 두 눈을 부라리면서 준태의 멱살을 잡고 벽에 밀어서 위로 올렸다.

기운이 장사인 데다 키가 크고 덩치가 산만한 상호가 한 손에 준태를 위로 들어 올리니 상호는 공중에 발을 버둥거리면서 숨도 제대로 못 쉬었다.

"아이고 살려 주세요. 왜 이러세요."

"이 자식이, 너 죽을래. 불알을 차 버릴까 보다. 너 왜 사람이 그따위야! 삼십이나 처먹은 놈이 젖먹이 애처럼 산다면서? 요새 이런 자식이 다 있네."

이러면서 오른손 주먹으로 배를 툭툭 치기 시작했다.

"이대로 한 대 맞고 죽을래?"

이 자식이 말을 안 듣네.
아이고~ 살려주세요.
왜 이러세요.

"아이고, 살려 주세요. 그냥 갈게요."

"그냥은 못 가지. 사람 값을 내놓아야지."

"이거 놓고 말하세요. 숨도 제대로 못 쉬겠어요."

"내 말대로 다 들을 거지, 어엉?"

"예, 다 들어주겠습니다."

이렇게 위협을 하고는 바닥에 내려놓았다.

"꿇어, 이 자식아. 맞아 죽기 전에."

조폭 건달이었던 상호는 예전 실력이 나타나기 시작했다.

준태는 급히 무릎을 꿇고 처분만을 기다리고 있었다.

"자, 이 사진 봐라. 이게 네가 때려서 손자국 났다는데 맞냐?"

"예, 맞습니다. 무의식중에 손이 올라갔습니다. 죄송합니다."

"이 정도만 해도 폭행죄야. 알아?"

"예, 압니다."

"살고 싶으면 지금부터 내가 하는 말 잘 들어."

"예."

"너 유미에게 결혼 위자료를 타 내려는 꽃뱀이라고 했어, 안 했어?"

"했습니다."

대답과 동시에 상호는 발길질로 준태의 머리통을 가격했다.

"아악!"

"일어나, 자식아. 걔가 너한테 시집 안 간다는 것을 내가 등 떠밀어서 간 거야, 임마. 그랬더니 꽃뱀이라고? 위자료는 백 원도 못 준다고 했다지, 맞아?"

"예, 맞습니다."

"그럼 처녀를 데려다 실컷 맛보고 종처럼 부려 먹고 입 닦을 셈이냐?"

"그러지 않았습니다."

"이 자식이 아직도 정신 못 차렸네. 그럼 왜 선녀같이 착한 애가 저렇게 와 있어?"

"아이고, 제가 잘못했다고 했잖아요."

이렇게 자꾸 발뺌하니까 상호가 또 발을 들어서 차 버리려고 하니 준태는 급히 몸을 엎드려서 벌벌 떨고 있었다.

상호는 준태의 목에 발을 올려놓으면서

"이 자식, 이거 죽이고 개 값을 물어줘야 하나."

"아이구, 살려 주십시오."

"그래, 너 한번 이치를 생각해 보자, 수십만 원짜리 고급 요리를 시켜 놓고서 몇 젓가락 맛보고 맛없다고 하면 요리 값을 내야 하냐, 안 내야 하냐?"

"내야지요."

"야, 자식아, 사람은 더해. 어디서 숫처녀 데려다가 실컷 농락하고 입을 씻으려고 해. 너 정말 심보가 고약하다. 내가 고쳐줘야겠다."

이제야 준태는 상호의 본심을 알아차렸다.

"아이고, 헤어진다면 위자료 드리겠습니다. 우선 오늘 데려가서 화해할게요."

"또 같은 소리다. 이 자식아."

이번에는 상호가 체중을 실어서 목을 질근질근 밟아 대니 준태는 당장 목뼈가 부러지는 것만 같다.

"아이고, 사람 죽네. 사람 죽어."

"야, 이 자식아 큰소리 내도 안 들려. 더 큰소리 내면 죽여 버린다. 그래야 조용하지."

"예, 예, 살려만 주세요."

"맛본 요리 값 내는 게 원칙이지?"

"예, 맞습니다. 요리값 다 내야 합니다."

"알았다. 위자료 얼마 내놓을래?"

"오천만 원 드리겠습니다."

"어쭈, 사람값이 요리 값보다 싸네. 너 아직 정신 못 차렸다."

이러면서 또 목을 질근질근 밟아대니 진짜 목뼈가 부러지는지 우두둑 소리가 났다.

"이거 보기보다 약하네. 벌써 목뼈 부러지는 소리가 나네."

상호는 눈 하나 깜짝하지 않고 협박을 계속했다.

그러면서 이미 조사해 놓은 그 집안의 부동산을 다 열거하고 적어도 총 이십 오억쯤 된다고 알려 주었다.

"살고 싶지?"

"예."

"그럼 두말 않는다. 내가 하라는 대로만 돼. 돈 많은 집에서 푼돈 아끼려다 죽지 말고, 애들 풀어서 너 하나쯤은 쥐도 새도 모르게 보낼 수 있다. 알았냐?"

"예, 예."

"진짜 두말 않는다. 이혼 협의서와 위자료 3억을 열흘 이내에 가져온다. 이러면 돼?"

"아이고 형님, 너무 많아요. 당장 3억이 어디 있어요. 살려 주세요."

"하기 싫으면 그만두고 여기서 목숨 내놓고 가."

상호는 이렇게 협박을 하면서 책상 위에 있는 종이와 볼펜을 가져다가 엎드려 있는 준태 앞에 놓아주었다.

"자, 써라."

"어떻게요."

"그냥 써. 합의서하고 그 아래에 이혼 협의서와 위자료 3억을 열흘 이내에 지불한다. 이렇게 쓰고 그 아래에 날짜 쓰고 이름 써서 서명하면 돼."

이에 준태는 엎드려서 쓰라는 대로 써서 상호에게 주었다.

"자 되었다. 이제 가거라. 운전 조심해, 엄한 놈이 들이받을지도 모르니까."

준태가 일어서자마자 상호는 손을 이끌고 곧장 현관문을 열고 내쫓아 버렸다.

하지만 풀려난 준태도 바보는 아니어서 당장 경찰에 가서 신고하려고 하다가 발길을 멈추었다. 자칫하다가 역풍을 맞을 것 같았기 때문이다. 그뿐 아니라 운전 조심하라는 말이 자꾸 귀에 거슬렸다. 어느 놈이 들이박아서 죽어도 할 말이 없는 것이다.

저런 조폭 건달 같은 놈들이 그런 수법을 쓴다고도 익히 들어 왔던 것이었기에 더욱 불안감이 커졌다.

"보냈어?"

"응, 잘 타일러서 보냈으니 걱정 마라. 똥 밟은 셈 치고 근무나 잘해."

"응, 그 집 식구들 정말 이상한 사람들이야."

다음 날,

상호는 회사에 연락해서 3일간 휴가를 냈다.

그리고 아주 일찍 나갔다. 상호가 간 곳은 태영 고등학교. 손준태가 근무하는 학교다.

"어엇!"

준태가 교무실에 들어서자마자 자기 자리에 어떤 덩치 큰 사람이 앉아 있었다.

가슴이 터질 듯하였지만 애써 진정하면서 다가갔다. 유미의 오빠였다.

"안녕하세요."

"아, 예 지금 오시는군요. 한참 기다렸지요."

"예 무슨 일이신가요."

"계좌를 빼놓았더군요."

이러면서 쪽지에 여동생인 배유미의 은행과 계좌번호가 쓰인 쪽지를 내밀고는 그냥 정중하게 인사를 하고 나왔다.

잠시 후,

교실에 올라간 준태는 기겁했다.

애들이 일제히 나서서 조폭 형님이 다녀갔다는 등, 빚진 거 있느냐는 등 해결사가 왔다 가는 등 제멋대로 해석하고는 아우성치고 있었기 때문이다.

그러니까 상호는 오자마자 예전 학교생활을 더듬어서 먼저 교실에 가서 확인하고 아직 출근하지 않았으니까 교무실 준태의 자리에서 기다리다가 계좌를 건네준 것이다. 상호의 입장에서 모든 일이 조용조용히 진행되고 있었다.

둘째 날,

상호는 또 교무실로 미리 가서 앉아 있었다.

어색한 인사를 한 후

"아직 입금이 안 되어서 혹시 계좌를 잃어버렸나 해서 다시 적어왔습니다."

이러면서 또 계좌가 적힌 쪽지를 받거나 말거나 책상 위에 올려놓고 나왔다.

또 무슨 일이 벌어질 것만 같아서 준태가 급히 나와 보았더니 현관 쪽이 아니라 계단 쪽인 교실 쪽으로 가고 있었다.

"아이구, 형님, 교실에 왜 올라가나요?"

"아니 애들이 귀여워서 얼굴 보려고 갑니다."

"아닙니다. 그냥 가세요."

준태가 앞을 가로막으면서 통사정을 하고서야 겨우 발길을 돌리는데 그 사이에 여러 학생들과 선생님들이 이 광경을 목격했다.

그날 오후,

준태는 상호는 다주 세무서로 갔다.

준태의 아버지를 찾아내고는 막무가내로 그리로 가더니

"안녕하세요. 사돈어른"

하고 인사를 하니 준태의 아버지가 겁을 먹고 벌벌 떨기 시작했다.

"뭣 때문에 여기까지 왔소. 경찰을 부를 테요."

"아이참, 사돈어른께 인사차 왔는데 경찰을 부르면 잡아가나요?"

"뭐여? 그럼 인사했으니 어서 가게."

"물 한 잔만 주시면 가겠습니다."

상호가 의젓하게 말을 하니 노인네가 급히 일어서서 종종걸음으로 일회용 종이컵에 물을 그득히 따라서 상호에게 건네주었다.

물을 다 마신 상호는 여전히 조용하고 침착하게

"잘 마셨습니다. 내일 또 물 한 잔 마시러 오겠습니다."

이러고선 일어나서 가 버렸다. 사무실이 탁 트인 곳에서 이러니 민원인이나 직원들도 다 보게 되고 무언가 잘못되었다고 수군대기 시작하였다.

셋째 날,

상호는 또 준태의 고등학교 교무실로 찾아갔다.

이제는 선생님들끼리 온갖 억측 소문이 다 났다.

상호는 여전히 입금이 안 되었다면서 계좌를 잊어버린 것 같다고 하면서 또 계좌가 쓰인 쪽지를 책상 위에 두고 나왔다.

그날 오후도 다주까지 가서 사돈어른께 인사를 하고 나왔다.

그날 저녁 5시경,

유미에게서 전화가 왔다.

"오빠야?"

"응, 왜 또 무슨 일 있어?"

"아니, 오빠가 무슨 일 벌였지. 내 계좌에 방금 전에 3억이 입금되었다고 문자가 왔어."

"아 그러냐. 그냥 내버려 둬. 이따 집에 가서 얘기할게."

"아니 이게 무슨 돈이야, 혹시 범죄 자금 아냐?"

"아냐, 걱정 말고 있어. 내가 집에 가서 얘기한다."

"우웅, 그러면 빨랑 와."

"그래, 알았어."

예전 해결사 노릇하던 때의 실력으로 열흘의 말미를 주었지만 삼 일 만에 해결된 것이다. 이럴 줄 예측하고 상호는 3일간만 휴가를 낸 것이다. 정말 대단한 인물이었다.

그날 저녁,

유미네 가족 네 명이 모두 둘러앉아서 상호의 이야기를 들었다.

"이제 어쩔 수 없다. 이혼 협의서 보내오면 법원에 접수시키고 날짜 정해지면 출두해서 이혼한다면 그게 끝이란다. 이제 더 이상 피차간에 치근댈 것도 없다."

"알았어, 오빠."

"그럼 그 돈은 어떡한다니?"

엄마와 아빠가 동시에 물었다.

"그거야 유미 몫이니까 재가 알아서 하겠지요. 재가 혼자 산다고 하는데 그 돈 가지고 혼자 살림이라도 차려야지요."

"난 안 나가. 여기에서 있을 거야. 그 돈은 오빠 결혼하게 되면 결혼 자금으로 일부 쓰고 아빠 임플란트 해 드릴 거야."

"아이구, 이거 딸 팔아서 그 돈을 써야 한다니 눈물 나온다."

마침내 엄마는 눈물을 훔치고, 아빠는 고개를 떨구고 한숨만 내쉬고 있었다.

다음 날 유미의 학교로 이혼 협의서가 도착했고 한 달쯤 후에 둘은 법원에서 이혼 판결을 받았다. 유미는 몸에 붙어 있던 좀비가 떨어져 나갔다고 해쭉 웃으면서 좋아했으나 마음 한구석에는 뜨거운 빗물이 흘러내렸다.

14

금이다, 금!

한편,

장달이는 겨울을 집에 와서 보내고 봄이 되어 다시 내려가서 여기저기 돌을 탐색하고 나름대로 분석도 해 보았다. 녹이는 방법이 아니라 돌을 쇠절구에 넣고 잘게 빻고 믹서기에 넣고 갈아서 모래로 만들어서 사금 채취처럼 해보는 것이다. 그러나 어쩌다 먼지 같은 철가루는 나오나 금가루는 보이질 않았다.

'철이 있으니까 금도 나올 것이다. 빨리 대장간 자리를 찾아야 하는데.'

혼자 있기에 무료한 장달이는 읍내 음식점에 가서 사 먹기도 하고, 가끔 서울에 올라와서 친구들도 만나고 며칠씩 쉬다가 내려왔다.

돌산 밭의 농작물은 작년에 동네 주민들이 거둬 가고 나서 그냥 두었더니 풀밭이 되고 말았는데 전에 떨어진 씨앗이 있었던

지, 뿌리가 살아있었던지 제멋대로 감자 싹도 크고 옥수수도 자라고 고구마 줄기도 뻗어 나갔다.

뜨거운 여름이 지나고 9월이 와서 추석 무렵이었다. 장달이는 혼자서 넓은 밭을 별생각 없이 걷다가 유난히 줄기가 무성한 고구마 줄기 앞에 쭈그리고 앉았다.

'여긴 토양이 다른가, 고구마 줄기가 무성하네. 고구마도 달려 있겠다.'

장달이는 근처에 널려 있는 돌 중에서 손바닥 같은 돌을 주워서 두둑(이랑)의 흙을 조금씩 걷어 내면서 고구마를 찾았다. 곧바로 고구마가 보이는데 땅이 돌이 많은 편이라 그런가, 올해 거름을 주지 않아서 그런가, 박카스 병보다 조금 크고 작은 고구마가 몇 개 딸려 나왔다. 장달이는 별생각 없이 고구마에 붙은 흙을 손바닥으로 털어 내기 시작하였다.

"아앗~"

뭔가 왼 손바닥에 찔려서 쳐다보니 길이가 성냥개비만 한 쇠붙이, 아주 녹이 슨 작은 못처럼 생긴 것에 손바닥을 찔려서 피가 조금 나고 있었다.

"이게 뭔가. 쇠못인가?"

장달이는 손을 찔렸던 쇠붙이를 손에 들고는 유심히 살펴보았는데, 그 끝에 뭔지 모를 반짝이는 것이 있었다. 아주 작아

서 팥알만 했는데 햇볕에 반사되어 반짝이는데 얼핏 보니 흐릿하게 노란색이 비치고 있었다. 갑자기 장달이는 가슴이 쿵쿵거리기 시작하였다.

"어어~ 이게 뭔가, 노란 게 혹시 금이 아닌가?"

장달이는 일단 가지고 가서 분석해 봐야겠다고 생각하고 고구마 줄기를 마구 걷어 내고 고구마를 캐면서 그런 쇠붙이를 찾으려 하였으나 더 이상 눈에 띄지 않았다. 덕분에 자잘한 고구마를 반 포대 정도 거뒀다.

장달이는 급히 컨테이너 하우스로 내려와서 돋보기로 들여다보기도 하고, 잘게 부셔서 원심 분리도 해 보고, 나중에는 녹여도 보았다.

팥알만 했지만 금이 거의 확실했다.

"어, 이게 진짜 금인 모양이네."

다음날,

아침 일찍 고구마 밭으로 가서 펑줄을 이용하여 금 파동을 살펴보는 데 여러 군데에서 아주 미약하게 금 파동의 흔들림이 보였으나 아직 확신할 수 없었다.

'금이 아주 깊은 땅속에 있는가. 금 파동이 있어 보이는데.'

장달은 거의 한나절을 펑줄로 금 파동을 찾았으나 뚜렷하게 금이 매장되어 있는지는 확신할 수 없어서 애가 탔다.

이어서, 장달이는 인터넷 검색을 하여 네오디뮴 초강력 자석을 세 개를 구입했다. 원래 금은 자석에 붙지 않지만 이번처럼 철과 함께 붙어 있을 수도 있기에 밭에 있는 흙에서 철과 금을 찾아보기로 한 것이다.

이틀 후,

네오디뮴 자석이 배송되었고, 장달이는 괭이의 뒤편에 자석을 붙였다. 워낙 강력해서 손으로 떼려고 해도 잘 떨어지지도 않는다.

장달이는 이 괭이를 가지고 고구마 밭, 옥수수 밭 등을 파 보기도 하고 긁어 보기도 하였다.

자석에는 먼지 같거나 잘게 부서진 철가루들이 들러붙었지만 어디에서도 노란색의 금은 찾아볼 수가 없었다. 하지만 장달이는 포기하지 않고 그 넓은 밭을 구석구석 괭이로 파 보고 다녔다. 이러느라고 또 며칠이 지났다.

"그거 참, 이상하네, 어째서 팥알만 한 금 한 개만 발견되고 만 것인가. 금가루가 자석이 붙질 않아서 그런가."

장달이는 이제 방향을 바꾸어서 여기저기 흙을 자루에 퍼담아서 물에 넣고 사금 채취하듯 금을 찾았으나 매번 허탕이었다. 그때에도 아주 약간의 쇳가루만 나올 뿐이었다.

"만약 여기가 오래전에 대장간 자리여서 쇠를 녹였다면 이 근방이 쇳가루가 더 많이 발견될 것이다. 근처의 다른 곳과 비교를 해 봐야겠다."

장달이는 나름대로 분석을 하고는 다시 괭이를 들고 다른 지점을 파보기 시작했다

상류 쪽에 있는 옥수수 밭자리에 가서 파 보았는데 거기도 아주 약간의 쇳가루가 발견되었다. 그리고 돌산 집에 들어오는

입구 쪽 밭자리(박 영감의 밭자리)에 가서 여러 군데를 파보았다. 거기도 극히 적은 양의 쇳가루가 나타났다.

장달이는 그러다가 문득 금이 발견된 고구마 밭자리 위를 올려다보았다. 거긴 경사가 조금 심한 곳으로 너덜겅에 칡넝쿨이 마구 얽히어 있어서 한 번도 가 보지 않았던 곳이다. 장달이는 그곳으로 올라가서 칡넝쿨을 헤쳐가면서 주먹만 한 돌과 작은 돌, 바닥에 있는 흙들을 퍼서 포대에 담아 내왔다.

편의상 이곳을 A지역이라고 이름 지었다. 곧바로 장달이는 돌들을 분쇄기에 넣고 곱게 깔아서 사금을 채취하는 패닝 접시(고깔 모양)에 넣고 조심조심 흔들면서 돌가루들을 흘려버리고 남아 있는 금을 찾았다. 약간의 철가루와 노랗게 반짝이는 게 얼핏 눈에 들어왔다.

"아앗! 이게 금 아닌가?"

장달이는 흥분을 감추지 못하고 밝은 불빛 아래에서 돋보기로 관찰하였는데 깨알만 한 금 부스러기가 대여섯 개가 있었다. 장달이는 크게 흥분하면서 기쁨을 감추지 못하였다.

"이쪽 A지역에 금이 있었던 것이 확실하다."

이렇게 결론을 내렸다. 이때까지 금 발견에 대하여 아무것도 이루어지지 않고 지지부진하게 제자리걸음을 하던 장달이는 급가속을 하게 되었다.

다음 날, 장달이는 개울 건너편에 가서 이쪽을 관찰하기로 하였다.

개울 건너편에 밭이 쭈욱 펼쳐져 있고 저편으로는 논이 있었는데, 그쪽으로도 가서 쇳가루를 채취해 보았으나 여기도 마찬가지로 극소량의 쇳가루가 발견되었을 뿐이다.

그런데 개울 건너편에서 이쪽 돌산 쪽을 보니 또 다른 생각이 떠올랐다.

만약 돌산 아래에 대장간이 있었다면 마을은 아마 이쪽 개울 건너편에 있었을 것 같았다. 지형으로 보아 아주 오래전부터 개울은 그냥 있었을 것이었다.

"그렇다면 여기 고구마, 옥수수를 심은 밭에 오래전 취락이 있었을 것이다. 아주 오래전 석기 시대나 철기 시대는 움막집 형태니까 그 흔적을 찾긴 어려울 테고 혹시 그들이 쓰던 석기가 있었을 것이다. 철기가 남아 있을 수는 없었다. 혹시 철로 된 어떤 도구도 후에 사람들이 가져갈 수도 있었고 외부에 노출되었다면 부식되어서 흔적도 없어졌을 것이다. 석기로 된 어떤 도구가 남아 있을 수도 있다."

장달이는 이렇게 생각하고는 옥수수 밭 여기저기에 쌓아 놓은 돌무더기로 다가갔다. 혹시 누가 지나가다 보더라도 옥수수 줄기의 키가 커서 돌무더기가 잘 보이지 않았기 때문이다.

돌무더기는 그동안 수백 년 혹은 수천 년간 쌓아 놓아서인지 바닥 지름이 3m 정도이고 높이는 2m가량 되는 원뿔 형태를 갖추고 있었다. 이런 돌무더기가 군데군데 있었는데 눈에 띄는 것만도 대여섯 개나 되었다. 저편 쪽으로 가면 또 이런 돌무더기가 있었다.

'흐흠, 이렇게 많은 돌들을 들추어내야 하는데 이 한 무더기만 옮기면서 들추어도 족히 일주일은 걸리겠다.'

장달이는 돌무더기 중에서 비교적 옆으로 옮기기 쉬운 돌무더기를 선택해서 하나씩 바로 옆으로 옮기기 시작하였다. 옮긴다기보다는 들어서 던져놓는 것이다. 한눈에 보아도 자연적으로 생긴 막돌인지 사람의 손이 간 석기 시대의 어떤 도구인지 금방 구분이 가기 때문이다.

그렇게 장달이는 돌을 옮기기 시작하였다. 두 시간도 채 되지 않았는데 벌써 팔이 뻐근하니 아프고 허리도 결렸기에 잠시 쉬고는 또 돌을 옮겼다.

돌을 마구 던져 놓던 장달이는 무슨 생각이 났는지 돌들을 가지런히 쌓아 놓기 시작했다. 왜냐하면 여기 밭주인이 와서 돌들이 마구 흐트러진 것을 알면 좋지 않은 소리를 들을 것이고 결국 먼저처럼 가지런히 원뿔 돌탑처럼 쌓아야 하기 때문이다. 그래서 장달이는 마이산의 돌탑처럼 정성 들여서 쌓아야 했기에 일이 더디기만 하고 온몸이 쑤시었다.

마침 그때는 농부들이 밭에 나와 볼 때가 아니기에 장달이는 쉬엄쉬엄 돌들을 옮겨 놓았다. 지성이면 감천이라든가. 오 일째 되는 날에 주먹보다 조금 큰 돌을 발견했는데 사람의 손으로 갈아 낸 흔적이 보이는 간석기 찍개처럼 보였다. 닳고 닳았지만 분명히 찍개였다. 다른 사람이 보면 자연적으로 생긴 돌처럼 보였을 테지만 장달이는 찍개로 보았다.

'이거 분명히 찍개이다. 이쪽 면을 떼어내고 갈아 낸 흔적이 있어. 여기에 사람들이 살았을 것이다. 그런데 그 사람들이 여기서 그냥 농사만 지었나. 대장간과 관련한 대장장이들이 살았는가는 알 수 없다.'

장달이는 이렇게 생각하였다. 다음 날은 비가 부슬부슬 내렸다. 장달이는 도중에 멈출 수도 없어서 비옷을 입고는 돌 운반 작업을 계속했다. 천만다행인 것은 아주 크거나 무거운 돌이 없어서 혼자 힘으로 옮길 수는 있었으나 일을 해 보지 않은 장달이는 온몸이 쑤셔 오더니 그날 밤에는 끙끙 앓다시피 했다.

다음 날 몸살이 심하여 읍내병원에 갔더니 며칠 사이에 얼마나 힘을 쓰면서 돌을 옮겼는지 수액 주사를 맞아야 회복이 빨리 된다고 하여 수액 주사를 맞고 하우스에 돌아와서는 저녁 무렵까지 내쳐 잤다.

다음 날은 맑게 갠 날씨여서 장달이는 또 개울 건너 옥수수밭의 돌무더기로 가서 하루 종일 돌을 옮겼다. 하지만 그 어떤 돌도 석기 시대로 추정되는 돌은 더 이상 나타나지 않았다.

그러다 보니 열흘이나 걸려서 돌무더기를 2m쯤 옆으로 옮겼는데 아쉽기만 하였다.

"하이구야, 바닥 돌까지 다 옮겼는데 아무것도 없네. 여기가 예전에 취락(聚落)이 아닌 모양이다."

실망한 장달이는 그냥 일어서서 돌아오려다가 급히 차에 실었던 금속 탐지기를 가지고 왔다. 혹시나 땅속에 뭔가 있을까 하는 기대감 때문이다.

장달이는 조심스럽게 금속 탐지기를 땅바닥에 대고 이리저리 살폈는데 그 중 한가운데서 "삐이~ 삐이~"거리는 소리가 들려왔다.

"야아~ 이 속에 뭔가가 있다."

장달이는 기쁜 마음에 TV에서 고고학자들이 하던 대로 작은 모종삽으로 조심스럽게 땅을 거둬 내기 시작하였다. 그렇게 하자니 시간이 더디기만 갔다. 그렇게 한 뼘 정도 파 내려갔을 때 땅의 색이 진한 갈색으로 변하였다.

"어어~ 이게 땅 색이 달라지네."

장달이는 그 갈색 땅을 손으로 조금 떼어 내어 보니 그냥 흙이 아니라 쇠가 완전히 부식되어서 흙처럼 되어 버린 것이다. 쇠가 완전히 부식되어서 안타까웠지만 조심스럽게 주변의 흙을 거둬 내고 보니 길이가 한 뼘 반 정도의 칼 모양이 나타났다. 박물관에서 보던 그런 칼이 아니라 그냥 부엌칼 모양이었고, 칼자루가 있었던 흔적도 있었다. 장달이는 큰 카메라를 가지고 오지 않았기에 급한 대로 스맛폰으로 사진을 여러 장 찍어 두었다. 그리고는 아주 조심스럽게 부식된 칼을 들어내려고 하였으나 완전히 흙처럼 되어서 부슬부슬 모두 부서지고 말았다.

"아~ 아쉽다. 고고학자라면 무슨 처리 방법이 있었을 텐데."

이어서 금속 탐지기로 주변을 더 탐색했지만 아무런 단서가 나오지 않았기에 파내었던 흙을 제대로 덮어놓고 발로 밟아 놓았다. 언뜻 본다면 돌무더기가 옆으로 옮겨진 지도 모를 것이었다.

다음 날,

장달이는 아주 일찍 일어나서 탐사를 위한 준비물을 챙겼다. 쌍안경, 카메라, 지도, 간식, 물, 돗자리를 준비하고, 점심으로는 즉석밥을 전자레인지에 데우고 반찬으로 두어 가지를 밀폐 용기에 담기만 하면 되니 편리한 세상이었다.

그리곤 어제까지 돌무더기를 옮겼던 방향의 산으로 향하였다. 거긴 찻길이 없고 옥수수 밭을 지나고 산 아래 기슭을 지나서 올라가면 되는데 돌산과의 직선거리가 아마 삼사백 미터쯤 되어 보였다. 산 높이는 돌산보다 낮았으며 크게 경사진 곳이 없이 완만하였다. 장달이는 그쪽 산에 올라가서 돌산을 관찰할 생각이었다.

세 시간 정도 올라가서 앞산의 정상에 오른 장달이는 이상한 광경을 목격하였다.

"거 이상하다. 돌산이 대체로 경사가 급한데 돌부리 바위 아래로 절벽처럼 되었고 그 아래로는 너덜겅이고 그 아래에 기슭이 완만하여 밭이 되었네."

장달이는 카메라로 사진을 여러 장 찍어 두고, 쌍안경을 꺼내어 면밀히 관찰하다가 문득 어떤 생각이 떠올랐다.

"지난번에 금이 발견되었던 고구마 밭 근처가 철기 시대 초기에 있었다는 대장간이 아닐까. 그런데 산사태가 크게 나서 산이 무너져 내려서 모두 매몰되었을 수가 있었을 것이다. 그러니까 돌부리 바위 아래부터 산사태가 난 것이다."

어림짐작으로 보아도 돌부리 바위 아래로부터 떨어진 흙이 산 아래로 떠내려와서 밭이 되었다고 가정했을 때 그 흙들을 돌부리 바위 아래로 붙인다면 다른 산들과 경사도가 비슷해 보였다. 이렇게 생각을 하고는 퍼즐을 맞추듯 하나씩 과거의 사건을 꿰어 맞추어 보니 맞아 들어가는 것 같았다. 즉, 쇠돌에서 쇠를 뽑아내는 대장간이 있었고, 산사태가 크게 나서 대장간이 매몰되었을 것이다. 그런 다음 개울 건너 이쪽 편 옥수수 밭에 있던 마을이 어떤 연유로 인하여 없어진 다음 그대로 수천 년의 세월이 흘렀을 것이다.

만약 이렇다면 엄마의 말씀대로 철기 시대 초기에는 금이 쓰레기처럼 버려졌다니까 대장간 자리 어딘가에 쓸모없는 쇠와 금이 버려져서 매몰되어 있을 것이다.

상상력이 풍부한 장달이는 이렇게 결론짓고는 산에서 내려왔다.

"사장님, 접니다. 돌산에 있는 이장달이에요."

"아~ 이 선생님, 잘 있지요. 혼자 있기에 적적한데."

"이제 이력이 나서 괜찮아요. 종종 읍내에 나가서 식사도 하고 그럽니다."

"하하하, 그래야지요. 사람은 사람 냄새를 맡아야 기운이 납니다."

"하하하, 그런 모양입니다. 사장님, 여기 우물을 파는 사람들 알고 있나요?"

"우물요? 거기 펌프 우물 아주 좋은데. 물도 잘 나오고 물맛도 좋고."

"혹시 전원주택을 짓게 되면 우물을 더 파게 될지 몰라서 한번 알아보려고요. 밭 자리에 혹시 물이 나오려나."

"아하, 그쪽이요. 거기도 물이 나올 텐데. 산 아래 자락에 앞에 개울이 있으면 지하 수맥이 대부분 연결될 겁니다."

"그럴 것 같아요. 그래서 한번 지하수 찾는 기계로 구멍을 뚫어서 알아보려고요."

"그럼 내가 우물 파는 업자 전화번호를 문자로 찍어 줄 테니 직접 전화해 보세요."

"예, 고맙습니다."

인터넷에서 찾느니 지난번 컨테이너 하우스를 설치해 준 조 사장에게 문의하는 게 훨씬 빠르고 신뢰감이 갔다. 곧바로 문자가 오고 장달이는 전화를 했다. 이러저러한 일로 우물 구멍을 세 개 정도 파 보고 싶다니까 별로 어려운 일이 아니라고 하면서 관정을 파려면 먼저 군청에 가서 신고해야 한다고 하는데 허가가 나려면 일주일 이상 걸린다고 하였다.

장달이는 다음 날 군청에 가서 지하수 개발 허가 신청서를 접수했고, 특별한 사유가 없어서 일주일 후 허가가 떨어졌다.

장달이는 지하수 업체에 전화했더니 모레 아침에 온다고 하였다.

이틀 후,

지하수를 찾는 업자 세 명이 트럭에 지하수 시추기를 싣고 왔다.

장달이는 위쪽으로 산과 밭이 만나는 지점과 밭 중앙 부근, 그리고 아래쪽에 시추하고 적합한 곳으로 시추해 달라고 했다.

"그런데 저 위로는 지하수가 나올 자리가 아닙니다."

지하수 개발업체의 사장이 이렇게 말했다.

"사실은 지하수가 꼭 안 나와도 됩니다. 제가 지금 지질 조사를 해서 논문을 쓰려고 하거든요."

장달이는 재빨리 임기응변으로 대답해야 했다.

"아, 그렇군요. 그럼 얼마나 깊이 파나요? 뚫고 들어가다 암반층이 나오면 비용이 많이 들어갑니다."

"그냥 저 위쪽부터 한 이십 미터만 파 주세요. 거기서 나온 코어(core)가 필요합니다. 뚫고 들어가다가 암반층이 나오면 그만하시면 됩니다."

"그러지요. 지질조사를 하려면 코어가 필요하지요."

"며칠이나 걸리나요?"

"땅이 큰 돌이 없고 무르다면 대여섯 시간이라도 가능한데 대체로 한 구멍당 하루씩 잡으면 되겠습니다."

"아하, 그렇군요. 기술이 좋아서 생각보다 빨리하네요."

"그렇지요. 그럼 어디부터 팔까요?"

"사장님 편하신 대로 하세요. 꼭 지하수를 찾는 게 아니니까 일하기 편한 곳부터 하세요."

이렇게 해서 시추업자는 길가부터 시추하기 시작하고 거기서 나온 코어는 인부와 함께 비닐하우스로 지은 차고에 차례차례 가져다 놓았다. 편의상 첫 번째 구멍에서 나온 코어를 1번으로 하고 스프레이 페인트로 써 놓았다.

첫날은 그렇게 보냈는데 특이할 만한 내용이 없었다. 사장 말대로 지하수가 터져 나오지도 않았다. 만약 지하수가 터져 나온다면 지금의 펌프 우물이 수량이 적어지거나 마를 수도 있다는데 잘 된 일이었다.

둘째 날은 밭 중앙쯤에 시추했는데 여기도 별 특이사항은 없었고 돌이나 마찬가지인 코어를 옮기느라 힘이 들 뿐이었다. 2번 코어이다.

셋째 날은 업체 사장이 늦게 왔는데, 아이가 갑자기 아파서 병원에 들렀다 오느라고 늦었다면서 오늘 조금 늦더라도 시추를 마쳐야 한다고 했다. 왜냐하면 내일 다른 곳에 가서 지하수 개발을 해야 하기 때문이다.

그런데 이날은 아래로 팔수록 돌이 많이 나왔다. 암반은 아닌데 돌이 많다면서 아주 더디게 시추를 해야 했다.

추분이 지난 가을이라 해가 많이 짧아져서 야간에 불까지 밝히고서 오후 8시경에 20여 미터를 시추하고 코어를 차고에 옮겼다. 3번 코어다.

장달이는 너무 수고하셨다면서 인사를 하고 작업비는 인터넷 뱅킹으로 이체시킨다고 하고 지하수 개발 업체 사장은 돌아갔다.

이렇게 해서 구멍 세 개에서 판 코어를 확보했으니 이제 이걸 분석해야만 한다. 여기에서 과연 깨알만 한 금이 나올지 안 나올지는 예측할 수 없었다.

그런데 장달이는 특별히 한 일도 없는데 힘들고 지쳐서 일단 잠을 자고 내일부터 분석하기로 했다.

새벽 3시,

장달이는 저절로 눈이 떠지면서 어젯밤까지 시추해서 꺼낸 3번 코어가 궁금해졌기에 급히 일어나서 비닐하우스 차고로 갔다.

전등 불빛 아래 3번 코어를 보는데 아래쪽의 색이 진한 게 달라 보였다.

"어어~ 여긴 다른 코어와 달리 색이 진하네. 흑갈색이네. 다른 데는 그냥 돌색인데."

장달이가 조금 더 가서 살펴보니 분명히 색깔이 달랐고 들어보니 묵직하였다.

"여기에 뭐가 있구나."

장달이는 뭔지 모를 기대감으로 마구 흥분되었다. 그리고 색이 다른 끝 부분, 그러니까 19m부터 20m 부분의 코어를 가지고 컨테이너 하우스의 작업실로 가지고 왔다. 여긴 LED 불빛이 아주 밝고 각종 실험 도구가 있는 곳이다.

작업대에 코어를 올려놓은 장달이는 기겁을 하면서 놀랐다.

"와아~ 여기 금이 있는 모양이네."

불빛에 반사되는 물질이 노란색이 군데군데 보였기 때문이다. 진한 갈색이나 흑색으로 된 곳은 분명히 아주 오래된 쇠였다. 장달이는 큰 망치로 코어를 내리쳤다.

"쾅! 쾅! 쾅!"

"야~ 진짜 금이다."

부서진 코어의 속에서 콩만 한 것, 은행만 한 것, 대추알만 한 금덩이가 박혀 있었다.

"금이야~ 금이다, 금!"

지난 몇 년간 애타게 찾던 금을 찾아낸 것이다. 장달이 엄마의 말씀대로 아주 오래전에 철기 시대 초기에는 금은 물러서

무기도 못 만들고 농기구도 못 만들기에 쓸모없어서 버려졌다는 금을 찾아낸 것이다.

그해 12월 초,

TV에서 뉴스가 나오는데 이제껏 발견되지 않았던 금맥이 발견되었다면서 장달이가 인터뷰하는 소식이다. 매장량은 정밀조사해야 알 수 있겠지만, 수백억 가치는 될 것 같다는 것이다.

15

돌고 돌아서

유미는 친정집에 와서 학교에 출근하지만 몇 달 만에 이혼하게 되었고 주변 시선이 따갑게 느껴져서 도저히 근무할 수가 없어졌다. 하루 종일 바늘방석에 앉아 있는 것 같고 동료 교사들과도 잘 어울리지를 못하여 물위에 기름 뜨듯 홀로 지내야 했다.

참다못한 유미는 더 이상 서울에서 살기 어려워서 지방으로 파견 교사 신청을 내었다. 기간은 5년이다. 서울에서 지방으로의 파견 교사는 경쟁률이 낮아서 대부분 받아들여진 것이다.

다음 해 3월,

유미는 지방 달마읍의 달마 중학교로 발령받아서 18평 아파트를 전세 들어서 생활을 시작하였다. 그런데 달마읍은 장달이가 있는 예리읍에서 30km 남짓 정도 떨어져 있는 곳이다. 물론 이런 사실은 유미도 몰랐고 장달이도 몰랐다. 즉, 유미는 이 근처에 장달이가 있는 줄을 몰랐고, 장달이는 유미가 파견 교사로 달마읍에 내려온 줄을 몰랐다.

달마읍은 서울보다 훨씬 한가롭고 사람들도 임의롭고 친근감이 있었다. 어느 일요일 날 장날이라고 해서 혼자서 장에 가 보았더니 정말로 사람 사는 정감이 갔다. 이런 데서 한평생 살았으면 좋겠다고 생각했다.

중학교 생활은 서울보다는 훨씬 쉬었다. 애들도 잘 따르고 미녀 선생님, 여신 선생님으로 불렸다. 미모에 있어서는 단연 으뜸이었다. 게다가 우리나라 일류 대학교인 I대학교 영문학과 출신이라면서 단연 인기가 톱(Top)을 달렸다.

애들은 선생님의 웃는 모습이 예쁘다면서 너무 좋아하였고, 덕분에 영어 수업도 잘되었다. 지나가다 만나는 학생들이 셀카를 찍기도 하였으니 스타가 된 셈이다.

"여긴 지방 읍 동네라 언행에 조심해야 합니다. 절대로 학부형이나 지역 사람들과 일대일로 만나거나 식사를 같이하면 온갖 추문이 생기니 일대일로 만나면 안 되고 꼭 만나야 할 사람이 있으면 동료 교사가 동행해야 합니다. 그거 말고는 특별히 조심할 것 없어요. 서울 사람들보다 순박하고 좋아요."

선배 교사의 조언이었다.

한편,

장달이는 이제 성공한 청년사업가로 변신하여 영웅처럼 격이 높아졌다.

이해 봄에 장달이는 차은정이라는 여의사와 결혼했다. 장달이가 금광석을 발견했다는 소식에 많은 여자들에게서 중매가 들어왔으나, 장달이 부모는 여의사를 마음에 두었다. 왜냐하면 장달이가 어려서부터 잔병치레를 많이 했기에 의사 며느리라면 최고라고 생각했기 때문이었다. 그래서 처음부터 부모님 상견례 겸 맞선을 보았는데 둘 다 마음에 들어 했다.

여의사는 갸름한 몸매에 한눈에 보아도 의사 같은 분위기였다. 한 가지 흠이라면 장달이보다 한 살 더 먹었다는 것인데 세상이 바뀌어서 그런 것은 흠이 되지도 않았다. 둘은 몇 번 만나고는 곧바로 결혼을 결정하고 그해 5월 초순에 서울의 쥬피터 호텔에서 친지들만을 불러서 단출하게 결혼식을 치렀다.

그때 마침 장달이의 돌산이 있는 예리읍에 어떤 건설업자가 5층 건물을 신축하고 있었는데, 이 건물이 짓다 말고 자금난에 부딪쳐서 공사를 중단하고 매물로 나와 있었다. 건물을 지으면서 분양도 하고 임대도 하여 그 자금으로 지으려고 했던 것이 분양도 안 되고 임대도 잘 안되어서 도중에 중단하고 만 것이다.

이 소식을 들은 장달은 그 건물을 통째로 매입하고는 전체를 복합병원으로 운영하기로 계획했다. 많은 의사들이 자금이 부족해서 의술은 있으나 병원을 분양받기에는 어려움이 있었기에 장달은 아주 헐값으로 의사들에게 임대하였더니 곧바로 5층 건물에 각종 병원들이 입주하게 된 것이다.

장달이가 이 건물을 매입하게 된 것은 아내 때문이었다. 아내가 병원을 운영하고 싶다고 해서 이 건물의 1층에서 소아과, 내과 병원을 운영하게 한 것이다. 사실 따지고 보면 아내 측에서도 장달이에게 병원 개업을 희망했었다.

이때가 7월 하순경이었다. 유미가 여름 방학을 얼마 앞두고 있었던 때였다.

그때 유미에게 들리는 소문이 금광석을 발견하여 청년 사업가로 변신한 이장달 회장의 회사가 예리읍에서 떨어진 어딘가에 있고, 얼마 전 여의사와 결혼하여 5층 복합 병원을 운영한다는 것이다.

그 소식을 들은 유미는 정말 소스라치게 놀라고 말았다.

'아~ 장달 오빠가 금을 발견했다더니, 거기가 바로 이 근처구나. 내가 사람을 잘못 보았지. 장달이는 사람도 막돌이 있고 금강석 같은 사람이 있다면서 나는 금강석 같은 사람이라고 했는데……. 나는 장달이를 막돌로 보았구나.'

유미는 이런저런 생각이 떠오르면서 눈시울을 적시기 시작하여 베갯잇이 다 젖었다.

하지만 지나간 세월을 돌이킬 수가 없는 엎지른 물이었다.

학교에서 동료 여교사들도 당연히 화젯거리로 올라서 수다를 떨고 있었다. 장달이가 여의사와 결혼했고, 예리읍에 신축하다가 부도난 건물을 인수해서 복합병원으로 운영하고 1층에 장달이 부인이 소아과 내과를 개원한다는 것이며 다른 병원은 임대 형식으로 운영한다고 하였다. 장달이의 부인은 명문대 S대학 의과대학을 졸업했다고 하였다.

유미는 장달이가 대단한 인물로 성공했구나 하고는 씁쓸한 미소를 지으면서 자괴감(自愧感: 스스로 부끄러워하는 마음.)에 빠져서 심신이 아팠다.

장달이와 첫 경험을 하고 “나는 일편단심 조선 여자야.”라고 말했던 자신이 한없이 부끄러워졌다. 사실 오빠나 부모님이 적극적으로 반대하지 않았다면 장달이와 결혼을 했을 것이다. 그리고 저 마네킹 같은 준태를 만나지도 않았을 것이다. 지금은 젊은 나이에 큰 상처만 남긴 이혼녀가 되고 말았으니 자신의 운명이 너무 기구하다고 생각되어 매일 밤 눈물이 그치질 않고 베갯잇을 적시었다. 낮에는 멀쩡하다가도 밤에 잠이 들 때만 되면 외롭기 짝이 없으면서 문득문득 옛 생각이 나기 때문이다.

유미는 가끔 서울에 올라갔는데, 오빠는 이제 진짜로 마음을 잡아서 버스 운전 잘하고 여친이 생겨서 얼마 후에 결혼하겠다고 하였다. 여자는 빅 사이즈 옷가게 여주인이라는데 체구가 큰 오빠가 그 집에 들락거리다가 눈이 맞았는지 마음이 통했는지 얼마 교제하지도 않았는데 결혼을 한다고 하였다.

결혼하게 되면 여기에서 부모님과 함께 살겠다고 한다. 여자의 심성이 아주 착하다고 자랑하기도 하였다.

하지만 유미의 마음속은 늘 먹구름에 갇힌 양 어둡기만 하였다. 예전 노래 '고래사냥'의 가사처럼 겉으로는 웃고 지내지만 가슴속에는 슬픔이 가득 차 있었다.

그럭저럭 여름이 지나가고 가을도 지나고 겨울이 왔다. 유미는 겨울 방학 때 유럽 배낭여행을 다녀왔다. 혼자 가려다가 너무 적적하여 사람을 찾는 중에 어떤 노처녀 초등학교 선생님을 인터넷에서 알게 되어서 둘이서 21일간 유럽 배낭여행을 다녀왔다.

대부분의 여행객들이 커플끼리거나 아니면 부부끼리 왔다. 유미는 그런 사람이 부러웠기에 혹시 착한 사람을 만나서 재혼하게 되면 좋겠다고 생각했다. 이혼할 당시는 평생 혼자 살겠다고 했지만 한 해, 두 해가 지나면서 너무 외로워서 혼자 살기는 어려웠다. 남들은 몰라도 유미는 혼자 사는 게 힘들었다.

다음 해,

유미는 중학교에서 잘 근무하고 있고, 장달은 여의사와 결혼하자마자 얼마 후 임신하였다. 그러니까 작년 5월에 결혼했으니까 곧바로 임신하여 3월 말쯤 출산이었다.

장달이의 아내는 딸을 낳았는데 산후 조리를 최고로 잘하긴 했지만 어딘지 모르게 허약해져 있었다.

장달이는 문득 결혼 전에 엄마가 하시던 말씀이 생각났다.

"얘들 둘이 궁합이 좋은 건지 나쁜 건지 모르겠네요. 둘 다 불(火)이라는데 불꽃이 두 배로 크거나 아니면 불꽃 하나가 꺼진다는 거예요. 이게 무슨 말인지 모르겠어요."

엄마가 아빠에게 하시던 말씀이다.

"아 요즘 세상에 뭐 그런 것을 신경 써, 불꽃끼리 만나면 당연히 불꽃이 커지고 한쪽이 다 타면 불꽃 하나만 남게 되는 게지."

아버지의 해석에 뭐 그리 큰 문제가 될 것 없다고 해석하고 말았다. 그런데 지금 그 두 개의 불꽃 중에 하나가 힘을 잃고 있는데 아무도 눈치채지 못하고 있었다.

장달이의 아내는 명색이 의사인지라 나름대로 처방을 해서 약도 먹고 주사도 맞았다. 얼마 후에는 기력이 약해져서 임시 의사를 데려다 놓아서 병원은 운영하긴 했다. 그렇게 2개월 보름쯤 지난 후 장달이 부인(차은정)은 몸에 이상이 있음을 감지하고 혼자서 서울 S대 병원의 재학 시절의 담당 교수이자 의사인 최진래 교수에게 찾아갔다. 둘은 만나서 무척 반가워 하였다.

교수는 문진을 하더니만 즉시 응급으로 혈액검사를 해 봐야 한다고 하였다.

두 시간 후 혈액검사 결과는 백혈구 숫자가 많이 증가해서 어지럽다고 하면서 일단 입원을 해서 집중 치료를 받아야 한다고 하였다. 청천벽력 같은 이야기이다. 달리 표현하면 백혈병이라 부르는 혈액암인데 이것도 급성으로 진행되고 있었다.

차은정은 즉시 장달이에게 알리고 입원했다. 서울에 계신 장달이 엄마가 시골에 내려가서 아이를 돌보기로 하였다. 그날 밤 장달이가 올라와 보니 은정이는 아침에 보던 얼굴이 아니라 그사이에 창백해져 있었다. 본인도 놀랐기 때문이다. 둘은 손을 맞잡고는 눈물을 훌쩍였다.

'세상에 이런 일이. 만화책이나 영화에서 일어난 일이 현실이 되었네.'

장달이가 이런 말을 속으로 되뇌면서 눈물을 흘려야 했다.

"괜찮아, 자기, 요즘은 의술이 좋아서 방사선 치료에 화학요법 치료를 집중적으로 받으면 된대. 삼 개월만 참아."

"으응, 그래, 현아(딸)를 위해서라도 이겨내야지."

"그럼, 걱정 마. 다시 내려갈 테니까."

이렇게 하고 집중 치료에 들어갔는데 잘 호전이 되질 않고 급기야 머리가 다 빠져서 여승처럼 되고 말았다. 이제 힘도 없어서 말도 씩씩하게 하지 못하였다.

집중 치료를 받았으나 다 타들어 가서 꺼져가는 촛불을 재생시킬 수는 없는 노릇이 자연의 이치였다. 돈이 수백억 있으면 무얼 하는가. 인명은 재천인 것을…….

끝내, 그해 10월 중순경 차은정은 눈을 감고 말았다.

이 소식은 즉시 지방 뉴스에 나왔다.

장달이는 국수 가닥 같은 눈물을 흘리고 있었으나 죽은 사람이 되돌아오진 않았다.

엄마의 말씀대로 두 개의 불꽃 중에 하나가 먼저 사그라들었다.

아무것도 모르는 유미는 다음 날 출근하여 입방아 찧고 있는 샘들에게서 이 소식을 듣게 되었다.

'아이고, 장달이가 결혼하자마자 아내가 아이만 낳고 죽었네. 아이고, 불쌍해라. 나도 불쌍하다만 오빠도 기구하구나.'

유미는 쏟아지는 눈물을 주체할 수 없어서 화장실에 들어가 소리 없이 흐느끼면서 눈물을 흘려야 했다. 연민(憐憫)의 정

(情)일까, 동병상련(同病相憐)이랄까, 눈물은 주체 없이 흐르고 또 흘러내려서 눈물이 한 바가지쯤 나와서야 겨우 진정되었다.

마침 수업이 없어서 보건실에 들러서 30여 분을 누워서 쉬고는 교무실에 들어왔다.

여전히 장달이 이야기이다. 먼저도 중매쟁이들이 들끓어서 대한민국 처녀들이 죄다 청혼 원서(입학 원서를 빗대어 하는 말)를 냈다는데 이번에도 또 그럴 것이라면서 시시덕거렸다.

큰 단독 주택을 지어서 살던 장달이는 당장 아이의 육아가 문제였다. 지금 당장은 엄마가 돌보고 있었지만 전적으로 키워줄 아줌마가 필요했다.

그래서 알음알음으로 두 명의 여자를 채용했다. 한 명은 아이를 전적으로 키워줄 돌보미 같은 여자와 한 명은 집안 살림을 맡을 여자를 채용했다.

이들은 방을 따로 내주고 기거토록 하면서 보수도 넉넉히 지급하기로 했다. 두 명 다 사십 대 초반쯤 되었는데, 육아를 맡은 여자는 밤에도 있어야 했기에 특별히 남편까지 불러서 자초지종을 설명하고 우선 당장 1년 계약만 하자고 했더니 남편도 그렇게 하라고 승낙을 하였다. 물론 시간이 나면 아이를 데리고 집에 외출할 수도 있고 그 집에 가서 함께 생활해도 된다니까 너무너무 좋아하였다.

보름도 못 되어서 그 여자는 딸 현아를 데리고 자기 집으로 데려갔다. 자기 집에서 육아하는 게 훨씬 마음이 편하다는 것이다. 집안일을 돌보던 여자도 불편하다면서 출퇴근을 하기 시작했다.

이러는 사이에 장달이는 사업상 업무가 많고 이것저것 만나야 할 사람들이 많이 생기어서 심신이 피곤하기만 했다.

12월 초.

그해는 유달리 춥지 않고 포근하여 가을 날씨의 연속이었다. 뉴스에서는 지구 온난화가 어쩌구저쩌구하면서 지구 걱정을 하고 있었지만 유미는 그런 뉴스는 안중에도 없고, 없는 사람들에게는 따뜻한 날씨가 좋다고만 생각하였다.

'지구 걱정이 아니라, 지구가 없이 사는 사람들 걱정을 해 주네.'

유미가 혼잣말을 하였다.

토요일이 되어서 집에서 잠시 쉬다가 문득 '송림사'라는 절에 가 보고 싶어졌다.

여기에 오니 송림사라는 절이 소나무가 울창하여 여름엔 큰 그늘이 지고 시원하다고 하고, 겨울에도 소나무들이 운치 있다고 하였는데 어쩌다 보니 한 번도 가 보지 못하였다.

유미는 대충 간편복인 바지에 얇은 분홍색 패딩 점퍼를 꺼내 입고, 소형차를 운전하여 송림사로 향하였다. 아주 큰절은 아니어서 1차선 포장도로로 되어 있고 군데군데 교행을 위한 넓은 길이 마련되어 있었다. 삼사십 분을 운전하여 절 입구의 주차장에 차를 세워 두고는 혼자서 천천히 여기저기를 둘러보기도 하고 혼자서 스맛폰으로 셀카를 찌기도 하였다. 절이 아주 크지 않아서 그럭저럭 시간을 보낼 만하였다. 그렇게 두 시간 정도 지나니 시간이 12시가 넘어 시장기를 느끼고는 다시 천천히 내려오기 시작했다.

'절 입구에 식당이 있던데 거기 가서 된장찌개나 사 먹고 가야겠다.'

유미는 이런 생각을 하면서 약간 경사진 길을 천천히 걸어서 내려오는데, 저편에 어떤 아줌마가 유모차를 끌고 올라오고 있었다.

"어머나, 추운데 아기를 데리고 오셨네요?"

"예, 바람 쐬러 나왔지요."

"아줌마 애기인가요?"

"호호호, 아니에요. 난 벌써 단산(斷産)하고 남의 집 아이 돌봐주고 있답니다."

"호호호, 그렇군요. 애기가 이쁘네요. 남자예요? 여자예요?"

"여자아이입니다."

"한 번 안아 봐도 될까요?"

"예, 아직 돌도 되지 않았어요."

"그래요? 근데 커 보이네요."

유미는 여자의 본능대로 아이를 들어 올렸다. 문득 자기도 유산을 하지 않았으면 이 아이보다 조금 더 클 것이라는 생각을 하였다.

아이를 들고 살짝 흔들면서 어르니 커다란 눈을 뜨고는 "까르르"하고 웃고 있었다.

"애기가 너무 귀엽네요."

"예, 순해서 키울 만합니다."

"그럼, 잠시 돌봐주는 게 아니라 키워 주시는 건가요?"

"호호호, 그런 셈이죠. 예전으로 치면 유모죠. 호호호."

"호호호, 요즘도 유모가 있군요."

"예. 현대판 유모라 분유 먹입니다."

"호호호."

"호호호."

두 여자가 이렇게 어린아이를 두고 담소를 나누고 있는데 불쑥 뒤에서 남자 목소리가 들려왔다.

"누구신데 아이를 안고 있네요."

"어맛, 회장님, 안녕하세요?"

"예에?"

유미는 아이를 안은 채 고개를 돌려서 남자를 쳐다보고는 기겁을 하였다.

"아, 장달 오빠!"

"어어? 유미 아니냐?"

너무도 놀란 유미는 머리가 핑하더니 그만 중심을 잃고 다리가 휘청했다.

"어맛~"

돌보미 아줌마가 기겁하면서 유미를 붙잡고, 얼결에 장달이도 유미의 팔을 잡아채어서 넘어지는 것은 겨우 막았다.

"아이고, 너무 놀라서 넘어질 뻔했네."

유미는 정신을 가다듬고는 아이를 돌보미 아줌마에게 건넸다.

"두 분께서 아시는 사이인가요?"

"예."

"지금 어떻게 지내? 임용고사 합격했다고 했지?"

"으응, 합격해서 서울에서 일 년 근무하다가 여기 달마 중학교로 파견 교사로 나왔어."

"파견 교사가 뭔데?"

"그거 있잖아, 군인들 해외로 얼마 동안 파병하는 거 그거와 같은 거야, 지방에서 몇 년간 있다가 다시 서울로 가는 거지."

"그렇구나. 재미있어?"

"재미있게 보내. 시골이라 서울보다 애들이 드세지 않네. 오빤 금광석 찾았다고 뉴스에 나오더라, 정말 성공했네,"

"응, 그런 셈이지."

"전에 그 돌산이야?"

"맞아, 그 돌산에서 찾다가 거의 포기 직전에 찾아냈다."

"와아, 그 끈기 정말 대단하다. 부인이 세상을 떴다고 하던데 저 아이가 딸이야?"

"으응, 맞아, 내가 처복이 없어서 그렇지 뭐."

"안됐다. 정말, 너무 안타까워."

"할 수 없지. 정해진 운명을 피할 수 있나."

둘은 이렇게 겉치레 인사 겸 몇 마디 더 하다가 장달이가 바쁘다면서 아기를 몇 차례 어르고는 가야 한다고 했다.

"오늘 저녁때 시간 있어?"

"나? 나 혼자서 있어. 달마읍의 세미 아파트에서 혼자 살아."

"그으래? 그때 결혼한다고 문자 보냈었잖아."

"호호호, 그랬지. 금방 결혼했다가 금방 헤어졌어."

"뭐어? 하이구 너도 기복이 심하구나. 암튼 지금 약속이 있어서 가야 하니까 시간 있으면 저녁 7시에 읍내 '발해관'이라는 음식점으로 와. 차 있지?"

"응, 알았어. 이따가 나갈게."

이렇게 해서 장달이는 급히 먼저 내려갔고 유미는 돌보미 아줌마와 몇 마디 더 하다가 내려와서 절 입구에 있는 식당에서 된장찌개를 사 먹고 내려왔다. 돌보미 아줌마는 아이와 함께 바람을 더 쐬다가 삼사십여 분 후에 남편이 차를 가지고 온다고 하였다.

저녁 7시 발해관,

유미는 첫 데이트처럼 설레는 가슴으로 발해관을 찾아갔다. 요란한 간판이 없는 중식집인데 겉보기에 깔끔해 보이는 3층짜리 건물이었고 엘리베이터도 있었다.

'시골인데 이런 음식점도 다 있네.'

유미가 혼자 들어가자마자 종업원이 알아보고는

"회장님 뵈러 왔나요?"

하고 묻는다.

"예."

장달이는 이제 지역 유지가 되어서 큰 대우를 받고 있었다.

종업원을 따라 엘리베이터를 타고 3층에 있는 룸으로 들어가자 화려한 병풍을 뒤로하고 멋스러운 식탁과 의자가 준비되어 있었다. 한편으로는 노래방 앰프까지 있는 아주 고급스러운 룸이었다. 말로만 듣던 원형 식탁에 회전 유리판이 올려져 있었다. 이런 데를 처음 와 보는 유미는 다소 어리둥절하여 앉지도 못하고 서성이는데

"벌써 왔어?"

하고 뒤에서 장달이가 반갑게 말을 걸어왔다.

"응, 나도 방금 왔어. 시골이라더니 고급 음식점이네."

"그렇지. 이 동네에선 최고급 중식당이지. 뭐 먹을까?"

"그냥 아무거나."

"아이, 그러지 말고 뭘 먹고 싶다고 주문을 해야지."

"나 이런 데 처음이야. 무슨 요리를 파는지도 모르니깐 알아서 시켜. 먹는 거라면 다 먹을 수 있으니까. 중국 음식 별로 좋아하지 않으면서 여기로 왔네."

"마땅히 갈 데가 없어. 한식 잘하는 집도 몇 군데 있는데 이런 룸이 없거든."

"우웅, 그렇구나. 여긴 룸이 많은가 봐?"

"대형, 중형, 소형룸이 아마 열 개는 될걸? 아무거나 먹는다고 했지?"

"많이 못 먹으니까 적당한 걸로 시켜."

"그래도 룸에 들어오면 기본이 있어서 짜장면 두 그릇은 못 시켜, 조금 진귀한 중국 코스 요리를 한번 시켜 보자."

"으응, 알아서 해."

장달이는 능숙하게 초인종을 누르자 종업원이 왔고, 장달이는 이러저러한 중국 요리를 주문했다.

"여러 번 가지고 오지 말고 두 번에 다 가져와요."

코스 요리를 시키면 수시로 들락거리면서 음식을 가져오기에 두 번에 다 가져오라고 한 것이다.

"그동안 어떻게 지냈어?"

"나? 아까 얘기했잖아. 임용고사 합격해서 서울의 M 중학교에 발령받았다가 중매가 들어와서 엉겁결에 결혼했었는데, 알고 보니 거의 정신병자 수준의 마마보이더라고. 그래서 티격태격하다가 유산을 하게 되어서 더 이상 참지 못하고 헤어지고 말았어. 그런데 주위의 시선이 따갑게만 느껴지고 서울 생활에 환멸을 느껴서 파견 교사를 신청했더니 여기 달마읍으로 오게 된 거야. 올 3월부터 근무하고 있어."

"흐흠, 그랬구나. 이면(裏面: 겉으로 나타나거나 눈에 보이지 않는 부분.)에 숨겨진 비하인드 스토리가 많을 것 같다."

"호호호, 그런 셈이지. 오빤 금광석 발견하고 여의사와 결혼했다가 얼마 전에 사별했다고 하대."

"그랬지, 누구에게 들었어?"

"누군 누구야, 여자들이 수다를 떨던데. 대한민국 처녀들 또 청혼 원서 다 내겠다고 하더구먼. 호호호, 처복은 없어도 여복은 많은 모양이야."

"하하하, 그런가? 사실 쪼금 유명해지니까 성가신 게 많아. 귀찮아 죽겠어. 이렇게 우리 둘이 만나는 것도 어떤 파파라치가 따라붙었는지도 모른다."

"호호호, 그 정도야? 정말 배부른 소리 한다."

이때쯤 중국 코스 요리가 나와서 종업원 여러 명이 들락거리면서 식탁에 음식을 차려 놓았다. 한눈에 보아도 열 명이 먹어도 남을 음식량이다.

"어마나, 이렇게 많이 먹나?"

"다 못 먹어. 코스 요리의 기본이 이런 식으로 나오기 때문에 먹다가 남기는 거지. 싸 가지고 갈 수도 있고. 술 한 잔 할까? 중국술은 독한데."

"아니, 안 돼. 차 가지고 왔어."

"괜찮아. 시골이지만 여기도 대리운전 있어. 내가 불러 줄게. 중국술 아니면 소주나 포도주도 있다. 한 잔 하자."

"그럼 그럴까? 그럼 도수 약한 소주로 마셔."

"그러자."

이렇게 해서 장달이는 중국술에서 최고급이라는 마오타이주(茅台酒, Maotai-jiu: 수수(고량)를 주원료로 하는 중국 구이저우 성의 특산 증류주이다. 백주(빼갈)의 하나로 향이 강하고, 다 마셔도 향이 남는다. 주은래(예전 중국 공산당 총리)는 감기에 걸려도 약은 먹지 않고, 마오타이주를 마셔서 치료했다는 이야기가 전해진다.) 한 병과 소주 한 병, 음료수로 콜라 한 병을 추가 주문했다.

사실 장달이는 술에 약한 편이라 이런 독한 술은 잘 마시지도 못하나 지금은 사회적인 위치가 다르기 때문에 과시용으로 마오타이주를 시킨 것이다.

결국, 둘은 소주로 시작해서 마오타이주는 소주잔보다 작은 술잔으로 한 잔 정도 마셨다. 유미는 쓰고 독하다면서 콜라를 입에 들이부었다.

"하하하, 사실 나도 이 술 잘 못 마셔. 너무 독해서."

"그런데 왜 시켰어, 비싸 보이는데."

“여기 올 정도면 이 정도 술을 팔아 주어야지, 명색이 회장인데.”

“호호호, 그럼 과시용이구나.”

“말하자면 그런 셈이야.

그런데 마오타이주의 효능이 있었다. 오래간만에 만난 두 사람의 어색한 마음의 장벽을 무너트린 것이다.

“유미야, 네 얘기 좀 들어 보자. 어쩌다가 급결혼에 급이혼까지 후딱 해치웠냐?”

“말하자면 길지 길어. 만리장성만큼 될 거야. 사실 그때 오빠랑 교제할 때 오빠랑 결혼하려고 했지.”

“그때는 그랬었지. 그런데 그다음은?”

“오빠도 알잖아, 오빠가 백수 생활 하고 허황되게 돈키호테처럼 금광석이나 찾아다닌다고 말이야. 그래서 부모님이 반대하고 조폭 건달에다 호랑이 같은 오빠가 나서서 반대하는데 말 안 들으면 죽여 버린다고 하더라고. 그러다가 고등학교 국어샘을 소개받았는데 우리 집안에서는 최고 신랑감이라고 적극 찬성했어. 난 그때 막 처음 발령받아서 아무 준비도 없고 모아 놓은 돈도 없는데 남자 측에서 그냥 오라는 거야. 자기가 살던 아파트에 살림살이 다 있다고. 아주 적극적으로 나서서 내가 뭣도 모르고 결혼을 했어.”

“우웅, 그랬구나. 그런데 무슨 문제가 있었나?”

“아이고, 말도 마. 내가 마마보이라는 말을 들어보긴 했는데 마마보이도 어느 정도껏 이어야지, 밥 먹을 때 숟가락에다 반찬을 올려주더라니까."

"누가?"

"누구긴 누구야, 시에미지."

"하하하, 그 정도야."

"아 글쎄, 그래도 어떻게든 참아보려는데, 내가 빈 몸으로 시집와서 그런지 업신여기면서 아주 종년 취급하는 거야. 툭하면 가정 교육을 못 받았다느니 무슨 갈비찜 같은 요리도 못 해 보았을 거라면서 우리 집 전체를 아주 깔보고 있더라고. 그러다가 어떻게 임신이 되었는데 임신 후 얼마부터 가끔 아랫배가 아프다가 가라앉고 그러더라고, 그게 악화되어서 어느 날 저녁 때 갑자기 하혈하면서 유산되고 말았지. 아~ 진짜 재수 없게 인생이 돌아가더라고."

소주 몇 잔 걸친 유미가 스스럼없이 친구에게 말하듯 말을 하였다.

장달이도 마찬가지로 취기가 올라서 무슨 드라마 보듯이 이야기를 듣고 있었다.

"그래서 어떻게 되었어? 유산하고 헤어졌어?"

"응, 그랬어. 유산한 다음에 더욱더 구박하고 업신여기고 사람을 깔보고 완전히 노예나 종년처럼 대하더라고. 그래서 내가 더 이상 참지 못하고 발끈하여 집을 나와서 친정으로 가 버린 거야. 그다음에 협의 이혼했지."

"오, 정말 드라마틱하다. 요새 그런 남자가 있구나."

"그 이후로 내가 넌덜머리가 나서 세상 모든 남자들을 증오하게 되어서 혼자 살기로 결심했어."

"하하하, 그랬구나. 그럼 지금도 여전하냐?"

"지금은 그 정도는 아냐, 남자 냄새를 맡을 정도는 되었어."

"크하하하, 너 말솜씨 많이 늘었다. 학교 선생님들이 말을 잘한다고 하더니만 맞는 모양이다."

"호호호, 그래, 호호호."

"한편으로 생각하면 억울하다. 그럼 위자료는 없이 그냥 왔어?"

"그럴 뻔했어, 위자료 받아 내려는 꽃뱀이냐고 몰아붙이더라고. 단돈 백 원도 못 준다고 악을 쓰데. 나도 위자료는 생각지 않고 하루속히 빠져나오려고만 한 거야."

"그럼 그렇게 그냥 끝났나?"

"나도 그렇게 그냥 끝내려고 했는데, 오빠가 이 내용을 다 알고는 어떻게 한 모양이야."

"조폭 오빠가?"

"응, 집에 온 지 한 달도 채 안 되었는데 그 사람이 우리 집에 와서 죄송하다면서 나를 데려가려고 했는데 내가 완강히 못 간다고 하고, 오빠가 방에 데리고 들어가서 뭘 어떻게 했는지 몰라. 아무튼, 그날 나를 데려가지 못하고 그냥 갔어. 그리고 며칠 지났는데 내 통장에 3억이 입금되었다고 문자가 온 거야.

직감적으로 오빠가 무슨 일 저지른 것 같아서 전화했더니 그 사람에게 위자료로 3억을 받았다는 거야."

"와아~ 진짜 대단한 실력이다. 사람을 팼나?"

"아니, 오빠 말로는 아무 짓도 안 하고 교무실에 가서 '안녕하세요.' 하고 인사만 하고 왔다나 봐. 암튼 예전 해결사 노릇을 한 거야."

"하하하, 정말 대단하다. 그때 보니 싸움 실력도 없던데 해결사로는 A급이네. 그럼 지금도 해결사로 먹고사나?"

"아니, 그때 말했잖아. 갈비뼈 부러지게 얻어맞은 후로 개심해서 버스 운전한다고. 지금 버스 운전해. 취미 붙여서 잘해. 불교 신자 다 되었어. 사나운 곰이 순한 양이 된 셈이야."

"맞아, 그런 말 했었지? 진짜 무슨 영화 보는 것 같다."

"오빠 덕에 3억 받아서 아빠 임플란트해 드리고 오빠 결혼 때 도와주려고 해."

"결혼 언제 하는데?"

"내년 1월 설날 지나서 2월 초에 한다고 날짜 받아 놓고 예식장도 계약했어."

"오, 그렇구나. 그렇게 사나운 곰 아저씨도 좋아하는 여자가 있네그려."

"호호호, 짚신도 짝이 있다고 그러잖아. 오빠가 하도 덩치가 커서 빅 사이즈 옷만 파는 옷가게를 들락거리다가 거기에 있던 매장 주인 여자가 덩치가 큰 노처녀라는데 둘이 눈이 맞은 모양이야. 오빠가 사납긴 해도 잘할 때는 아주 사근사근하게 여자들에게 잘하거든. 호호호. 꼭 신라 시대 지증왕 꼴이야. 호호호."

"오 맞아, 조폭들도 여자들에게 잘하는 사람 있다더라."

"사람 나름이겠지. 조폭들이라고 다 그런가. 제 마누라를 개 패듯 패는 놈들도 있다던데."

"하긴 그래. 지증왕이 어땠는데?"

장달이가 처음 들어보는 지증왕에 대하여 반문했다

"호호호, 남자가 지증왕 이야기를 모른단 말이야?"

"어, 그래, 무슨 이야기인데 그래."

영문학 출신이지만 독서를 많이 하여 걸어 다니는 백과사전 소리를 듣는 유미는 정말로 두루두루 아는 게 많았다. 이래서 장달이는 가끔 감탄했는데 뜬금없이 지증왕이라니 궁금증이 나서 견딜 수가 없었다.

"호호호, 내 입으로 이야기해야 하나 말아야 하나."

"어서 말해 보라니까."

"그럼 내가 지증왕 애기를 해주면 나를 평생토록 사랑할 테야?"

유미가 장난기 어린 목소리로 눈을 흘기면서 물었다.

"아아, 그렇다니까, 백만 송이 장미가 아니라 백만 송이 사랑이야."

"호호호, 정말 그 말 진심이지. 그럼 내가 지증왕 애기를 한다."

신라 22대 지증왕(=지철로왕)은 음경(陰莖)의 크기가 무려 1척 5촌이나 되는 대물이어서 좋은 배필을 구할 수 없었다. 그리하여 신하에게 명하여 배필을 구하도록 하였다.

이에 사명을 맡은 신하 중 한 명이 어디 가서 거녀(巨女)를 찾느냐면서 큰 걱정을 하고 여기저기 돌아다니던 중, 너무 지쳐서 모량부 동로수(冬老樹)나무 아래에 와서 잠시 쉴 요량으로 넓적한 돌에 앉게 되었다.

그때, 저편 어디선가 개들이 "으르릉" 대면서 짖고 있었다.

그 신하는 개싸움이 났나 하고 구경할 겸 해서 그쪽으로 가보았더니, 개 두 마리가 북(鼓: 둥둥 치는 북)만 한 큰 똥 덩어리 한 개를 양쪽에서 물고 서로 차지하려고 "으르렁" 대고 있었다고 한다.

신하는 그 똥 덩어리가 너무나 큰 데 놀라서 "만약 저것이 여자 것이라면 왕의 짝이 될 만할 것이다."라고 생각하고 마을 사람들에게 묻기 시작했다. 그때 나이 어린 여자아이가 나서서 일러 주었다.

"이 마을 재상댁 따님이 여기 와서 빨래를 하다가 숲 속에 들어가 눈 것이랍니다."

신하는 이제야 찾았구나 싶어 서둘러 그 딸을 만나러 갔다.

신하는 재상을 만나서 자세한 설명을 하고 나자, 재상은 그제야 딸을 불렀는데 키가 무려 7척 다섯 치나 되는 거구의 처녀가 나왔다.

신하는 곧바로 입궐하여 왕에게 소상히 아뢰니 보고받은 지증왕은 너무나 기뻐서 손수 수레를 보내 그 재상의 딸을 궁중으로 맞아들였다. 천생배필을 찾은 지증왕이 좋은 날을 잡아 혼례를 올리니 모든 신하들이 오랜 근심에서 벗어나 왕의 경사를 기뻐하였다.

"와아, 그런 전설이 있었구나. 대단하다. 그럼 지증왕의 남근이 대체 얼마나 큰 거야? 1척 5촌이면 한자 반이라는 건데, 아주 다듬잇방망이네."

"호호호, 그런 모양이야. 당시의 자(尺)와 오늘날의 자와는 1:1로 비교하긴 어렵지만, 그래도 대략 비교한다 해도 지증왕의 대물 크기가 40cm 안팎이 되는 모양이야. 아유, 징그럽다. 말이다, 말, 수말이야."

"카하하하, 그래서 네 오빠도 그게 큰가? 올케도 똥 덩어리가 엄청 크겠다. 카하하하. 아무튼 재미있다. 넌 책을 많이 읽어서 아는 게 정말로 많다."

"호호호, 그것까진 몰라. 호호호."

"그건 그렇고 오빠 얘기 좀 들어보자, 나랑 헤어지고 수백억 가치가 있는 금광석을 발견했다고 뉴스에 나오더라."

"그랬지. 그런 다음에 사업을 시작하는데 혼자서 죽을 뻔했어, 할 게 너무 많아서. 그런 다음에 여기저기서 중매가 들어오는데 우리 부모님이 감당을 못하더라고. 그러다가 내가 어려서부터 몸이 좀 허약하다면서 우연히 S대 의대를 졸업하고 막 개업을 하려는 여의사가 중매 들어왔다는데 부모님이 단박에 점찍은 거야. 그래서 내가 만나 보았더니 아버지도 의사인 데다 점잖고 여자도 이쁘장하고 괜찮더라고. 결혼 후에도 의사생활을 해야지 집에만 못 있는다고 하더라고. 그래서 나도 좋다고 하고선 금방 결혼하고 여기 읍내에 5층짜리 복합 병원을 지어서 각층 병원마다 임대를 주고 거기 병원 하나를 와이프에게 준 거야. 그러고 금방 임신이 되어서 애를 낳긴 낳았는데 낳고 나서 금세 몸이 비실대면서 혼자 약 처방해서 먹고 그러더라고. 그래서 그런가 보다 했는데 어느 날부터 어지럽다면서 서울에 올라가서 대학교 때 담당교수에게 찾아가서 진찰하고 혈액 검사를 했더니, 백혈구 숫자가 많다고 하더라는 거야."

"옴마나, 그럼 백혈병인가?"

"맞아, 혈액암인데 급성 백혈병에 걸렸다는 거야. 원인도 모르게 발병한다더라고. 그러니 아무리 좋은 치료를 해 봐도 소용없어. 그냥 가더라고."

"아이구, 안타깝다. 둘이서 재미있게 2년도 못 살았네."

"그랬어. 너처럼 아기자기하게 데이트도 못 해 보고 어디 제대로 놀러 가 보지도 못했어. 둘 다 바빠서 신혼여행도 제대로 못 가고 2박 3일 제주도에 다녀왔지. 나중에 시간 날 때 해외로 여행 가자고 미룬 거야. 그랬건만 결혼하고선 아이만 낳고 가 버린 거야. 그때 나도 너무 상심해서 죽고 싶었지만, 간신히 참고 벌여 놓은 사업을 꾸리기로 했지."

"아 정말, 그 사이에 파란만장했구나."

둘은 시간 가는 줄 모르고 밀렸던 이야기를 하고 술도 더 마셨다. 그러면서 둘은 뭔가 하고 싶은 말이 각자 있었는데 그 말이 목까지 올라왔지만, 입으로 말이 되어서 나오진 못하고 "큼, 큼," 대고야 말았다.

시간이 어느 정도 많이 흘러서 주위에 이목이 많다면서 장달이가 일어서야 한다고 했다.

장달이는 종업원을 시켜서 대리운전 기사 두 명을 부르고 나갈 때는 각자 나가자고 하면서 따로따로 나왔다.

장달이는 유미에게 명함을 주었는데, 'Gold & Man, 회장 이장달'이라고 되어 있었고 전번은 예전과 같은 번호였다.

집에 돌아온 유미는 뭔가 가슴이 시원하기도 하고 허전하기도 하고 답답하기도 하고 도무지 갈피를 잡을 수 없었다. 무슨 말인가 한 마디하고 나왔어야 했는데 그 말을 하지 못하고 나온 게 답답하기 짝이 없었다.

그다음 주 토요일,

겨울철인데 아침부터 비가 내리고 있었다. 소나기처럼 내리는 것이 아니라 가랑비보다는 빗줄기가 조금 큰 그런 비가 내리고 있었다. 유미는 집에 틀어박혀서 컴퓨터로 학습 준비도 하고 벌렁 드러누워 음악을 듣기도 하고 TV를 시청하기도 하면서 하루해를 다 보냈다. 저녁을 먹고 나서도 딱히 할 일이 없었기에 소파에 앉아서 사극을 보고 있었다. 그렇게 시간을 보내면서 잠이 오면서 정신이 몽롱한데 시계를 보니 밤 10시가 넘어서고 있었다.

"띵똥! 띵똥!"

"어맛, 이 밤중에 누구지? 올 사람이 없는데?"

유미는 정신이 번쩍 들면서 현관으로 다가가서 인터폰을 보니 장달이로 보였다.

급히 문을 열고 보니 장달이가 비를 흠뻑 맞은 채 서 있다.

"아앗! 장달 오빠, 이 비 맞고 웬일이야. 일단 들어와."

"응, 그래 고맙다."

장달이 입에서 술 냄새가 확 풍겼다.

"술 먹었어?"

"응, 근데 쪼금 과음했나 봐. 정신이 오락가락하네."

"아이구, 그럼 집으로 가야지, 여기로 왔어?"

"그럼, 그냥 갈까? 너 보고 싶어서 왔는데."

"아냐, 아냐, 어서 들어와."

유미는 급히 장달이를 들여놓고는 다 젖은 옷을 벗으라고 하고는 욕실로 밀어 넣었다.

"거기 뜨거운 물로 샤워해. 겨울 감기에 걸리면 독감까지 걸려서 큰 고생한다더라."

"우웅, 고맙다. 고마워."

장달이는 욕실에 들어가면서 혀가 꼬부라진 대답을 했다.

유미는 가슴이 심하게 요동을 쳤으나 어쩔 도리가 없이 안절부절못하였다.

혼자 사는데 외간 남자가 들락거리다가 지역 주민들에게 소문이라고 난다면 큰 망신이었기 때문이다. 선배들도 늘 이런 것들을 조심하라고 조언을 하던 참이었다.

옷이 완전히 홀딱 젖은 것은 아니었기에 급한 대로 몽땅 세탁기에 넣고 탈수기를 돌렸다.

잠시 후,

장달이가 욕실에서 벗은 채 알몸으로 나왔다.

"어마낫, 그게 뭐야! 뭘 걸쳐야지."

그런데 여기에 남자 옷은 아무것도 없고 장달이에 맞을 만한 여자 옷도 없었다.

"아이구, 이를 어쩌나."

유미는 커다란 담요를 가지고 장달이에게 갔는데, 그만 눈길이 배꼽 아래로 가고 말았다. 거기에는 나무 방망이 같은 남성 심벌이 코브라가 고개를 쳐들 듯 머리를 쳐들고 꺼떡거리고 있었다. 예전에 같이 잠자리를 한 사이지만 어색하기만 하여서 고개를 얼른 외면하는 체하면서 장달이에게 담요를 건넸다.

"아이구야, 망측하다. 이게 뭐야. 어서 담요를 걸치고 있어, 아유 나 원 참."

"나는 가만있는데 얘가 너를 보니 반갑다고 자꾸 인사를 하네."

취중발언인지 어쩐지 장달이는 대수롭지 않게 말대답을 했다.

유미는 자꾸 어색한 감정이 들었다. 여자 혼자 사는데 외간 남자가 들락거린다는 소문이라도 나면 어쩌나 하는 염려 때문이었다.

"아이구, 어쩐다니, 지금 대리운전 불러서 가야 하나. 옷도 다 젖었는데."

"으응, 네가 하라는 대로 할게. 가라면 가고 있으라면 있을게. 네 얼굴 보러 왔으니까."

"아이참, 이를 어쩌나. 침대도 싱글 침대 하나뿐인데."

"그건 상관없어. 바닥에 자도 된다."

"아이참, 옷은 지금 탈수 중이라 탈수되면 입을 만할 텐데, 이를 어쩌나."

그러는 중에 장달이는 비척걸음으로 방문이 열린 방에 있는 침대로 걸어가더니 벌렁 드러누워 버렸다. 그 바람에 담요가

벗겨지면서 배꼽 아래의 탑이 기세등등하게 하늘로 솟구쳐 올라가려는 모습이 눈에 들어왔다.

유미는 아까와는 달리 이상야릇한 감정이 터졌다. 준태와는 비교도 안 되는 남성의 모습, 나무 방망이같이 우람하고 당찬 그 모습에 몸이 갑자기 근질거리기 시작했다.

하지만 내색은 못 하고 그 옆으로 다가가서 담요를 다시 덮어주었다. 장달이는 정말 취해서 금세 잠에 빠지고야 말았다.

'아이고, 이 한밤중에 웬 난리야. 할 수 없다. 내가 바닥에서 자고 내일 아침에 어떻게 보내야지. 그나저나 사람들 이목이 있는데, 이를 어쩌나. 둘둘 말아서 데리고 나갈 수도 없고. 차는 어디다 두고 여기까지 와서 술을 마셨단 말인가. 나를 보러 왔다면 그냥 올 일이지, 어디서 술을 마시고 와. 술도 잘 마시지 못하면서.'

유미는 온갖 상념을 하다가 거실로 나와서 탈수된 장달이의 옷을 다림질과 헤어드라이어로 말렸다. 아직 눅눅했지만 입을 만했다. 유미는 잠시 이러저러한 생각에 빠졌다가 거실 한 편에 작은 옷장에서 이불과 요를 꺼내어 바닥에 깔고 이불을 덮고 누웠다. 침대보다 따끈따끈한 거실 바닥이어서 금세 눈이 감기었다.

그렇게 얼마간 잠에 빠져들었는데, 갑자기 온몸이 뭐에 짓눌리면서 가슴이 답답해져서 번쩍 눈을 떴다. 희미한 모습이지만 장달이가 몸에 올라와 있다.

"아앗, 오빠! 지금 뭐 해, 정신 차려."

"나야, 왜 그래, 네가 좋아서 여기까지 왔는데."

"안돼, 나 이제 정결(淨潔)한 여자가 아니야, 이혼녀야. 저리 내려가."

"알아, 그렇다면 나도 이혼남이니 마찬가지야, 왜 그래, 우리 예전처럼 돌아가자고."

"아아~ 안 돼, 이젠 불륜이야. 지금 연애가 아니야."

"뭐가 불륜이야, 지금도 연애지, 넌 나에 첫 여자야."

"아~ 그건 그래, 나도 오빠가 첫 남자였어."

이렇게 말로 옥신각신하는 중에 장달이는 유미의 옷을 모두 벗기고 말았다. 유미는 말로는 거부하고 있지만 몸은 장달이를 요구하고 있었던 것이다.

"아~ 그래도, 지금은 이러면 안 되잖아."

"괜찮아. 남녀가 서로 좋아하는데 누가 뭐래, 괜찮아."

마침내 단단한 나무 방망이 같은 페니스가 유미의 몸속으로 파고들었다. 장달이는 걸신들린 사람이 허겁지겁 밥을 먹듯이 유미의 몸을 탐했다. 장달이의 혀가 갈 길을 잃은 듯 유미의 목덜미 여기저기를 미끄러지면서 유람하고, 젖가슴의 니뿔(nipple)을 빨아대니 유미는 온몸이 감전된 듯 비꼬면서 신음 소리가 저절로 터져 나왔다.

준태의 물렁한 소시지 같은 물건과는 비교도 되질 않은 단단한 물체가 몸속을 휘저으니 이제까지 잠자고 있던 온몸의 세포가 살아서 황홀한 자극을 전하더니 급기야 정신까지 몽롱하게 환각 상태에 빠져들게 되었다. 이 세상의 그 어떤 마약보다도 강한 엑스터시(ecstasy)가 심신을 마비시키고 있었다.

허약한 체질이고 약골이라는 장달이는 정력만큼은 장비 못지 않았다.

"사랑해, 유미야."

"아 사랑해, 오빠, 아~ 너무 좋아."

"나도 너무 좋아, 너를 잊지 못하고 있었어."

뜨거운 열기가 온 집안에 가득했다. 둘은 이불을 걷어차고는 사랑의 게임에 몰두하였다. 세상에 이렇게 좋은 기분이 있을까. 둘은 똑같은 생각을 하고 있었다.

거친 태풍이 몰아쳐 가고, 둘은 또 어색하게 앉아 있어야 했다.

갑자기 유미는 눈물을 보이면서 흐느끼기 시작했다.

이루어질 수 없는 사랑이 안타깝기만 했다.

"왜 그래, 왜 울어?"

"내 팔자가 하도 기구해서 그래. 좋아하는 사람과 살지 못하고 이렇게 불륜 관계처럼 만나야 한다니."

"뭐가 불륜이야. 너도 이혼했고, 나는 사별해서 각자 독신인데, 웬 망상이야."

"아니, 그래도 이건 불륜이나 마찬가지야. 정식 부부가 아니잖아. 남들이 알면 어떻게 해? 난 사회적으로 매장당한다고! 서울에서도 남들 시선 때문에 파견 교사로 여기까지 내려왔는데. 이게 무슨 기구한 운명인가, 흐흐흑"

유미는 아예 엉엉 울 기세로 흐느끼기만 했다.

이윽고 장달이가 입을 열었다.

"유미야, 우리 처음으로 돌아가자. 처음으로 돌아가서 다시 시작하는 거야. 우리 둘이 같이 살면 되잖아."

"뭐어? 그게 가능한 소리야? 대한민국 잘나가는 집안의 처녀들이 청혼 원서 들고 줄을 서 있다더라."

"아이구, 누가 그래? 누가 억지로 꾸며 댄 거야. 지난번에도 뚜쟁이들이 부모님에게 들락거리기는 했지만 그 정도는 아니었어. 다 뻥튀기야."

"아무튼 이제 오빠하고는 격이 맞질 않아. 기업체의 회장인데 내가 언감생심(焉敢生心: 어찌 감히 그런 마음을 품을 수 있겠냐는 뜻.)이지."

"유미야, 너 왜 자꾸 과민 반응하냐, 너답지 않게."

"사실이 그렇잖아."

"제발 정신 차려. 내가 하자면 하는 거야. 지난번에는 양쪽 집안에서 네 오빠 때문에 어그러졌지만, 이제는 안 그럴 것 아냐. 걱정 마. 나에게 와서 우리 현아 키워 주고 우리도 아들,

딸 낳고 살자. 이번에야말로 몸만 와도 돼. 필요한 혼수는 내가 다 해 줄게."

"아무리 그래도 이건 꿈속 이야기야."

장달이가 아무리 달래도 유미는 받아들일 엄두가 나질 않았다.

"그만하자, 배고프다. 라면 있어?"

"응, 라면 끓여 줄까?"

"응, 술국엔 라면 국물이 최고다."

"근데 어젯밤에 어디서 술을 마셨어. 잘 마시지도 못하면서,"

"사실은 너를 보러 여기까지 왔다가 도저히 용기가 나질 않아서 저 아래 가게에서 마셨어."

"저 아래 가게, 거긴 술집 아닌데."

"응 술집 아니야. 밖에 의자도 있고 파라솔도 있잖아. 거기에서 술 한 병하고 캔으로 된 번데기하고 혼술 한 거야. 그러다가 음주운전을 할 수도 없고 그냥 비를 맞고 싶어서 걸어서 여기까지 왔어."

"하이구, 지극정성이다. 여기 주소는 어떻게 알았어?"

"네가 이 아파트에 산다고 했잖아. 이 아파트에 여선생님 사는 데가 어디냐니까 다 알더라."

"호호호, 그랬나. 내가 그 집에서 몇 번 배달을 시켰더니 알고 있었구먼. 기억력 좋다. 그 아줌마 아저씨."

유미는 일어나서 재빨리 라면 두 개를 끓여 왔다. 자기도 달밤에 체조를 했더니 출출하다면서 두 개를 끓인 것이다. 둘은 식탁에 앉아서 캠핑 나온 커플처럼 라면을 '후루룩' 거리면서 먹기 시작하였다. 유미와 장달이는 행복감에 젖어서 도란도란 웃으면서 라면을 먹었다.

"근데 그동안 오빠 몸이 많이 좋아졌어. 운동했어?"

"응, 너랑 헤어지고 가슴앓이를 하다 보니 식욕이 떨어져서 몸이 빼빼 말라서 아프리카 마사이족처럼 되더라고. 그러다가 '이래서는 안 되지.' 하는 생각에 헬스클럽에 다니기 시작해서 식욕도 회복하고 근육도 생기더라고."

"호호호, 그랬구나. 지금이 훨씬 좋아. 사실 나도 오빠랑 강제로 헤어지고 매일 밤 울다가 겨우 잠들었어. 입맛이 없어서 먹지도 못하고 그랬더니 두 눈이 움푹 들어가고 양 볼도 쑥 들어갔어. 애교 볼살이 다 없어진 거야, 그러다가 어느 날 밤에 거울을 보았더니 영락없이 마귀할멈을 닮아가잖아. 그때 섬뜩하니 놀라서 억지로라도 밥을 먹고 몸을 움직여서 겨우겨우 회복했어."

"너도 그랬구나. 아무튼 지난 일이지만 너무 힘든 시기였다."

"진짜 오빨 이렇게 다시 만나다니 꿈만 같아."

"나도 그런 생각 들어."

그들은 그동안 밀렸던 야간 운동을 더 하고서야 잠이 들었고, 새벽녘에 장달이는 아직 눅눅한 옷을 걸치고는 급히 나갔다. 차는 가게 앞에 세워 두었다고 한다.

유미는 한동안 얼떨떨하고 멍하게 서 있다가 방에 들어와서 늪 속으로 빨려 들어가듯 잠에 빠지고야 말았다.

이후로 장달이에게서 아무 연락이 없었다. 며칠 지나서 유미는 망설이고 참다못해서 "바빠?" 하고 문자를 보냈더니 다음 날 문자가 왔다.

"연말이라 넘 바빠. 처리해야 일이 많아."

지극히 사무적인 답 문자에 유미는 매우 실망하였으나 어쩔 도리가 없었다. 상심한 채로 하루하루를 보내고, 장달이가 한 말에 반신반의하면서 억지로 마음에 담아두지 않으려고 애썼다.

그런데도 자꾸 신경이 쓰여서 방학 중 혼자서 인도 배낭여행을 가기로 결정했다. 영어 문화권이고 배낭 여행자들이 워낙 많다니까 초행길이지만 그리 겁이 나질 않았다.

지난번 유럽은 여름에 가야 하는 걸 모르고 겨울에 가서 해가 짧고 날씨가 추워서 제대로 여행을 못 했기에 이번에는 나름대로 인터넷 검색을 하여 알아보니 인도는 겨울 방학 때가 적기라는 것이다.

결국 연말까지 장달이와 만남은 없었고, 다음 해 1월 3일 목요일, 유미는 15일간의 인도 배낭여행을 떠났다.

요즘은 유심칩만 바꾸면 해외에서도 통화가 자유로웠기에 가끔 부모님과 친구들에게 안부 문자나 전화를 하였다. 그네들이 사는 것을 보니 대한민국은 천국이라고 느끼면서 '앞으로 마음을 다잡고 열심히 살아보자.' 하고 스스로 위안을 삼았다.

1월 12일 토요일, 아잔타 석굴을 둘러보고 숙소에 들어와서 잠시 쉬는데 느닷없이 장달이에게 문자가 왔다.

"오늘 저녁에 만나자."

"나 지금 인도 배낭여행 중이야. 17일 귀국해."

"그으래? 그럼 귀국하자마자 연락해."

"응."

유미는 그래도 장달이의 의중을 제대로 파악할 수 없었다.

1월 17일, 귀국하여 서울 집에 들렀다가 18일 달마읍의 자취방으로 돌아왔다.

그날 점심때쯤 집에 왔는데 오후 4시경 장달이에게 전화가 왔다.

오늘쯤이면 집에 있을 거라는 예측으로 전화한 것이다. 저녁에 만나자는 것이다.

장달이는 SUV차를 가지고 나타나서 유미를 태우고는 30여 분 정도 걸려서 온천이 있는 고급 호텔로 데려갔다. 둘은 또 격정의 시간을 보냈다.

하지만 유미는 이럴수록 한편으로 두렵고 겁이 나기 시작하였다.

"이러다가 동네방네 소문나면 나 밥줄 끊어져. 이렇게 만나기 어려워. 여자가 꼭 필요하면 재혼을 해."

"뭐라고? 지난번에 내가 너에게 청혼했잖아. 재혼하자고 말이야."

"그때 취해서 한 말 아니었어? 내 몸이 탐나서."

"야, 너 정말 내 맘 몰라 주냐. 네 몸만 탐내다니 난 너의 심신과 영혼까지 필요한 사람이야."

장달이가 진심인 듯 큰소리를 치니 유미는 움찔하면서 고개를 떨구었는데, 금세 커다란 두 눈에서 눈물이 방울져 내렸다.

"왜 또 그래, 내가 뭐 심한 말 했나?"

"아니야, 아니라고. 너무 감격해서 그래. 그러나 난 이제 정결(淨潔)한 여자가 아니라고, 이혼녀야. 과거 있는 여자라고. 오빤 이제 넘사벽이야." (넘사벽; 넘을 수 없는 4차원의 벽의 준말, 넘을 수 없는 장벽이라는 뜻.)

"유미야, 너무 자학하지 마. 예전으로 돌아가자고 했잖아. 제발 진정해."

“고마워, 나를 이해해 주어서, 정말 고마워, 오빠 말 한마디에 살아갈 힘이 생겨.”

이 말에 장달이는 유미를 꼭 끌어안더니 자기도 모르게 눈물이 주르르 흘러내렸다.

“이제 우리가 같이 산다고 해도 앞을 가로막을 장벽은 없어. 이제는 다들 이해하고 축복해 줄 거야. 내가 자신 있게 말한다.”

“으응, 그럴 거야. 그래도 난 두려워.”

“뭘 자꾸 그렇게 비관적으로 생각해. 유명 배우들을 봐, 결혼 이혼을 몇 번씩 해도 잘나가잖아. 더 이상 비관하지 마.”

“그래 고마워, 장달 씨.”

“정 못 미더우면 부모님과 상견례를 하자. 이젠 다 이해한다고. 지난번에 너랑 교제할 때도 우리 엄마가 궁합은 딱 맞는데 건달 오빠가 마음에 걸린다고 했어. 집안에 그런 건달 하나만 있으면 그 집안 거덜 낸다고 말이야. 그런데 그 오빠가 개심해서 잘 지내고 있다면서.”

“으응, 진짜 개심했어. 지금 불교를 믿어 가끔 엄마랑 절에도 다녀. 그리고 사귀는 여자도 절에 다닌다나 봐.”

“빅 사이즈 옷가게 여자 주인 말이야?”

“응, 지금 그 여자에게 푹 빠져서 결혼한다는 거야.”

“그럼 됐잖아. 네 집에선 내가 돈키호테 같은 백수라고 반대했다면서.”

"그랬지."

"그래, 그 돈키호테가 지금 재벌쯤 되었잖아. 이제 뭐가 더 부족해? 그리고 그때 너에게 말을 하지 않았지만 우리 부모님도 재력가이셔. 9층짜리 상가 건물 가지고 있어서 매달 임대료만 해도 삼천만 원쯤 돼, 나대지도 있고, 아파트도 두 채나 가지고 계신다."

"옴마나~ 매월 삼천만 원? 일 년이면 삼억 육천만 원이네. 하이고야. 진짜야? 그냥 복덕방(부동산 중개소) 한다고 그랬잖아?"

유미는 내색하지 않았지만 심장이 터질 듯했다. 아직 초임교사나 마찬가지인 유미는 일 년 연봉으로 겨우 삼천만 원 될까 말까인데, 상가 빌딩이 얼마나 크면 매월 삼천만 원의 임대료를 받는다는 말인가. 일 년이면 삼억 육천만 원이나 되는 큰 돈이다.

유미는 두근거리는 가슴을 간신히 억제하면서 대화를 이어나가야 했다.

"맞아, 그것도 맞아. 상가 건물 1층에 복덕방 사무실 차려놓고 있지. 집에 있어봐야 뭐해. 그래서 형식적으로 부동산 사무실을 차린 거야. 자격증은 엄마가 있고, 처음엔 아버지가 도전했다가 두 번이나 낙방해서 엄마가 대들어 공부해서 자격증 취득한 거야."

"아~ 정말 내가 그때 사람을 잘못 보았구나. 오빤 사람 볼 줄 안다면서 막돌이니 다이아몬드니 하더니만 나는 아무것도 몰랐어. 내가 바보였어. 정말이야."

"그래, 그러니까 지난 일 다 잊어버리고 다시 시작하자고. 우리 현아만 맡아 줘, 네가 교직에 있겠다면 그렇게 해. 당분간 현아를 돌보미 아줌마에게 맡기고 말 좀 배울 때쯤에 데려와서 낮에는 어린이집이나 돌보미 아줌마에게 맡기고 저녁때 데려오면 돼. 읍동네라도 있을 것은 다 있다. 그리고 항시 집안 살림할 여자를 쓸 거야. 집이 커서 여자 혼자서는 감당 못 해."

"집에 얼마나 큰데 그래?"

"대략 육십 평짜리 3층이니까 연건평으로 치면 180평이네."

"와아~ 그렇게 큰 데서 지금 혼자 산단 말이야?"

"으응, 그러니까 적적해서 미치겠어."

"청소해도 하루 종일 해야겠다. 커도 너무 크다."

"아니, 매일 생활 공간은 다 똑같지 뭐. 1층은 거실 겸 회의실에다 홈 씨어터를 꾸며서 대형 스크린에 TV, 영화 볼 수 있게 꾸몄고, 2층은 내실이라 방 네 개에 화장실 각방에 하나씩, 작은 거실 있고, 3층은 서재와 운동기구 놓은 작은 체육관처럼 꾸며서 사실 매일 청소할 것도 많지 않아. 그때그때 필요할 때만 하면 된다. 그것도 사람 두고 하는데 청소라고 할 것도 없지."

"이야, 정말 재벌 못지않다. 부럽다, 부러워."

"그러니까 네가 몸만 오면 이게 다 네 꺼야."

"그래도 난 너무 두려워, 유유상종이라는데 이젠 격이 너무 안 맞아. 하늘과 땅 차이야."

유미는 계속 두려워하면서 망설이고 반신반의했다. 이러는 사이에 방전되었던 에너지가 저절로 충전되면서 장달이는 용기가 백배 나기 시작했다.

"내가 너를 얼마나 사랑하는지 다시 보여 줄게."

이렇게 말하고는 유미를 다시 침대로 데려갔다. 유미도 재충전되었는지 활화산이 터지듯 에너지를 방출하였다.

둘은 갈증이 너무 나서 맥주를 한 잔씩 벌컥벌컥 들이켰다.

"유미야, 내 마음을 왜 몰라. 쇠뿔도 단김에 빼라는 말이 있잖아. 다시 한번 생각해 봐. 아니면 집에 가서 어른들과 의논하든지."

"의논은 무슨, 이젠 내 맘이지."

"그럼 좋다. 네 오빠 결혼이 며칠이야?"

"다음 달 2월 2일 토요일이야."

"청첩장 박았어?"

"아니, 요즘은 종이 청첩장 안 만들어. 카톡으로 모바일 청첩장 보내지."

"오, 맞아, 시대가 변했다. 그럼 모바일 청첩장은 만들었나?"

"진작에 만들었지. 날짜가 며칠 안 남았는데."

"그렇구나. 어디 나에게 한번 보내 봐."

"왜? 가 보려고?"

"아니, 모바일 청첩장을 어떻게 꾸몄나 보려고. 난 지난번에 그렇게 안 하고 종이 청첩장 만들어서 보냈거든."

"호호호, 그런 면에서는 시대에 뒤지네. 나도 모바일 청첩장 만들었는데."

이러면서 유미는 스맛폰을 만지작거리더니 모바일 청첩장을 장달이에게 보냈다.

"지금 보냈어."

"응, 그래, 이따가 볼게. 그럼 이렇게 하자. 네 오빠 결혼식 지나고 양가 부모님 모시고 상견례를 하자. 그런 다음에 단출하게 결혼식을 하자."

"하이구야, 번갯불에 콩 튀겨먹는다더니 그럴 셈이네."

"아, 그럼, 오래 걸린다고 정이 더 생기나 식기 십상이지."

"오호호호, 오빠 오늘 말 잘한다."

"하하하, 그런가, 아무튼 내 계획은 이래. 상견례 하고 곧바로 봄 방학 때 결혼식을 올리는 거야, 그리고 봄 방학 때 신혼여행 갔다 오고 이러면 최고의 패다. 하하하."

장달이는 제멋대로 추측하면서 계획을 세웠다.

"호호호, 진짜 초고속이다, 광속이다."

"내가 몸이 좀 허약해 보여도 머리는 비상하게 잘 돌아가고 배꼽 아래도 건실하다."

"호호호, 정말 웃기는 얘기인데 맞는 말 같아, 호호호,"

유미는 정말로 자지러질 듯 웃어 젖혔다.

그런데 정말로 장달이는 무언가 예지 능력이 있는 사람이었다. 아무도 들어 보지도 않고 무시하던 말과 버려진 돌산에서 금을 찾아낸 것만 보아도 무언가 비상한 초능력을 가지고 있는 사람이었다. 남들이 잘 모르고 평범한 사람인 줄로만 알고 있었다.

이어서 장달이는 일어나서 스맛폰을 가져오더니 달력을 쳐다보기 시작했다.

"으음, 이렇게 스케줄을 잡으면 되겠다. 2월 2일 토요일은 네 오빠 결혼식을 하고, 3일 서울에서 양가 상견례를 하자. 아 참, 봄방학이 언제쯤이더라. 지금도 2월 20일경인가?"

"응, 하루 이틀 날짜 틀려도 대개가 20일이나 21일 날 종업식을 해."

"그렇지, 종업식에 빠질 수는 없지. 그럼 하루 여유를 잡고 22일에 혼례를 올리자. 가족들끼리 호텔 예식장에서 조촐하게 치르자. 이러면 되겠어?"

"호호호, 오빠 혼자 주연에 각본 짜고 감독하고 제작까지 하는데 내가 무슨 권한 있나. 조연이나 하는 격이지."

"아냐, 내가 각본 짜고 감독한다 해도 네가 당연히 주연이지. 여주인공 배유미야."

"호호호, 아무튼 고마워. 농담인지 진담인지 모르지만 오빨 만난 것만도 행운이야."

"진짜라니까 그러네."

새벽녘이 다되어서 둘은 쪽잠을 자고 일어났다. 장달이는 늦었다면서 급히 차를 몰아서 유미 집 근처에 유미를 내려 주고 떠났다.

"나 요즘 바쁘니까, 만날 시간 안 되면 카톡 보낼게. 2월 3일 상견례 잊지 마."

"으응, 고마워, 잘 가."

유미는 꼭 꿈속에서 헤매는 듯하였다. 장달이의 말을 믿어야 할지 말아야 할지 갈피를 잡을 수가 없었다. 괜히 약속 잡아 놓았다가 바람맞히는 것은 아니겠지. 그래서 유미는 가족들 아무에게도 알리지 않고 있다가 확신이 서면 오빠를 제외한 부모님에게만 말씀드릴 작정이었다.

집에 돌아온 유미는 갑자기 피로가 몰아쳐서 침대에 쓰러지다시피 하여 잠에 빠졌다. 그렇게 한잠을 자고 일어나는데 머리가 욱씬거리고 온몸이 쑤시는 게 몸살감기가 온 것이다. 그동안 안 쓰던 온갖 근육을 과도히 움직여서 그런가, 잠을 잘 못 자서 그런가, 온몸의 근육통이 심해서 견딜 수가 없었다.

"아이구야, 과로했네. 장달이 오빤 괜찮을까. 아이고."

유미는 참다못해서 병원에 가기로 결정했다. 여기로 내려와서 단 한 번도 병원에 가 본 적이 없었으나 오늘은 가야 했다. 몸살에다가 두통을 참기 어려웠기 때문이다.

유미는 근처 병원을 찾아가려다가 예리읍에 있다는 복합병원, 장달이가 세웠다는 그 복합병원을 가 보기로 했다. 차로 가도 20여 분이면 되니까 별문제가 없었다.

'아 참, 오늘 토요일이지? 토요일은 대개 오후 2시경까지밖에 진료를 하지 않던데?'

조바심이 난 유미는 화장도 못 하고 옷을 주섬주섬 입자마자 곧바로 병원으로 향했다. 시간은 11시 30분을 지나고 있으니 넉넉했다.

그렇게 읍내의 복합병원에 들어서서 내과, 소아과를 겸하는 병원 앞의 대기실에서 차례가 오길 기다리고 있었다. 의외로 아픈 환자들이 많은지 유미의 앞에 여섯 명이나 대기자가 있다고 전광판에 떴다.

유미는 스맛폰을 꺼내서 시간을 때울 겸 인터넷 검색도 해 보고 뉴스도 보면서 시간을 보내고 있었는데 그때 누군가 옆에 다가와 앉는 것을 느끼었다.

"아이고, 지난번에 뵙던 분이네요."

"네에?"

유미가 고개를 얼른 돌려보니 장달이의 딸 '현아'를 맡아 키우고 있는 돌보미 아줌마였다.

“엄마낫, 여기서 또 만나네요. 애기가 아픈가요?”

“예, 감기에 걸렸는지 밤새 칭얼거리고 잠을 안 자길래 체온을 재 보니 38.5도나 되어서 겁이 나서 급히 왔어요.”

“아이구, 그랬어요?”

그러면서 유미가 아이를 받아서 안았는데 현아는 유미를 보자마자 언제 아팠냐는 듯이 방긋방긋 웃어가면서 발버둥을 마구 쳤다.

“옴마나, 애 좀 보게. 좀 전까지 칭얼거리던 애가, 여선생님이 안아주니까 다 나은 모양이네.”

장달이는 돌보미에게 지난번에 절 입구에서 만났던 여자가 중학교 여선생님이라고 알려주었다.

“호호호, 그런가 보네요. 내가 졸지에 의사가 되었네요. 호호호.”

“아이구, 그랬으면 좋겠어요. 애 엄마가 의사였다가 하늘나라에 갔지요.”

“네, 저도 들었어요. 딱한 이야기지요.”

그러면서 유미가 아이를 흔들면서 어르자 아이는 “까르르르~” 웃어 가면서 발버둥을 치고 좋아하였다. 유미는 문득 ‘내가 이 아이하고 전생에 무슨 인연이 있었나. 장달이도 이 아이를 키워 달라고 하고, 참으로 기이한 인연이다.’라고 생각했다.

그런데 유미와 돌보미 아줌마가 잘 모르는 사실이 있었다.

현아는 지금 젊은 여자를 엄마로 생각하고 있었다. 젊은 유미가 안아 주니까 제 엄마인 줄 아는 것이다. 말 못하는 어린 아기가 얼마나 엄마가 보고 싶을까.

곧바로 유미의 진료 차례가 되어서 아이를 떼어 놓으려는데 현아는 떨어지지 않으려고 팔을 내밀면서 울상을 짓는다.

"으응, 으응~"

"엄마나, 얘 좀 보게, 나에게서 떨어지지 않으려고 하네요."

"그러네요. 제 엄마인 줄 알고 있나 봐요, 에구 딱해라."

"지금 진료 접수하셨나요?"

"예, 오자마자 접수하고 왔어요. 더 기다려야 합니다."

"아니에요. 제가 데리고 함께 들어가 보겠어요."

"그래도 될까요?"

"아마 괜찮을 겁니다. 엄마들이 애기 데리고 들어가잖아요."

"그럼 좋겠네요. 기다리기 지루한데."

간호사가 거듭 배유미를 부르기에 유미는 현아를 안고는 진료실로 들어갔다.

여자 의사는 유미를 보기 전에 아이를 알아보고는

"아이고 또 왔네. 이를 어째."

하면서 청진기를 대고 열을 재어보고 있다.

유미는 얼결에 아무 소리도 못 하고 잠자코 있어야 했다.

"그런데 누구신가요? 전에 아줌마가 데려왔는데."

"예, 아줌마하고 잘 아는 사이예요. 그런데 제가 먼저 진료 차례가 되어서 들어오려다가 아이가 보채서 데리고 들어왔어요."

"아 그래요. 잘하셨어요, 얘가 바로 이 회장님 딸이에요. 엄마가 의사여서 여기에서 진료했었는데 갑작스레 타계했지요."

"예, 저도 들었습니다."

"그럼 어디가 불편해서 오셨나요?"

"그냥 잠 못 자고 몸살에 두통이 심해서 왔습니다."

"아, 그래요."

여의사는 목도 살펴보고 청진기도 대보고 열과 혈압도 체크했다.

"크게 문제 될 것 없는데 단순 몸살감기 같아요. 주사 맞고 약 먹고 푹 쉬세요, 물을 많이 마시고 한잠 자고 나면 괜찮아질 겁니다."

의사는 이렇게 처방을 하고 현아에게도 비슷하게 처방을 한 모양이었다. 현아에게는 주사는 없다고 하였다.

이렇게 해서 한꺼번에 두 명의 진료를 보고 나왔더니 돌보미 아줌마는 고맙다고 인사를 하였다. 잠시 후 그들은 약국에서 약을 받고는 각자 집으로 가려고 하였다.

"아줌마, 집이 어디세요? 무얼 타고 오셨나요?"

"집은 멀지 않은데 걸어서는 못 갑니다. 올 때는 신랑이 태워다 주었는데 저기로 가서 버스 타고 가야 해요. 그런데 버스가 자주 안 와서 걱정이네요."

"아, 그러세요. 그럼 제 차 타고 가시지요. 제가 모셔다 드릴게요."

"아이구, 고맙습니다."

유미는 현아와 돌보미를 태우고 돌보미의 집으로 갔다. 원래 이 회장 집에서 육아를 하려고 하였으나 피차간에 너무 불편하여 아예 돌보미 아줌마 집으로 데려왔다고 하였다. 계약은 1년인데 그 후로도 더 맡아 기를 것 같다고 하였다. 그만큼 장달이가 돌보미를 신임하고 있는 모양이었다. 십여 분 운전하여 도착한 집은 단층인 양옥 주택이었다. 작은 마당도 있고 화초를 심었던 작은 뜰도 있었다.

현아는 잠이 들었기에 돌보미 아줌마가 안고 차에서 내렸다.

"고마워요, 선생님, 여기가 우리 집이에요. 조용하고 방도 넓어서 어린아이 키우는 데는 제일 좋아요."

"자제분은요?"

"위로 딸 하나는 출가했고, 아래로 아들 둘은 지금 외지에 있어서 우리 양주(兩主: 부부)뿐이에요."

"오, 그러시군요. 그런데 이런 데서 살면 한가로워서 매일 낮잠만 잘 것 같네요."

"호호호, 그렇기도 하지요, 아이 없을 때는 낮잠도 많이 잤답니다."

"호호호, 정말이네요. 아이가 엄마가 없어서 그런지 병치레를 하는 모양이죠?”

“저만할 때 병원 들락거리는 것은 어쩔 수 없지만 그래도 정이 없으니 병치레를 더 할 수 있어요. 내가 애들 키워 봐도 에미가 없으면 애들이 금방 탈이 납니다.”

“맞아요, 애들에겐 엄마가 최고지요.”

둘은 이렇게 대문 밖에서 담소를 나누다 헤어졌다.

“선생님, 시간 나면 오셔서 애랑 놀아 주세요. 현아가 유별나게 선생님을 따르네요.”

“네에, 그럴게요.”

그런데 이 한마디가 유미의 속을 뒤흔들어 놓기 시작하였다.

“내가 전생에 현아의 엄마였나. 오늘은 또 무슨 인연으로 우연히 만났나. 천지신명이 다리를 놓아 주시는지 장달이도 아이를 키워 달라고 하고, 참으로 기이하다.”

들뜬 정신으로 집에 돌아온 유미는 선 채로 밥을 몇 숟가락 들었다가 약을 먹고는 곧바로 침대로 향했다. 나른하게 잠이 쏟아졌기 때문이다.

유미는 내쳐 자서 밤 9시경에야 깨었다.

‘아이고, 죽었다가 부활했네.’

유미가 혼잣말을 하면서 히죽거렸다. 어이없게 너무 많이 잠을 잔 것이다.

몸 상태는 오전보다 훨씬 좋아졌다. 쑤시던 몸살도 많이 가라앉고 욱신거리던 머리도 거의 맑아졌다.

"아이구야, 이제 살 것 같다. 뭐든지 과로하면 안 돼. 호호호."

유미는 이제 평소 몸 상태로 다시 돌아갔으나 낮잠을 많이 잔 탓에 밤에 잠이 오질 않아서 또 새벽녘에야 잠들었다가 다음 날 오전 9시경에 깨어났다.

그날은 일요일이어서 밀렸던 세탁도 하고 방 청소도 하고 인터넷 검색도 하면서 하루를 보냈다.

아직 1월 하순경(1.19)이라 방학 중이다. 그런데 이틀 후에 설날이어서 유미는 서울에 다녀와야 했다. 양반집 가문이라고 차례상, 제사상은 꼭 지내야 하기 때문이다.

유미는 집에 올라가서 장달이에 관한 아무 얘기도 하지 않았다. 그냥 시골에 내려가니 마음도 편하고 애들도 순해서 학교 생활 잘하고 있다고 말하고 말았다.

그런데 서울에 올라오니 또 가슴이 답답하기 시작했다.

"이거 이러다가 서울 생활 못 하겠다. 시골에서 살라는 팔자인가."

유미는 서울에서 있었던 좋지 않은 기억들이 무의식중에 활성화되었기 때문에 답답증을 느끼고 있었다. 그래서 유미는 이틀을 자고 내려와야 했다.

"그래라, 여기 있기 답답할 게다. 내려가서 쉬어. 오빠 결혼식 2월 2일 알지?"

"예."

"그날 일찍 올라오든지 전날 올라와라. 아니 혹시 친척분들이 올지 모르니 당일 날 일찍 올라와서 뭐 거들 거 있으면 거들어."

엄마와 아빠의 당부 말씀이었다. 유미는 그렇게 하겠다고 말씀드리고는 시골로 향하였다.

2월 2일 토요일,

유미는 일찌감치 시외버스를 타고 서울에 와서 곧바로 스타웨딩홀로 갔다. 오빠는 큰 체구에 양복을 입고 넥타이까지 매니 꼭 일본 스모선수 같았다. 조촐하게 치르는데도 많은 하객들이 왔다. 조폭 어깨 같은 덩치 큰 남자들이 한 열대여섯 명이 왔는데 우리 집 사정을 잘 모르는 사람들은 기겁하면서 쑤군거렸다. 하지만 그들도 모두 정장 차림을 한 채 아주 예의 바르게 처신을 했기에 나중에는 사람들이 말을 걸어 보기도 하였다. 유미는 올케 되는 여자도 이 자리에서 처음 보았는데 거기도 여자 거구처럼 보였다. 키가 170이 넘어 175cm쯤으로 보이고 체격도 만만치 않게 컸다. 웨딩드레스를 커다란 고목에다 입혀 놓은 것 같았다. 아마 이 여자가 그래서 빅 사이즈 옷가게를 차린 것으로 생각되었다. 오빠 말로는 그 집에 남자, 여자 빅 사이즈 옷을 다 판다고 하였다.

오빠는 입구에서 아빠와 함께 하객들에게 인사를 하고 있었다. 아빠는 호리호리한 몸매였기에 누가 보면 아빠 자식이 아닌 것처럼 보였을 것이다.

그때 어떤 젊은이가 신랑인 배상호(오빠)에게 다가갔다.

"신랑 배상호 씨 맞지요?"

"예."

그 청년은 양복 안주머니에서 흰 봉투를 하나 꺼내더니

"이거 축의금인데, 접수시키지 말고 신랑에게 직접 주라고 해서 왔습니다."

"아 예, 그러세요, 고맙습니다."

배상호가 얼핏 보니 봉투는 얇은데 '축 결혼'이라고 쓰고 이장달이라고 쓰여 있었다. 그런데 그 이장달이 누군지 기억이 나질 않고 연이어서 하객들이 오는 바람에 양복 안주머니에 넣고 거듭 감사하다고 인사를 하고는 청년은 그냥 돌아갔다.

어수선하고 소란스러운 결혼식이 끝나고 배상호는 신부와 함께 인천공항으로 향했다. 상호도 태국 푸켓으로 신혼여행을 신청한 것이다. 친척들도 집으로 돌아갔고 유미 가족도 집으로 돌아왔다.

상호는 비행기 탑승구 앞 대기실에서 무료하게 기다리던 중

문득 아까 따로 받은 축의금 봉투가 생각나서 꺼내 들었다.

"축 결혼, 이장달."

"이장달이 누군가?"

도무지 생각이 나질 않는다. 봉투는 풀칠을 해서 밀봉을 했기에 손톱으로 살살 뜯어서 열고 내용물을 꺼내 보니 단 한 장의 수표가 들어있었다.

그런데 상호는 두 눈을 의심하면서 손이 벌벌 떨렸다. 동그라미가 너무 많은 것이다.

"아니 이게 얼마여?"

간신히 정신을 가다듬고 하나하나씩 동그라미를 세어보니 자그마치 3억이었다.

"아앗! 누가 축의금으로 3억을 내놓나. 세상이 이런 일이! 이거 혹시 무슨 범죄 자금이 잘못 온 거 아닌가."

조폭 건달 생활을 했던 상호는 대뜸 이렇게 지레짐작하고 있었다.

"도대체 이장달이 누군가?"

상호는 혼자서 깊이깊이 기억을 더듬어 가다가 드디어 단서가 될 만한 가느다란 실마리 끈을 찾아내었다.

"이장달이가 몇 년 전에 유미가 사귀던 남자 아닌가. 그때 결혼을 반대하고 학교 선생에게 시집보냈더니 일 년도 못 되어서 파국이 났는데. 그 사람이 이름이 이장달이었던가?"

궁금증이 난 상호는 즉시 유미에게 전화를 걸었다.

"유미야, 나 오빠다."

"응, 알아, 아직 비행기 안 탔어?"

"응, 앞으로 삼십여 분 더 기다려야 해. 그런데 너 전에 사귀던 남자 친구 이름이 이장달, 맞냐?"

"응, 맞아. 왜?"

"그때 헤어졌잖아, 그런데 지금 또 만나니?"

"우연히 만나게 되었어. 왜 그래? 무슨 일 있어?"

"아이고, 그 사람이 나하곤 철천지 원수지간이나 마찬가지인데 축의금으로 3억짜리 수표를 보냈다. 이를 어쩌냐?"

"뭐어? 3억이나? 아이고야, 대박 났다. 대박 나. 그냥 가지고 있다가 여행 갔다 와서 말해. 그 사람 진짜로 금광석 찾아서 왕대박 났어."

"그으래? 그럼 그때 싸울 때 금광석을 찾은 거야?"

"아니, 그때는 여기저기 헤맬 때고, 다음에 어떤 돌산을 샀는데 거기에서 간신히 찾았대. 고구마 때문에 찾았다고 하더라고."

"뭐어? 고구마? 금 고구마도 있나?"

"호호호, 암튼 그 사람 재벌 되었어. 일단 여행 갔다 와서 이야기해."

"어, 그러냐? 그래 나도 지금 시간 없으니 갔다 와서 말하자."

상호는 심장이 터질 듯이 방망이질을 치고 유미 역시 심장 소리가 들릴 정도로 쿵쾅거렸다.

이어서 유미의 폰에서 카톡이 왔다고 "까똑, 까똑,"하고 소리를 내고 있었다.

"내일 오후 3시에 시내 토르 호텔 2층 커피숍으로 부모님 모시고 나와."

"진짜야?"

"진짜라니까."

그제야 유미는 장달이가 하는 말이 진심이라고 확신을 했다. 급히 엄마와 아빠를 거실로 불렀다.

"왜 그러냐? 한숨 자려고 하는데."

아빠가 의아한 표정으로 나오셔서 소파에 앉았고, 엄마는 그 옆에 앉았다.

"왜 갑자기 무슨 사건이라도 생겼니? 오늘 큰일 치렀으면 됐지."

"엄마, 아빠, 전에 내가 사귀던 이장달이라고, 금광석 찾아 다니는 사람 있잖아요,"

"응, 이름은 기억 안 나도 돈키호테 같은 청년이라고 했지. 네가 결혼한다는 것을 그런 백수에게 시집갔다가 큰 고생한다고 말렸잖아."

엄마가 비교적 세세하게 기억하고 있었다.

"맞아요, 그 청년이 진짜 금광석을 찾아서 재벌이 되었어요. 오늘 오빠 결혼식 때 축의금으로 3억을 냈다고 합니다."

"뭐어?"

"3억이나?"

두 부부는 너무 놀라서 입을 크게 벌리고 얼굴은 창백해지다시피 하였다.

"그게 진짜야?"

"진짜예요. 3억짜리 수표를 지금 오빠가 가지고 있으니 여행에서 돌아오면 물어봐요."

"어어, 진짜인 모양이네. 그런데 어떻게 그 사람이 너랑 헤어진 지도 한참 되고 각자 결혼했다는데 어찌 된 일로 우리 집안 일을 알게 되었다니?"

엄마는 어안이 벙벙하고 놀란 가슴으로 말까지 더듬거렸다.

이에 유미는 그동안 있었던 일, 이혼하고 서울이 싫어서 지방으로 파견 교사로 가 있다가 절 입구에서 그 사람을 우연히 만나게 되었고 몇 번 만나면서 피차간에 마음에 상처를 입은 사람이니 지난 일을 모두 잊고 새 생활을 시작하자고 한 상황을 말했다.

이에 두 부부는 너무 놀라서 입을 다물지 못하고 있었다.

"그래서 내일 오후 3시에 시내 토르 호텔 커피숍에서 어른들 상견례를 하기로 했어요."

"뭐라고? 내일?"

아빠가 황당하다는 듯이 두 눈을 크게 떴다. 유미는 스맛폰 카톡 창을 열어서 아빠에게 보여드렸다.

"아이고, 참말일세. 이를 어쩌나."

“그러네요. 뭘 준비해야 하나.”

“준비가 뭐 있어요. 그냥 깨끗한 옷이나 입고 가서 커피 마시면서 얘기하는 게 다죠.”

“아이구, 난 커피 잘 안 마시는데.”

“그럼 엄마는 다른 거 마셔도 돼요. 커피숍이 커피만 파는 게 아니니까.”

“아유, 이게 꿈인지 생시인지 모르겠다. 그럼 내일도 대사(大事: 큰일)를 치르는 격이네.”

“아이참, 그렇게 부담 갖지 마세요. 그냥 얼굴이나 본다고 생각하세요. 어른들 뵙기는 저도 처음이에요.”

“너도 처음이야?”

“그럼요, 전에 교제할 때 언제 그 사람의 부모님을 뵐 짬이 있나요. 엄마 아빠도 그 사람 어떻게 생겼는지도 모르잖아요.”

“하긴 그러네. 그럼 네 말만 믿고 일단 내일 나가 보자.”

다음 날,

유미는 예쁘게 보여야 한다면서 미장원에 가서 간단하게나마 메이크업을 하고 간다고 먼저 나가고 엄마와 아빠는 시간 맞추어서 정장 차림으로 택시를 타고 토르 호텔로 가기로 했다.

“아이구 얘야, 내가 괜히 떨린다. 내가 시집가는 것도 아닌데.”

엄마는 진짜로 떨리는 모양이었다.

유미는 간단한 메이크업을 하고 택시를 타고 토르 호텔로 갔다.

커피숍에는 이미 장달이와 부모님이 먼저 와 계셨다.

“안녕하세요. 배유미입니다.”

“오, 그래, 거 앉거라.”

그러면서 장달이와 부모는 동시에 두 눈을 의심치 않을 수 없었다. 말로만 듣던 여신이 강림한 듯했기 때문이다. 하늘에서 내려온 듯한 선녀가 눈앞에 나타난 것이다. 커다란 두 눈에 약간 통통한 볼, 빨간 입술, 귀엽고 복스러운 얼굴을 보고 첫눈에 매료(魅了)되었다.

“얘기만 들었다만 워낙 이쁘구나.”

장달이 엄마가 입을 먼저 열었다.

“네에. 고맙습니다.”

유미가 치아를 들어내면서 살짝 웃으니 장달이 아버지도 혼을 뺏기듯 하였다.

‘오, 저런 아이가 있었다니, 장달이도 혼이 빠졌겠다.’

곧바로 유미의 부모님이 오셨다.

“아이구, 죄송합니다. 초행길이라 한참을 헤맸네요.”

“아이, 괜찮습니다. 우리도 지금 막 도착했어요.”

“안녕하세요? 이장달입니다.”

장달이도 처음 보는 유미의 부모님께 정중하게 인사를 하였다.

좀처럼 정장 차림을 하지 않는 유미의 아빠는 한눈에 선풍도골(仙風道骨)의 선비와 같은 풍미(風味)가 났다. 오히려 장달이 부모가 평범한 촌부(村夫, 村婦)처럼 여겨질 정도였다.

양쪽은 형식적인 인사를 하고는 장달이 아버지가 먼저 입을 열었다. 왜냐하면 유미의 아버지가 아파트 경비원이라고 들었는데 지금 외양으로 볼 때는 그런 티가 전혀 나질 않고 양복을 입고 있으니 사극에서 보던 선비와 같은 분위기였기 때문이다.

"혹시 어른께선 전에 무엇을 하셨나요?"

"저요? 젊어서는 우체국 직원이었지요. 예전에 집 살림살이가 넉넉해서 시골에서 대학교까지 나와서 우체국에 근무하게 되었지요."

"예에? 대학교요. 실례지만 어느 대학교인가요?"

대학교라는 말에 장달이의 아버지가 속으로 크게 놀랐다. 자기가 어렸을 때는 집안이 어려워서 고등학교도 겨우 졸업했기에 더욱 궁금했다.

"K대학입니다."

K대학이라면 소위 SKY라고 부르는 명문대학교 아닌가. 이쯤되니 장달이는 물론이고 장달이 부모는 궁금증이 더 났다.

"아이고, 명문대학교를 나오셨는데 그럼 혹시 뭐가 잘못되어서 가세가 기울었나요?"

"허허 참, 내가 이런 얘기를 잘 하진 않는데, 사연이 많지요, 인생에 기복이 있었습니다. 그때만 해도 K대학 출신이라면 여기저기에서 끌어갔지요. 입도선매한 격이었습니다. 그런데 장손인 제가 조상을 돌보고 조상 땅을 지켜야 한다기에 그냥 시골로 내려왔다가 우체국에 특채로 들어가서 계속 근무하게 되었습니다. 전답도 꽤 되었지요. 그렇게 지내다가 얘가 어렸을 때 어려서부터 친한 친구가 보증을 서 달라기에 대수롭지 않게 보증을 섰다가 한순간에 파산하고 말았습니다. 지금 그 생각만 해도 심장이 벌렁거립니다."

"오호, 저런, 빚보증을 잘못 섰군요. 대개 여러 명 세우는데."

"그렇지요, 나까지 세 명인데 알고 보니 두 명은 껍데기 보증이고 재산을 가지고 있는 사람은 나뿐이더라고요. 게다가 공무원이지, 하루아침에 조상 땅 다 말아먹고 겨우 집 한 칸 마련할 돈으로 서울에 와서 살아보려고 했는데 이게 또 쉽지 않아서 몇 번이나 죽으려고 했지요. 이때가 가장 어려울 때인데 그때 큰놈(상호)이 어그러지기 시작해서 일탈하게 된 것입니다. 작은애(유미)는 나름대로 정신 차려서 학업에 정진해서 I대학교에 입학하게 되니 모두들 개천에서 용 났다고 칭찬이 자자했습니다."

"아유, 그러셨군요."

상견례가 아니라 유미 부모의 과거 인생사를 듣는 격이 되고 말았다.

"유미는 나를 닮았나 어려서부터 재능이 뛰어나고 공부도 잘해서 받아온 상장만 해도 수십 장이나 됩니다. 학원도 못 보냈지요. 허허허."

"아이참, 아빠도, 이 자리에서 그런 말씀은 왜 하세요."

유미가 큰 눈을 흘겨가면서 아빠에게 항의했다.

"왜? 이런 데서 내 자식 자랑을 조금 해야지."

"맞습니다. 어서 계속 하시지요."

이야기가 이렇게 돌아가니 장달이 부모는 자꾸 위축되기 시작하였다. 아파트 경비원이나 하고 못 먹고 못 살아서 궁색한 줄 알았는데 그 내면은 자기네보다 월등했기 때문이다. 그러니 장달이 부모는 천장에서 바닥 쪽으로 내려앉는 기분이고 유미의 부모는 저절로 바닥에서 천장으로 솟구치는 형색이었다.

유미의 아버지는 그간에 있었던 일과 장달이와 결혼하려고 할 때 멋모르고 백수 같은 청년이라고 무시하고 거절했던 일, 유미가 교사와 결혼했다가 파경을 맞은 일, 큰 애(배상호)가 정신 차리고 지금 버스 운전을 하고 어제 결혼했다는 일 등을 대강 이야기했다.

장달이는 무슨 영화를 보듯 유미의 아버지만을 쳐다보고 있었는데 장달이 부모님도 마찬가지였다. 한 편의 드라마를 보는 듯한 드라마틱한 과거사였다.

두 분 어머니는 제쳐 놓고 두 분 아버지끼리만 이러저러한 대화가 이어졌다.

"에휴, 천생연분을 제쳐 놓고 엉뚱한 데 가서 헛손질하다가 돌고 돌아서 제자리에 온 모양이네."

장달이 엄마가 혼잣말로 하시는 말씀인데 옆에서도 다 들렸다.

"아이, 여보, 그만하시구려. 이제 그만 조사하고 본론으로 들어가요."

마침내 장달이 엄마가 아버지에게 채근했다.

"하이구, 이거 죄송합니다. 남의 집 과거사를 꼬치꼬치 물어보는 게 아닌데 실례되었네요. 과거사야 어찌 되었든 지금 우리 애가 따님과 재혼하고 싶다고 해서 나왔으니 어른께서는 어떻게 생각하시는지요."

"저야, 입이 열 개라도 할 말이 없습니다. 전에 둘이서 그렇게 좋아했으나 지금은 흠 있는 여자가 되었으니 뭐라고 가타부타 말씀을 못 드립니다. 그저 처분만 바랍니다."

"아 그건, 피차일반이요. 우리 애도 처복이 없어서 사별했는데 오히려 우리가 더 부담을 갖고 있지요. 갓난아기가 있으니까요."

"예에? 아기를 낳고 운명(殞命)했나요?"

"예, 그렇습니다."

아이가 있다는 말에 유미 부모가 화들짝 놀라고 있었다.

"유미야, 애기 있다는 거 알고 있었어?"

"예, 알고 있어요. 현아라는 딸인데, 그 애 때문에 우연히 다시 만나게 되었어요."

"에엥? 유미야, 그런 일이 있었니?"

"예, 우연히 혼자서 절에 갔다가 어린 아기를 만나서 어르고 있는데 그 아기가 장달 씨의 딸 '현아'였어요. 거기서 재회를 했습니다."

"뭐어? 그랬어?"

양쪽 어른들이 동시에 크게 놀라고 있었다.

"세상에 이런 일이, 아기가 끈을 놓았구나."

유미의 엄마도 감탄하였다.

"에유, 불쌍하다. 그때 무슨 액땜이라도 할 것을."

"무슨 액땜이 있었나요?"

"아, 그때 우리 애와 며느리의 사주를 보니까, 불(火)과 불(火)이 만나더라고요."

"아이참, 엄마도 그런 말씀은 왜 하세요. 다 미신이에요."

장달이가 엄마의 입막음을 하려고 하였다.

"얘는, 미신이라도 맞는 것은 맞는 거다. 미신이라고 몰아붙이면 안 돼. 거기에도 조상들의 지혜가 담겨 있고 사리에 맞는 말이다."

"어서 말씀해 보세요."

유미 엄마도 호기심에 어서 말을 해 보라고 하였다.

"아 글쎄, 불과 불이 만나서 불꽃이 더 크게 활활 타오르거나 아니면 한쪽 불이 사그라져서 꺼진다고 합디다. 그런데 어느 누가 한쪽 불이 꺼지길 바라겠어요? 그랬더니 제 분신을 낳아 놓고는 멀쩡히 건강하던 애가 느닷없이 급병에 걸려서 갔습니다. 에휴, 불쌍한 것."

장달이 엄마는 마침내 눈물을 훔치기 시작하였다.

"그랬군요. 참으로 안타깝네요."

"그때 애(유미)도 장달이와 궁합을 보았는데, 너무 좋게 나왔지요. 불(火)과 나무(木)라서 상생하여 아주 잘산다고 했습니다. 그런데 양가에서 서로 못마땅하여 억지로 떼어 놓았더니 그 고생만 하고 돌고 돌아서 다시 만나게 되었으니 이게 천지조화지요."

"꿈보다 해몽이라고 말씀을 듣고 보니 크게 공감이 갑니다."

"어허, 인연은 하늘에서 내린다더니 진언(眞言: 참말)입니다그려."

유미의 엄마와 아버지도 크게 놀라면서 동감을 표시했다.

이에 당사자인 장달이와 유미는 고개를 떨구고 듣고만 있었다.

잠시 어색한 침묵이 흐른 후,

장달이 아버지가 시계를 들여다보더니

"그럼 사돈어른, 애들을 어떻게 할까요? 짝을 지어 주나요?"

장달이 아버지는 이미 마음을 정한 듯 무의식중에 사돈이라고 말해 버렸다.

"저는 결정권이 없습니다. 어른께서 하자는 대로 해야지요."

"허허, 그런가요. 그럼 애들 의견을 한 번 더 들어보지요. 장달아, 너 배 선생과 재혼할 테냐?"

"예, 하겠습니다."

"으음, 배 선생은 의향이 어떤가?"

"허락해 주신다면 잘 살겠습니다. 현아도 잘 키우겠어요."

"허험, 이제 되었다. 너희가 결정했으니 난 더 이상 가타부타 말 안 하겠다. 장달아, 그럼 어디서 예식을 할 거냐?"

"여기 토르 호텔에 예식장도 있어요. 이따가 알아보겠습니다."

"사돈어른 잘 들으셨지요. 저희들끼리 잘살아 보겠다는데 더 이상 우리가 훼방을 놓아서는 안 되겠습니다."

"감사합니다. 이번에야말로 애들 뜻에 따라야지요."

이렇게 대화가 오가니 유미와 장달이 엄마는 눈시울을 붉히면서 감격스러워했다.

"여보, 난 약속 있어서 가야 하는데 당신 혼자 여기 더 있겠소?"

장달이 아버지가 약속이 있다고 말했다.

"아유, 이제 다 정해졌는데 나도 가야지요. 저희들끼리 얘기라도 하게 자리를 뜹시다.”

이러면서 자리에서 일어서니 유미 부모도 덩달아서 일어섰다.

“얘야, 우리도 더 이상 할 말 없다. 먼저 가야겠다. 늬들끼리 좀 더 얘기하다가 와.”

“예, 아빠.”

이렇게 해서 양측 부모는 자리에서 일어났고 장달이와 유미는 현관까지 배웅을 나섰다.

“얘, 유미야, 토로면 흙길이라는 뜻이니? 흙토 자 길로 자.”

“호호호, 토로가 아니라 토르에요. 유럽 신화에 나오는 천둥의 신이에요.”

“허허허, 그러냐? 난 또 흙길인 줄 알았네. 천둥의 신이면 잘못 했다가는 벼락 맞아 죽겠다.”

“그렇지요. 앞으로 잘살아야지요.”

이들은 이렇게 담소를 하면서 양가 부모님을 보내고 장달이와 유미는 웨딩 사무실로 찾아갔다. 2월 22일이 금요일이라 예약이 없다면서 오전 11시에 선뜻 예약을 잡아주었다.

“고마워, 장달 오빠.”

유미는 눈물을 글썽이면서 장달이에게 말했다.

“울지 마, 아까 엄마 말씀대로 먼 길을 돌아오느라 고생만 하다가 다시 원점으로 돌아온 거야.”

하지만 장달이도 코끝이 찡해 오면서 먼 곳을 바라보아야 했다.

“어제 우리 오빠 결혼식 때 축의금을 3억이나 보낸 거 맞아?”

“응, 내가 사람 시켜서 보냈어.”

“아이고야, 그렇게 큰돈을 왜 보냈어? 그 돈 받고 보니 죄인 같잖아.”

“하하하, 괜찮아. 생각 같아선 건달 오빠를 골탕 먹였으면 좋겠는데, 개심해서 잘살고 있다고 해서 보낸 거야.”

“그 뜻이었어?”

“꼭 그것만은 아니지, 너 전남편이랑 헤어질 때 위자료 백 원도 안 준다고 했다면서.”

“그랬지.”

“그런데 네 오빠가 어떻게 해결사 노릇해서 3억을 받았잖아. 그래서 그 돈만큼 내가 보낸 거야.”

“으응, 그랬구나. 아무튼 너무 고마워.”

“오빠는 어떻게 그 돈을 받아냈대?”

“몰라, 물어보니까 아무 짓도 안 하고 교무실하고 세무서에 가서 인사만 하고 왔다고 하던데 나도 몰라.”

“하여간 대단한 사람이다. 그렇게만 했는데 3억을 받아 내다니. 하하하, 위세로 기선(機先)을 제압했구먼,”

“호호호, 그런 셈이지. 싸움 실력도 없으면서 곰 같은 덩치로만 이긴 거야. 호호호.”

“하하하, 진짜 인물이다. 인물.”

잠시 후, 이들은 헤어져서 각자 집으로 갔다가 장달이는 예리읍으로 유미는 달마읍으로 저녁 늦게 돌아왔다. 내일이 개학날이기 때문이다.

다음 날 유미는 학교로 출근했고, 장달이도 회사에 출근하여 몇 가지 결재도 하며 시간을 보내고 작업 현장을 둘러보고는 사무실에 들어왔다.

벌써부터 비서를 채용해서 사사로운 일을 맡기고 있기에 장달이는 비서를 불렀다.

"지금부터 내가 하는 얘기는 절대로 밖으로 누설되어서는 안 됩니다. 알았어요?"

"예, 회장님, 무슨 일인데요."

"음, 별거 아니고 사적인 일입니다."

"어서 말씀해 보세요."

"2월 22일 하와이로 가는 비행편과 28일나 29일 돌아오는 비행편 알아봐서 예약해 줘요."

여비서는 장달이보다 나이가 더 많았다. 경력자인 데다 결혼도 해서 하대를 할 수 없었다. 무엇보다 비서 업무는 하나를 시키면 열을 헤아릴 정도로 매우 능숙해서 장달이가 크게 신임을 하고 있었다.

"예, 그거야 쉽지요. 회장님 한 분인가요?"

"아니, 둘이요, 이따가 영문 이름 알아봐 줄게요."

"어마나, 회장님 몰래 데이트하세요?"

"하하하, 그건 아니고 그럴 일이 있어서 그래요. 일단 두 자리만 확보해 줘요. 아 참, 비즈니스 클래스로 알아봐요."

"예, 그렇게 할게요."

장달이는 이렇게 비서에게 지시하고는 곧바로 자기 업무를 보기 시작했다.

장달이가 유미에게 물어보지도 않고 하와이로 신혼 여행지를 결정한 것은 유미를 위한 것이었다. 영어책에 미국이나 하와이가 많이 나오는데 가끔 하와이에 꼭 가 보고 싶다고 말했던 것을 생각해 낸 것이다. 집안 살림이 궁색하여 대학생이라면 방학 때 한두 번 이상을 해외 배낭여행을 다녀왔건만 유미는 방학 때가 알바 대목 때라 돈을 벌어야 했다. 그렇게 해외 배낭여행을 단 한 번도 가 보지 못하다가 교사 발령 후 지난번에 유럽과 인도 배낭여행을 했을 뿐이었다. 장달이도 해외 배낭여행을 딱 한 번 1학년 여름 방학 때 친구들 네 명이서 유럽을 다녀왔었다. 그런데 장달이는 그런 여행을 하면서 문화 유적을 감상하는데 별 취미가 없었기에 앞으로 기회가 되면 어디 희귀한 자연 경치를 여행해 볼 셈이었으나 그것도 꼭 가겠다는 마음도 없었다. 즉, 해외여행에 큰 매력을 느끼지 못하고 있었다.

한편, 유미는 아무 일도 없다는 듯이 개학해서 학생들과 잘 지내고 있었다.

유미는 이게 대체 꿈인가 현실인가 하면서 아직도 반신반의하고 있었다.

"혹시 장달이가 느닷없이 변심하는 것은 아니겠지."

이런 생각도 들고

"아냐, 상견례 때도 분명히 같이 잘 살아 보겠다고 했어."

이런 말도 떠올렸다. 아무튼 유미는 싱숭생숭하여 밤잠을 잘 못 이루었다.

"현아가 정말 제 엄마의 뜻으로 나에게 끈을 놓아 주었나. 어떤 드라마를 보면 사별이나 이혼한 부모가 아이 때문에 새사람을 만나는 게 나오더니. 말 못하는 현아가 나와 장달이를 연결시켜 준 것일까."

이런 궁금증이 머릿속에 맴돌았다.

이틀이 지나고 나서 수요일 퇴근 때, 집으로 돌아오던 유미는 갑자기 방향을 바꾸어서 현아가 있는 돌보미 아줌마 집으로 향하였다. 자신도 모르게 불쑥 현아가 보고 싶어졌기 때문이다. 시골이라 대문도 비긋이 열려 있다.

차를 주차하고 현아는 조용히 안으로 들어가서 현관문을 노크했다.

"누구신가요?"

안에서 돌보미 아줌마의 목소리와 함께 문이 열렸다.

"아이고 엄니, 선생님이 오셨네."

"네, 현아가 보고 싶어서 왔어요."

"어서, 들어오세요."

안으로 들어갔더니 마침 현아가 보행기에 타고 있다가 유미를 보더니 반갑다고 손을 내저으며 "으응, 으응" 하면서 다가오려고 발버둥을 친다. 아직 보행기를 잘 타지 못하는 현아는 유미 쪽으로 오는 게 아니라 발버둥을 칠 때마다 뒤쪽으로 가고 있었다.

"엄마나, 얘가 선생님을 알아보네."

유미는 얼른 다가가서 현아를 꺼내어 품에 안으니 현아는 "까르르르" 웃어가면서 마구 발버둥을 치면서 좋아하였다.

"어머나, 얘 좀 보게. 제 엄마인 줄 아나 봐요."

"그러게요, 현아가 붙임성이 좋은지 잘 따르네요."

유미는 정말로 친딸처럼 아이를 어르고 있었다. 이때 이 모습을 조용히 보고 있는 사람이 있었는데 어느 사이에 장달이가 와서 현관에서 이 광경을 쳐다보고 있었다.

"아이구야, 회장님도 오셨네. 어서 들어오세요. 현아가 이 선생님을 무척 따르네요."

그제야 유미도 깜짝 놀라면서 고개를 돌렸다.

"어머나, 언제 왔어?"

"방금 왔어. 여긴 어떻게 알고 왔어?"

이러니 돌보미 아줌마가 지난번 병원에서 만나게 되어 여기까지 태워다 주었다고 말했다.

"으응, 그랬구나. 고맙다, 유미야, 현아랑 놀아줘서."

"아이 뭘, 오늘 시간이 나길래 그냥 한번 와 본 거야."

"아무튼, 고마워,"

"회장님, 애가 선생님을 엄마인 줄 이니 봐요. 만날 직마다 좋아서 발버둥을 치네요."

"하하하, 그럴 수도 있지요. 갓난아이의 눈에 젊은 여자를 보면 다 엄마로 보일 테지요."

"그런가 봐요. 그런데도 유별나게 알아보네요. 무슨 전생 인연인가."

"하하하, 그런가 보네요."

잠시 후,

유미가 조금 어색하여 돌아가려고 하니 돌보미 아줌마가 장달이와 함께 저녁 먹고 가라고 하여서 그렇게 하기로 했다.

돌보미 아줌마 혼자서 주방에서 덜그럭거리기에 유미도 일어서서 도와주는 척이라도 해야 했다. 현아는 장달이 품에서 잘 놀고 있었다.

시골 밥상이라 찬은 많지 않지만 정갈하게 담근 김치 맛이 좋았고, 된장찌개 맛이 일품이었는데, 그 속에 있는 우렁이의 쫄깃한 맛이 참으로 기가 막히었다.

"이 우렁이를 여름철에 잡아 놓았다가 냉장고에 얼군(얼린)

거랍니다. 된장찌개에 한 움큼이라도 넣으면 맛이 좋아요."

"예, 정말 기가 막힙니다."

"쫄깃한 맛이 최고네요. 도시에서 파는 우렁이는 이런 맛 안 나요."

장달이와 유미가 동시에 극찬하니 돌보미 아줌마의 기분이 좋아져서 싱글벙글 웃었다.

유미는 저녁을 먹고 금세 일어설 수도 없기에 차를 한잔 마시고서야 일어섰다.

"가끔 와서 현아랑 놀아 줘."

"응."

장달이의 부탁이었다.

흔히 2월이면 학생들이나 선생님들이 별로 하는 것 없는 줄 알고 있는데, 그게 아니었다. 학생들은 교과 수업 진도 다 나갔다고 한가한 편이나 선생님들은 처리해야 할 일이 아주 많았다. 그러니 출근해서 퇴근 때까지 해야 할 일이 많아서 하루해가 후딱 지나갔다. 오후 늦게 퇴근할 때도 잦았다. 이런 중에 유미는 시간이 나면 현아에게 가서 놀아 주고 저녁도 먹고 왔다. 자취방에서 혼밥을 먹느니 아이와 돌보미 아줌마와 담소를 하면서 밥을 먹으니 따사로운 정을 느꼈기 때문이다.

"회장님, 현아가 이젠 선생님을 엄마로 알아요. 저녁때만 되면 용케 알고는 현관 앞으로 가서 칭얼댑니다. 그러다가 선생님이 오면 자지러질 듯 좋아해요."

"아, 그렇군요. 고마운 선생님이시네요."

하지만 장달이는 아직 그 누구에도 결혼 이야기를 하지 않았다. 재혼하는 마당에 떠들썩해시는 게 싫었기 때문이다. 결혼식도 양가 가족들만 모여서 아주 단출하게 치를 생각이었다.

그럭저럭 날짜는 지나가서 2월 18일 월요일 날이었다. 유미는 평상시처럼 학교에 출근했는데 선생님들이 삼삼오오 짝을 지어서 수군거렸다.

내용은 이 회장이 시골 여선생과 재혼한다는 것이다. 그런데 그 시골 여선생이 누군지는 모르고 있었다. 장달이는 가족끼리만 단출하게 예식을 치르자고 종이 청첩장, 모바일 청첩장을 만들지 않아서 정말로 가족 이외는 모르고 있었다. 현아를 키우는 돌보미 아줌마도 모르고 있었는데, 발 없는 말이 천 리를 간다더니 어떻게 소문이 이렇게 났는지 의문스러웠다. 유미는 대화 속에 끼지 않고 컴퓨터를 켜고는 학급 일과 다른 공문을 처리하는 척했다.

다음 날인 화요일,

유미가 출근하자마자 여선생님들이 에워쌌다.

"배 선생이 이 회장과 재혼해?"

"예에? 누가 그래요."

"소문 다 났어. 달마중학교 배 선생이라면 한 명뿐이잖아, 배 씨가, 맞아?"

한참 나이 많은 선배 여선생이 심문하듯 질문을 쏟아 내기 시작했다.

"예, 맞아요."

"아이고야, 우리 학교에서 재벌 부인 나셨다."

"엄마나! 엄마나!"

"어떻게 원서를 냈어요? 누가 소개했나요?"

"아니에요. 사실 대학교 때 교제했던 남자친구인데 그 후로 헤어졌다가 여기에 내려와서 우연히 만나게 되었어요."

"아이고야, 무슨 영화 같다. 그럼 예전 남자친구가 신랑이 되는 거네."

"예."

정말로 그날은 소란스러워서 정신을 못 차릴 정도였다. 학생들도 다 알게 되어 교실에 들어가면 애들이 아우성을 쳐서 수업도 제대로 못 했다.

다행히 다음 날은 봄방학을 하는 날이라 학교에서의 소란은 다소 잠잠해졌다.

유미는 서울 집으로 올라가서 결혼 준비를 했다. 준비라고 할 것도 없었다. 혼수를 사는 것도 아니고 옷을 따로 사는 것도 아니었기 때문이다. 아니 옷은 몇 벌 샀다. 신혼여행을 하와이로 간다고 장달이에게 연락받았기에 여름옷을 산 것이다.

2월 21일 목요일 점심때쯤 토르 웨딩숍에서 전화가 왔다.

"신부님, 내일 아침 8시까지 꼭 오셔야 합니다."

"아이고, 왜 그렇게 일찍 가야 하나요?"

"머리하고 메이크업하는 데 최소한 그 정도 시간 걸립니다. 시간 있으면 오늘 저녁때 와서 얼굴 마사지도 받으셔야 합니다."

"아, 그렇군요. 친구들은 두 시간 정도 메이크업했다는데."

"호호호, 그런 상품도 있어요. 하지만 이번은 스페셜입니다. 최고의 메이크업이에요. 그러니 시간 늦지 않게 오세요."

"네."

장달이는 웨딩숍에 미리 연락해서 최고의 신부화상과 최고급의 웨딩드레스를 주문했다. 옷을 입어봐야 한다고 했지만, 시골에 있어서 오기 어려우니 대강 이러이러한 몸매라고 말해 두었다.

"오빠는 오지 마."

"왜? 가서 고맙다고 인사라도 하려는데."

"아이참, 인사는 내가 대신했어. 오빠가 오면 분위기 어색해질까 봐서 그래."

"그런가. 내일 비번이라 꼭 가 보려고 했는데 할 수 없지, 뭐."

"좋게 생각해. 그 사람 선량한 사람이야."

유미는 제 오빠를 동생처럼 훈계하다시피 했으나 상호는 그동안 워낙 잘못한 일이 많아서 묵묵히 듣고만 있었다.

"그럼 난 영화나 한 편 보련다."

"그래, 잘 생각했어. 때가 되면 웃는 낯으로 만나게 될 거야."

"응."

다음 날 2월 22일 결혼식 금요일.

새벽같이 일어난 유미는 샤워를 간단히 하고 나서 택시를 타고 토르 웨딩홀로 갔고, 다른 가방은 이따가 부모님이 가지고 오시기로 했다.

신부 화장은 정말로 스페셜이어서 그러지 않아도 예쁜데 백설공주 같기도 하고 만화영화 여주인공 같기도 한 얼굴로 변신시켰다. 유미가 봐도 딴 사람같이 느껴졌다.

"어머나, 너무 심하게 변장한 거 아니에요?"

"호호호, 요즘 신부 화장은 약간 과장되게 합니다. 연극 무대의 배우 같은 모습이 조금 나요. 그래야 돋보이지요. 얼마나 이쁜가요? 호호호. 최고의 여신입니다."

"호호호, 그런가요, 내가 봐도 내가 아닌 것 같아서요. 호호호."

"금세 익숙해집니다."

이렇게 해서 긴 시간의 신부 화장이 거의 끝나갈 무렵인데, 어떤 낯모르는 어르신 부부가 말끔히 차려입고는 신부화장실로 들어왔다. 여긴 웬만해서 하객들을 못 들어오게 하는 곳인데 어떻게 부탁을 하고 들어온 모양이었다.

그들은 들어와서 잠시 멈칫하더니

"신부가 너무 예쁘네요."

하고 먼저 인사를 했다.

"누구신가요?"

유미가 의아하게 물었다.

"현아 외할머니이에요."

"예에?"

현아 외할머니라면 장달이의 사별한 전처의 장모가 아닌가. 이분이 왜 여기에 오셨나. 유미는 갑자기 혼란스러웠다.

"아, 그러세요."

"우리 현아를 부탁하러 왔습니다."

"현아요? 지금 잘 있어요."

"예, 얘기 들었습니다. 우리 현아를 잘 키워 달라고 부탁하러 왔습니다."

현아 외할머니는 금세 손으로 눈물을 훔치면서 울먹거리며 말을 하였다.

간간이 장달이와 연락을 해 온 모양으로 이번에 재혼한다고 소식을 듣고는 일부러 여기까지 온 것이었다. 외할아버지도 옆에서 아무 말 없이 눈을 붉히고 있었다. 이러니 금세 눈물이 전염되어서 유미도 글썽글썽하더니 눈물이 주르르 흘렀다.

"예, 걱정 마세요. 어머니, 친딸처럼 잘 키울게요."

"예, 너무 고마워요. 선녀 같은 선생님과 재혼한다고 해서 얼마나 안도(安堵)했는지 모릅니다. 흐흐흑"

"울지 마세요."

하지만 어느새 유미도 같이 울고 있었다.

"아이고, 신부님, 울면 안 돼요, 화장 다 지워져요."

마침내 화장해 주던 여직원이 소리를 쳤다.

그제야 유미는 정색하고는 거울을 보니 벌써 눈과 볼의 화장이 녹아내렸다.

"여보, 그만 가요. 화장하는 데 다 망치지 말고."

"예."

"선생님, 현아를 잘 부탁합니다."

현아의 외할아버지도 부탁하고는 돌아섰다. 이번에는 유미의 가슴속에서 눈물이 흘러내렸다.

양가 가족만 불러서 단출하게 치르겠다고 작은 홀을 빌렸는데, 어디서 어떻게 알고 왔는지 하객들이 하나둘씩 늘어나서 급기야 백여 명이 넘게 되었다. 자리는 60여 자리 밖에 되질 않으니 사람들은 울타리 치듯 둘러서서 있어야 했다.

"축의금은 받지 않습니다."라고 팻말을 걸어 놓고는 오시는 손님에게 고급 뷔페 식사권을 나눠 주고 있었으니 다들 두 눈을 동그랗게 뜨고 놀라고 있었다.

장달이는 약간 금빛이 나는 실크 양복을 입고, 유미는 최고급 웨딩드레스를 입고 신부 입장을 하니 모두들 저절로 감탄이 터져 나왔다.

"세상에나, 저런 드레스도 있네."

"선녀가 따로 없어, 선녀의 날개옷이야."

여기저기서 폰카로 사진을 찍고 아우성쳤다. 정말 한 폭의 그림과 같고, 동화 속에 나오는 왕자와 공주의 결혼식 같았다. 주례 없이 사회자가 예식을 진행하고 축가도 부르고, 사진도 찍었다.

이때 저 뒤편에서 덩치 큰 사내가 선글라스를 끼고 조용히 지켜보고 있는 사람이 있었다. 유미의 오빠 배상호였다. 상호도 너무 감격스러웠으나 사진도 못 찍고 살며시 뒤돌아 나오고 말았다.

어느 사이에 몇몇 기자들이 와서 사진을 찍어갔다. 그날 저녁 지방 뉴스에 이장달 회장이 배유미 선생님과 재혼을 하였다고 짤막하게 보도되었다.

장달이와 유미는 인천 공항으로 가서 하와이행 비행기에 탑승했다.

"와우~ 이게 비즈니스 클래스구나."

유미가 행복감에 취해서 감탄했다. 비행기를 타 보긴 했지만 이렇게 호사스럽고 넓은 좌석은 처음이기 때문이다.

"이제부터 시작이야."

장달이는 유미의 손을 꼭 잡고 한마디 했다.

"으응, 뭐가?"

"뭐긴 뭐야, 행복이지."

"그 말이었어? 호호호."

그들은 너무나 행복해서 웃음이 입가에 떠나질 않았다. 그러다가 문득 장달이가 유미의 손을 보았는데 예물로 준 다이아몬드 반지가 없고 가느다란 금반지를 끼고 있었다.

"다이아 반지 어쨌어?"

"응, 신혼여행 때 분실 우려가 있다고 해서 빼놓고 가라고 하더라고."

"누가?"

"누구긴, 친구도 그러고 부모님도 그러고 웨딩숍 직원들도 그랬어. 도난이나 강도당하기 쉽다면서 가짜 반지나 다른 반지를 끼고 가라고 했어."

“우웅, 그렇구나. 난 그 생각은 못 했네. 그럼 그 반지는 뭐야?”

“호호호, 벌써 첫 사랑을 잊었네. 이게 오빠랑 약혼반지야. 병천 순대집에서 나에게 준 거 생각 안 나? 바로 그 반지야.”

“어엉, 그 반지야? 그 반지 아직까지 가지고 있었어?”

“그럼, 내 첫 사랑인데 고이 간직해야지. 자~ 봐, 그 반지가 맞는가.”

유미는 반지를 빼서 장달이에게 건넸다. 얼결에 반지를 받아 든 장달이는 반지 안쪽을 살펴보았다. 왜냐하면 거기에 ‘Dal’이란 영문자를 새겨 놓았기 때문이다. 그런데 그 옆에 엉성하게 “♡ U”를 더 새겨서 “Dal ♡ U'이라고 쓰여 있었다.

“이거 하트는 누가 새겼어? 이거 새기려면 전동 조각기가 있어야 하는데.”

“호호호, 그런 게 어딨어? 내가 그냥 송곳으로 새겼지.”

“어어~ 그랬어? 솜씨가 대단한데.”

“그거 새기다가 손가락 찔려서 피가 한 사발이나 나왔어, 호호호,”

“뭐어? 하하하.”

장달이는 호쾌하게 웃었지만 가슴은 찡하였다.

‘우리가 운명적으로 만나게 되었구나. 돌고 돌아서 제짝을 찾았네.’

장달은 이런 생각이 들면서 유미의 손을 꼬옥 잡았다. 둘은 가슴이 뭉클하더니 코끝이 찡해졌다.

그렇게 그들은 하와이로 신혼여행을 떠나서 9시간 정도 비행 후에 하와이 호놀룰루에 도착했다. 여행은 여러 명이 단체로 다니는 것이 아니라 둘만을 위한 스케줄로 전용차에 전용 가이드가 대동하여 다녔다. 유미는 너무나 황홀해서 입을 닫을 줄을 몰랐다. 책에서 보던 곳을 실제로 보고 있으니 감개무량한 것이다.

와이키키 해변에 가서 서핑은 못 하지만 남들 서핑 구경도 하고, 하나우만 베이에 가서 스노클링을 하면서 온갖 진귀한 열대어를 구경도 하였다. 미리 준비해 간 작은 소시지를 주니 어디선가 수많은 물고기가 몰려와서 먹겠다고 아우성이었다.

자연을 좋아한 장달이는 너무너무 신기해서 시간 가는 줄 모르고 즐거워했고, 유미 역시 처음 경험해 보는 거라 즐거워서 입을 다물지 못하였다.

유미는 꼭 꿈속에서 시간을 보내는 것만 같았다. 하와이까지 온 것만 해도 황송한데 고급 호텔에 둘만을 위한 전용차에 가이드, 아무리 생각해도 현실이 아닌 꿈속 같았다.

저녁때에도 각종 볼거리들이 많았다. 민속쇼도 있었고 마술쇼도 있었는데 정말로 이해하지 못할 신기한 마술에 관객들의 박수 소리가 요란하였다.

밤이 되면 장달이는 유미에게 헌신하다시피 하였다. 호텔에 들어온 그들은 샤워를 하고 담소를 나누면서 간단한 요기 겸 와인을 마시고는 사랑의 게임을 시작하였다.

유미가 전에는 잘 몰랐는데 와인 한두 잔을 마시고 나서의 사랑은 황홀감과 극치감이 더해졌다. 이는 장달이도 마찬가지였다. 장달이는 전처럼 유미의 온몸을 애무하면서 화끈하게 달아오르게 하였다. 유미는 온몸으로 전율을 느끼면서 황홀감에 젖어 있고 마침내 깊은 산 속 옹달샘에서는 샘물이 솟기 시작하였다.

이때쯤 장달이의 나무 말뚝 같은 돌출물이 유미의 몸속을 파고드니, 유미는 정신까지 아찔해졌다. 이들의 거친 몸동작으로 덮고 있던 얇은 홑이불이 어디론가 날아가 버렸고, 시트도 불이 붙을 정도로 뜨거워졌다. 그렇게 그들은 미풍에서 시작하여 폭풍으로 태풍으로 치닫고 있었다.

이윽고, 유미와 장달이는 온몸에 열이 확 퍼지면서 전기에 감전되듯 "찌르르르~" 하는 느낌이 오자마자 굉장한 희열의 감정이 폭발하고야 말았다. 마치 백 미터 아니 천 미터쯤의 거리를 전속력으로 달려오듯이 숨을 헐떡였다.

"아~ 너무 좋아."

"이게 바로 오르가슴이라는 건가 봐."

"맞아, 황홀감이 극에 달한 절정감이야."

"고마워, 장달 씨."

"아니, 내가 더 고맙지. 너를 다시 만나게 되어서."

둘은 황홀감에 차 있어서 무슨 말을 하든 즐거웠다.

삼 일째 투어를 하고 호텔에 들어온 장달이는 우연히 관광 홍보 리플릿에 눈길이 갔다. 프런트 옆에 가지런히 놓여 있었는데 이제껏 무심코 지나다가 이번에는 눈에 띄어서 이것저것을 살펴보고 있다가, 눈에 확 들어오는 곳이 있었다. 마우이 섬인데 거기에 SF영화 촬영지인 할레아칼라산이라는 휴화산이 있다고 소개되었다.

"챠리! 이리 좀 와 봐."

챠리는 현지 가이드인데 본명이 차승길이어서 그냥 부르기 쉽게 닉네임 겸 챠리라고 부르고 있었다. 곧바로 챠리가 왔다.

"여기 마우이 섬에 가 보고 싶은데 어떻게 가면 되나?"

"아, 거기요. 비행기 타고 가서 차를 렌트해서 다니는 게 제일 손쉬워요."

챠리의 설명에 의하면 비행기 타고 간 다음, 공항에서 렌트카 해서 다니면 되는데 할레아칼라산의 일출이 장관이고 몰로키니 섬에 가서 스노클링을 하면 좋다는 것이다. 이런 일정이면 오후 비행기를 타고 가서 하룻밤을 자고 새벽에 운전하여 산에 올라가서 일출 구경을 하고 내려와서 오후에 몰로키니 섬 안쪽에서 스노클링이나 체험 다이빙을 하면 최고라는 것이다.

"그럼 오늘 밤 비행기는 없을까?"

"아마 없을 것입니다. 가신다면 내일 오후 비행기를 예매해야 합니다."

"아 그런가, 그럼 내일 오후에 갔다가 이틀 자고 글피 오전에 오는 비행기로 하면 되겠네."

"예, 그렇게 하는 게 최상의 일정입니다. 가신다면 비행기 표와 호텔 예매를 해 드릴게요."

"오호, 그렇게 해 주게. 거기 꼭 가 봐야겠어."

이렇게 해서 장달이는 예정에 없던 마우이 섬을 가게 되었다.

다음 날은 챠리가 안내하는 대로 투어한 다음 오후에 마우이 섬으로 가는 비행기를 탔다. 공항에서 나오자마자 렌트카 업체가 있었기에 그리로 갔다.

그런데 웬걸, 현지인의 혀 꼬부라진 소리에 장달이는 기겁을 하고 말았다. 이때까지 옆에서 따라만 다니던 유미가 앞에 나서서 영어로 대화하는데 장달이는 놀라서 자빠질 지경이었다. 유창한 영어 회화 솜씨가 원주민이나 다를 바가 없었기 때문이었다.

"오빠, 국제 운전 면허증 없지?"

"에엥? 그게 있어야 하나? 없는데 이를 어쩌나."

장달이가 당황해서 대답했다.

"호호호, 그럴 줄 알았어. 내가 국제 운전면허증 있으니까 걱정 마."

"오호, 다행이다. 언제 만들었어?"

"지난번 인도 배낭여행 갈 때 혹시나 해서 만들었어. 거기서 써 보지 못하고 여기에서 쓰게 되네. 호호호. 미국이라 운전대도 왼쪽에 있어서 부담도 없고."

"와우~ 살았다. 그러지 않아도 영어 회화를 못 해서 쫄았는데 와이프 덕에 살아났네. 하하하."

이어서 차 렌트와 보험 서류를 작성하는데 장달이가 볼 때는 깨알 같은 글자가 몇 페이지나 되어서 한 문장도 제대로 해석할 수가 없었다. 그야말로 영어 실력이 백일하에 드러났지만, 유미는 별거 아니라는 듯이 여기저기 체크를 해 가면서 보험 서류를 작성하고 카드로 결제했다.

"하이구야. 진짜 큰일 날 뻔했네. 와이프가 수호신이네 수호신."

"호호호, 고마워하니 기분이 좋아. 호호호."

승용차를 렌트한 그들은 곧바로 호텔로 향하였다. 길이 외길처럼 되어 있었고 네비게이션이 인도하는 대로 가니 이십여 분을 조금 더 지나서 방갈로 형식의 호텔에 도착하였다.

다음 날,

꼭두새벽에 일어난 장달이와 유미는 할레아칼라산으로 향하였다. 많은 차량들이 산을 오르고 있었는데 짙은 안개 때문에 헤드라이트를 켜고도 앞이 잘 보이질 않았다. 그저 앞에 차가 가니까 덩달아서 따라가는 격이었다. 일찍 출발한 탓에 일출 전에 정상에 도착한 그들은 해가 뜨는 방향으로 자리를 잡았다. 약간의 사진 취미가 있었던 장달이는 삼각대를 펼치고 해가 뜨는 방향으로 카메라를 맞추어 놓았다.

얼마 후,

이글거리는 태양이 떠오르는데 한국에서는 볼 수 없는 맑고 거대한 태양이 불쑥 솟아올랐다. 거기 있던 일행들은 일제히 소리를 지르고 소원을 비는 등 소란을 떨었다.

장달이는 일출 사진을 찍기에 여념(餘念)이 없었고, 유미는 남들처럼 마음속으로 소원을 빌었다. 시부모, 친정부모, 가족들, 그리고 장달이, 현아의 평안과 건강을 위해서 간절하게 소원을 빌었다.

곧바로 해가 떠오르면서 저 아래에 구름바다가 펼쳐져 보이는데, 아까 올라올 때 앞을 볼 수 없었던 안개가 바로 구름이었다. 그러니까 지금 구름 위에 있는 것이다. 풍광이 마치 신선들이 산다는 선계에 온 것만 같았기에 모두들 또 한 번 소란을 떨면서 사진을 찍고 감탄을 했다. 휴화산이라는 할레아칼라산은 정말로 신비했다. 태초의 지구 모습인가, 풀 한 포기 없이 주황색의 땅뿐이었다. 여기서 SF영화를 많이 찍었다는데 그럴싸했다. 마치 생물이 전혀 없는 외계 같았기 때문이다.

너무나 황홀한 장면에 연인끼리 온 사람들은 한결같이 서로 포옹을 하면서 이 광경을 즐겼다. 장달이와 유미도 엉겁결에 서로를 끌어안고는 저 아래에 펼쳐진 구름바다를 감상하였다.

일출을 본 그들은 산 아래로 내려와서 다이브 숍에 가서 초승달 모양으로 생긴 몰로키니 섬의 스노클링을 신청하였다. 하나우만 베이에서 스노클링을 하면서 여러 열대어를 보긴 했지만, 거기와는 비교도 안 되게 물이 맑고 바다거북이도 볼 수 있다고 하였다.

점심때쯤 쾌속 보트를 타고 몰로키니 섬으로 갔는데, 멀리서 보아도 영락없는 초승달 모양이었다. 이미 십여 척 이상의 보트들이 관광객들을 내려놓고 스노클링을 하고 체험 다이빙을 하고 있었다.

장달이와 유미도 물속으로 들어가서 가이드가 이끄는 대로 물속을 구경하는데, 정말로 물이 유리처럼 투명해서 바닷속이 훤히 보였다.

"오버 데어~ 오버 데어!"

가이드가 고개를 들고는 손가락으로 물속을 가리켰다.

물속에는 1층 정도의 집채만 한 바위가 있었는데, 거기에 적어도 칠팔 마리의 바다거북이들이 붙어 있었고, 몇 마리는 주변을 헤엄치고 있었다.

바다거북을 처음 본 장달이와 유미는 너무 반갑고 신기해서

연신 "와우~"소리를 내면서 감상을 했다. 그때 어디서 나타났는지 큰 메주처럼 생긴 물고기가 아주 큰 눈을 뜨고는 일행들 옆에 다가왔다. 여기에 있는 모든 물고기는 사람들과 친해서 도망치질 않았다.

잠시 후에 알게 된 그 물고기는 복어 종류라고 하였다. 커다란 두 눈을 말똥말똥 뜨고는 사람들을 쳐다보고 있었다. 그 모습이 너무 귀여워서 모두들 감탄을 하였다. 꺼끌복(star puffer)이라고 하는 그 복어는 일반적으로 우리가 보는 복어보다 커서 최대 90cm까지 자란다고 한다.

장달이와 유미는 마우이 섬에 와서 이색 체험을 하고는 다음날 오전 비행기를 타고는 오하우 섬으로 되돌아가서 남은 일정을 재미있게 보내고 한국행 비행기에 몸을 실었다.

그들은 29일 새벽에 인천공항에 도착하였다.

16

헛소문의 진실

청년 사업가 이장달의 재혼 소식은 지방 뉴스와 인터넷 뉴스, SNS를 타고 전파되어 이제 관심 있는 사람은 다 알게 되었다.

당연히 초임으로 발령받았던 M중학교에서는 굉장한 화젯거리였다. 결혼 후 몇 달 만에 이혼하면서 온갖 억측을 남기고 갔던 배유미가 청년 사업가와 재혼했다는 것은 그야말로 빅뉴스였다.

"어머나, 사실은 배 선생이 그 이 회장과 대학교 때 절친이었대. 그러다가 헤어져서 각자 결혼했다는데 둘 다 실패하고 이번에 우연히 다시 만나게 되어 곧바로 결혼했다고 한다."

이들은 어디서 들었는지 내막을 다 알고 있었다.

신혼여행에서 돌아오자마자 이사를 하고, 곧바로 개학이 되었다. 유미는 당연히 학교에서 스타로 떠오르면서 모든 사람들의 부러움을 샀다. 학생들의 아우성 때문에 수업도 제대로 못 할 지경이었으나 그럴수록 유미는 분위기에 휘말리지 않고 수업을 진행해야 했다.

"드르르륵, 드르르륵."

마침 수업이 없는 시간이어서 공문서 처리를 하려는데 책상 위에 스맛폰이 몸을 부르르 떨었다. 전번을 보니 먼저 근무했던 M중학교의 김선희 샘이다.

"여보세요. 나야, 배유미."

"호호호, 알아, 지금 시간 없지?"

"으응. 무슨 일 있나?"

"난 무슨 일 없는데 배 선생이 무슨 일이 있길래 전화했어. 이번에 이장달 회장과 재혼한 거 맞아?"

"맞아."

"호호호, 확인 전화했어. 인터넷 뉴스에 떴길래, 오늘 밤에 전화 다시 할게."

"알았어."

그러니까 재작년에 초임으로 발령받은 M 중학교에 입사 동기는 김선희 국어 여선생님과 상지호라는 남자 과학 선생님, 이렇게 세 명이었다.

그중 김선희 선생은 유미와 나이도 같고 똑같이 졸업 후 1년 재수하여 임용고사에 합격하였다. 그래서 대번에 친해져서 학교에서 유일하게 말을 터놓고 친구처럼 지내고 있었다. 그리고 여기 달마중학교로 온 이후로는 여러 차례 안부 전화가 오갔다.

그날 저녁 8시 30분경,

김선희 샘으로부터 전화가 왔는데, 예측했던 대로 어떻게 결혼하자마자 이혼하고 청년 재벌가와 재혼하게 되었느냐고 물었다. 유미는 그동안 이야기를 대략 간추려서 말하고는 전화를 끊으려고 하였다.

"어머, 그랬어? 그런데 소문은 좋지 않게 났어."

"무슨 소문?"

"이혼하게 된 소문 말이야. 배 선생이 시부모에게 엄청 반항했다면서?"

"누가 그래? 이혼했다니까 사람을 아주 못된 인간으로 몰아붙이네, 혹시 김창호 선생 아냐? 연구부장 말이야."

"그럴 거야."

김창호 선생은 유미에게 준태를 소개해 준 선생님으로 나이가 오십이 넘었을 것이다. 그러니 준태의 시부모와 내통하고 있는 게 확실하였다.

"하이구, 내 원 참, 기가 막혀서, 시부모에게 반항을 하긴 했지. 내가 조선 시대 종이 아니니까."

유미는 이렇게 말문을 열고는 반항한 이유를 조목조목 다 열거했다. 매일 아침밥을 새로 하라는 것을 못한다고 했고, 매일 옷을 다리라는 것을 못한다고 했고, 월급 통장 맡기라는 것을 못한다고 했고 이외에도 생각나는 대로 시에미의 요구에 거절하거나 반항한 이야기를 구구절절이 했다. 이에 김선희 샘은 처음 듣는 이야기라면서 “어머, 어머, 그랬어.”라는 말만 연발해야 했다.

“그것뿐이 아니야, 나를 종이 아니라 벌레 취급하더라고. 세상에 마마보이라는 소리를 들어보긴 했는데 그런 마마보이는 진짜 처음 봐. 무슨 일만 생기면 쪼르르 가서 쫑알쫑알 다 일러바치듯이 말하는데, 명색이 새색시는 거들떠보지도 않아. 몸도 부실해서 사내구실도 제대로 못 하더라고, 하이구, 기가 막혀서, 진짜 인생 재수 없게 돌아갔어.”

“뭐어? 그 정도야, 배 선생이 임신했다가 몸 관리 제대로 안 해서 유산했다고 하던데.”

“아이구, 그 늙다리 김창호를 개 패듯 패야 정신 차리려나.”

참다못한 유미가 악담을 퍼부었다.

“사내구실도 제대로 못 하는데, 어떻게 임신이 되었더라고. 임신이 되면 산모잖아. 그런데도 불구하고 시에미는 제 아들 걱정만 하고 처멕일 것만 챙기지, 나에겐 말로만 몸조심하라고 할 뿐이고 먹을 것 하나 챙겨주지 않아. 그러지 않아도 스트레스를 받고 있는데, 그러다가 가끔 아랫배가 아프더니 3개월째에 배가 몹시 아프면서 하혈을 하는 거야. 그래서 급히 병원에 갔더니 벌써 유산했다고 하더라고."

"엄마나, 세상에 그런 지옥 마귀 같은 시에미가 다 있네."

"아무튼 말도 마. 사내구실도 제대로 못 하는 불량 씨앗이니 싹을 틔워 보지도 못하고 떨어진 거야. 지금 생각하니 아주 잘 되었지 뭐야."

"그래그래, 진짜 전화위복이다. 첫사랑 짝과 재혼하고 말이야. 게다가 청년 재벌이라고 하고."

"그런 셈이야."

"사실은 말이야. 나도 오자마자 김창호 샘이 소개를 하더라고. 그런데 난 일언지하에 거절했지. 지금 결혼할 생각 없다고. 그런데도 자꾸 한 번만 만나보라고 권유를 했어. 그래도 내가 단호하게 결혼할 마음 없고 남친 있다고 하니까, 떨어지더라고. 그리고 그 김 부장이 배 선생에게 접근한 거야. 들리는 말로는 김 부장하고 그 국어샘(준태)의 아버지하고 잘 아는 사이래. 그런데 꼭 국, 영, 수 선생에게만 집착한다고 해. 어느 선생님이 전화 얘기를 우연히 들었는데 다른 학교에도 이런 부탁을 한 모양이야. 국, 영, 수 여선생님이 있으면 소개해 달라고 말이야."

"엄마나, 그랬어? 난 전혀 몰랐네."

지금 와서 생각해 보니 유미도 처음부터 단호하게 거절했으면 그런 불상사가 없었을 것이었다. 뿐만 아니라 집에다가 말하지만 않았어도 그런 불행을 겪지 않았을 것이다. 집에서는 계속 부부 교사가 최고라고 하고, 발령받고 보니 정말로 남교사 소개가 들어와 말했더니 집에서 결혼해야 한다고 떠밀다시피 하여 결혼한 셈이었다.

그냥 간단히 "결혼 약속한 남친 있어요." 이렇게만 말했어도 되었을 텐데. 참으로 지난 일이지만 후회막급이었다. 원흉은 김창호 연구부장 탓으로 볼 수 있지만, 결정은 자기 자신이 했으니 더 이상 누굴 원망할 수도 없었다. 다만 억울한 누명을 쓰고 있다는 것이 분하고 괘씸했다.

이어서도 대화가 끊임없었는데 잠자던 현아가 배고프다고 칭얼거리지 않았으면 계속 수다를 떨었을 것이다. 유미는 아이가 깨었다고 일단 전화를 끊자고 했다.

다음 날 저녁 무렵에 M중학교 3년 선배인 영어샘인 이명희 여선생님에게 전화가 왔다.

김선희 샘에게 대강 이야기 들었다면서 재혼을 축하한다고 전화를 한 것이다.

"고마워요. 선생님. 지난 얘기지만 죽다 살아났어요."

"호호호, 사필귀정(事必歸正)이란 말이 있잖아. 좋게 좋게 해석해."

"그러게요, 좋은 결과가 있으니 다행이에요."

"사실 말이야. 나도 까딱했으면 걸려들 뻔했어."

“예에? 언니도요?”

“응, 나도 초임으로 왔을 때 김창호 부장이 접근해서 그 국어 샘을 만났었지. 두 번 만나고 단절했어.”

“옴마나, 선견지명이 있으시네요.”

“호호호, 그런 셈이지. 두 번 만나면서 관찰하고 물어보기도 했는데, 그때도 아침밥을 매일 엄마가 해 준다고 하지. 옷도 매일 다려줘서 깔끔하다고 하지, 머리 모양을 봐. 일제 시대 순사처럼 반질거리는 게 볼수록 입맛이 떨어지더라고. 그런 사람에게 시집갔다가는 그게 다 내 몫이 될 거 아냐? 그때도 딱 보기에 이 사람은 엄청난 마마보이라는 느낌이 들었어. 남자가 좀 수더분하고 터프해야 여자가 편한 거야. 그런 사람들이 잔신경 안 쓰고 잘 살아.”

“맞아요. 난 그런 걸 모르고 지옥 불구덩이에 빠졌다가 겨우 살아나왔답니다.”

“호호호, 그러니 좋게 생각해. 지옥에서 천국으로 왔다고 생각해.”

“네. 고마워요.”

이렇게 또 두 번째로 장황한 해명을 해야 했다.

이런 내용은 M중학교 여선생님들이 먼저 입방아를 찧고 다음엔 남자 선생님들이 수군대어 김창호 선생은 쥐구멍이라도 찾을 듯 궁지에 몰리고 말았다.

"여기 있던 배 선생 말이야, 영어 선생."

"응, 무슨 일 있어? 결혼하자마자 이혼했다던데."

"이혼은 이혼이지, 지옥에서 탈출했다고 소문났어."

"왜? 무슨 일인데?"

"마귀 같은 시에미가 무지하게 갈구었나 봐. 사람 취급도 안 하고 종살이했다고 해."

"아이구, 저런 저런, 요새도 그런 시에미가 있나."

이렇게 두 명이 대화를 시작하면 곧바로 서너 명이 다가와서 귀를 쫑긋거리기 시작했다.

"아, 신혼 때엔 조석으로 등산할 때인데 사내구실도 제대로 못 했나 봐."

"뭐어? 그랬어? 그럼 신혼 재미도 못 보았겠네."

"하하하, 그런 셈일 테지. 신혼 고통만 맛보다가 헤어진 게야."

"신혼 생활에 깨가 쏟아진다는데 깨는커녕 눈물만 쏟다가 나온 거야."

"배 선생에겐 전화위복으로 잘 된 셈이야, 대학교 때 절친이 금을 발견하여 거부가 되었다는데 그 사람하고 재혼을 했으니 말이야."

"오우 그랬어? 난 처음 듣네."

"하이구, 지금 소문 다 퍼졌어. 그 남친도 결혼했다는데 곧바로 처하고 사별했다고 그러더구먼. 인터넷 뉴스에도 나왔다는데 난 못 봤어.”

“잘 되었네, 잘 되었어. 참한 배 선생이 진짜 제 짝을 찾았구먼.”

소문이라는 것이 좋은 소식은 입에서 입으로 가면서 축소되기 마련이고 나쁜 소문은 굴러가는 눈덩이가 커지듯 과장되기 마련이다. 시에미는 악녀가 되었고 그렇게 되도록 내버려 둔 시애비에게도 욕을 하고 준태는 바보 등신 고자라고 소문이 나 버렸다.

이러한 이야기는 들불처럼 번져서 이제 알 만한 사람들은 다 알게 되었다.

유미가 청년 사업가와 재혼했다는 것은 이제 기정사실이었기에 M중학교뿐만 아니라 유미의 전남편인 손준태의 고등학교에도 소문이 다 퍼졌고, 당연히 준태의 부모도 알게 되었다.

“저런 저런, 저런 흉악한 꽃뱀 년이 등쳐 먹으려고 한 놈 단단히 물었네.”

준태의 엄마는 그동안도 악담과 욕설로 하루해를 보내고 있었는데, 이젠 극에 달해서 입에 담지 못할 악담과 저주의 말을 쏟아내었다. 준태의 아버지도 억울하게 3억 원을 물어 주었다면서 욕설을 퍼붓다가 울화병에 걸렸다.

남에게 해악(害惡)한 말과 욕을 하게 되면 그것이 날카로운 가시가 되어서 먼저 내 몸을 찌른 다음 뚫고 나와서 남에게 가는 줄을 사람들은 모르고 있었다. 두 부부는 하루에도 수십 수백 번 이상을 자신이 만든 가시에 찔리고 있었기에 하루하루 기력을 잃고 있었다. 하지만 그 가시들은 사정거리가 짧아서 단 한 개도 유미에게 미치지 못하였다.

마침내 준태의 엄마가 먼저 자리에 누워서 준태를 돌볼 수 없게 되었다. 더 이상 준태의 밥숟가락에 찬을 올려놓을 수 없게 된 것이다. 그런 중에 준태의 아버지는 울화병, 홧병이 악화되면서 "3억, 3억! 억, 억!" 하더니 어느 날 갑자기 "억~" 하고 급성 심근경색(심장마비)으로 사망하고 말았다. 이에 또 큰 충격을 받은 준태의 엄마는 뇌혈관이 터져 사경을 헤매다가 3일 후에 운명하고 말았다. 줄초상이 나면서 이제 준태 혼자만 남았다.

라면 하나 끓여 먹을 줄 모르던 준태는 빵과 과자로 연명하고, 안 먹던 술까지 입에 대게 되었으니 날이 갈수록 몸이 축나기 시작했다.

이러니 마네킹같이 단정한 준태는 점점 더 마네킹처럼 닮아가서 얼굴이 파리해지고 손발의 거동도 인형이 움직이듯 어색해지기 시작하였다. 뿐만 아니라 물렁한 소시지 같은 남성이 아예 위축되어 번데기가 되고 말아서 남몰래 병원에 다녀야 했으나 아무런 차도가 없었다.

명심보감 첫 줄에 이런 문장이 있다.

子曰 爲善者, 天報之以福. 爲不善者, 天報之以禍.
(자왈 위선자는 천보지이복하고, 위불선자는 천보지화니라)
공자 말씀에, 선을 행하는 자는 하늘에서 복을 주고,
선을 행하지 않는 자는 하늘에서 화를 내린다.

17

화이트칼라 똘마니들

장달이가 이렇게 느닷없이 거부(巨富)가 되자, 부모님은 이런 말씀을 하시곤 했다.

"네가 가진 돈은 남의 돈을 잠시 가지고 있는 것이다. 그러니 내 돈이 아니라 남의 돈이라고 생각하고 어려운 사람들에게 선의(善意)를 베풀어야 한다."

그래서 인근에 어려운 사람들에게 양식도 보내 주고, 불우 학생들에게 장학금도 주고, 허물어져 가는 다리도 다시 놓고, 경로당도 새로 지어 주는 등 지역 사회를 위해서 많은 돈을 기부했다. 그러니 지역 주민들에게도 인기가 하늘을 치솟았다.

돈이 많다니까 별의별 사람들이 다 접근하고 전화를 하기에 귀찮고 미쳐 죽을 것만 같았다. 그래서 웬만한 전화는 비서를 통해서 선별해서 받게 되었다.

"혼자서 금을 찾을 때는 하루 종일 한 번도 전화가 없더니 이제 잘 알지도 못하는 별의별 사람들이 전화를 다 하네."

장달이의 푸념이다. 내용을 듣고 보면 십중팔구가 결론은 도와달라는 것이다. 이러니 현대판 거지인 셈이다.

하루는 비서가 말하길

"어떤 사람이 대학교 동창이라면서 여러 차례 전화가 왔습니다. 꼭 한번 뵙고 싶다고 하네요."

이러면서 더 이상 거절하기 어려우니 잠깐이라도 만나는 것이 좋겠다고 했다.

"어, 그래요. 동창들 만나 본 지도 오래되었는데 한 번 만나볼까?"

장달이는 이렇게 마음을 굳히고 읍내 음식점으로 약속을 잡아 놓으라고 했다.

동창이라니까 여기까지 왔으니 점심이라도 같이 먹으려는 것이다. 그런데 막상 나가 보니 도무지 기억이 떠오르지 않는 인물이다.

"야~ 너 장달아, 크게 출세했더라."

"글쎄, 누군지 잘 기억이 나질 않는다."

"왜 기억이 안 나. 너 경영학과 다녔잖아. 난 무역학과 다니고 그때 무슨 무슨 과목 같이 수강했잖아. 아무개 교수님에게서 말이야."

듣고 보니 그런 것 같은데 이 사람이 변했는지 어쨌는지 기억이 잘 나질 않았다. 어찌 되었든 친한 친구는 아니었다.

"그랬던가, 그 아무개 교수님이라면 같이 공부한 것은 맞다."

"아 그렇다니까, 잘 생각해 봐. 네가 내 옆에도 몇 번 앉았었어. 난 기억이 생생하다."

"으음, 그런가."

자꾸 이러니 어렴풋이 생각이 나는 것도 같았다.

"그런데 어떻게 여기까지 왔냐. 왔으니 점심이나 먹자."

"사실은 내가 아주 좋은 아이템이 있어서 너랑 상의하러 왔다."

"무슨 아이템인데?"

시작이 벌써 돈으로 도와달라는 것이다. 마광석이라는 이 사람은 자기가 스포츠 센터를 지으려고 하는 데 투자금이 필요하다는 것이다. 대략 총 10억이 들어가는데 장달이가 5억만 투자하면 매달 수익금의 50%를 지급한다는 것이다.

"아, 그러냐. 좋은 아이템이다만 난 그런 데 관심 없어. 지금 벌여 놓은 사업만 해도 벅차다."

"하이구, 넌 손가락 하나 까딱 안 해도 돼. 내가 다 알아서 매달 꼬박꼬박 챙겨 줄 테니까. 그냥 투자만 하면 된다. 걱정할 것 하나 없다."

마광석은 아주 자신 있게 큰소리를 내며 5억만 투자하라고 권유했다.

"아 글쎄, 난 관심 없다니까, 왔으니 어서 점심이나 먹자."

이랬더니 재벌이 푼돈 가지고 너무 쩨쩨하고 군다는 등 듣기 싫은 소리까지 해대었다.

장달이가 참다못해서 점심도 먹다 말고,

"나 먼저 가야 한다. 중요한 회의가 있다. 깜박했다."

하고 일어서고야 말았다.

"그래, 잘 생각해 봐. 누워서 돈 주워 먹기니까. 넌 신경 쓸 거 하나도 없다."

마광석은 뒤에다 대고 이렇게 소리치고 있었다.

이뿐만 아니라 무슨 무슨 자선단체에서도 오고, 무슨 요양원, 고아원 등에서도 오고, 개인적으로 파산했다면서 조금만 도와주면 회생을 한다는 등 이루 말할 수 없는 청탁이 들어왔다. 물론 이런 사항은 대부분 영리한 비서가 모두 차단했다.

그런데 이것뿐만 아니라, 이제 기관 사람들도 사무실에 들락거리기 시작했다.

공직에 있는 사람들이라 함부로 못 오게 할 수도 없어서 만나보면 어디 어디에 무엇을 좀 해 주었으면 좋겠다느니, 어디 어디에 허물어져 가는 다리를 신축했으면 좋겠다고 하는 등 결론적으로 모두 돈에 관련된 것이다.

그래서 몇몇 군데 다리를 새로 놓기로 발전 기금을 냈는데, 후에 알고 보니 그들은 그것을 정치적인 목적으로 이용하고 있었다. 내가 어떻게 힘을 써서 이 회장이 다리를 놓아 주었다는 등으로 항상 자기를 먼저 내세우고 있었다.

유미의 오빠인 배상호가 중학교 때부터 일진 노릇, 짱 노릇을 하고 조폭 건달 생활을 할 때 저절로 똘마니들이 생기듯이 이제는 장달이가 출세를 했다니까 재력을 보고 굽실거리고 도와 달라고 하는 인간들이 생겨났다. 장달이는 이들을 화이트칼라 똘마니라고 부르기 시작했다. 폭력배 똘마니나 돈 앞에 똘마니나 색깔만 다르지 그놈이 그놈들이라고 못 박았다.

장달이는 지역 주민들을 위해서 많은 돈을 써 가면서 기부를 하였더니 이제는 지역사회의 많은 사람들이 추종자가 되다시피 하였다.

"이 회장님, 다음 국회의원 선거에 출마하시죠."

"뭐요?"

지역의 유지라는 사람 열네 명이 초청하여 저녁을 먹는데 이런 애기가 나왔다. 즉, 이들은 이 말을 하려고 어렵게 장달이를 초청한 것이다. 모두들 장달이보다 나이가 많고 몇 명은 아버지뻘 되는 사람들이다. 여자들도 다섯 명이나 나왔다.

이들은 모두 장달이가 출마하면 압도적인 표차로 대승할 수 있다고 확신하고 있었다.

"뜻은 고맙지만 전 아직 한 번도 정치에 입문하겠다는 생각을 해보지 않았습니다."

이렇게 사양을 하고는 식사를 하는 둥 마는 둥 하고 나오고야 말았다.

그런데 이것은 전초전에 불과했다. 또 다른 사람들이 출마를 권유하고, 또 다른 사람들이 출마를 권유했다. 국회의원 선거는 앞으로 2년 남았는데 지금 마음을 굳혀야지 선거가 임박해서는 늦는다는 것이다.

한 번도 아니고 이런 말을 여러 번 듣게 되니 장달이의 마음은 조금씩 돌아서기 시작했다. 그런데 이를 안 유미가 적극 반대를 하였다.

"사람이 분수를 알아야지. 지금 금을 발견해서 떼돈을 벌었다니까 그 돈 빨아먹으려고 대드는 좀비 같은 사람들이야. 절대로 정치에 발 들여놓으면 안 돼."

유미는 가치를 따져볼 것도 없이 좀비라고 몰아세우면서 강력히 반대했다.

하지만 남자의 본능 중에 권력욕이라는 것도 있었는지 장달이는 은근히 이것저것 손익계산을 해 보기 시작하였다. 한편으로는 걱정도 되었기에 어느 날 서울에 올라가서 여러 가족들이 모여 있을 때 이런 의향을 말했다.

"지역 주민들이 내가 선행을 많이 해서 국회의원에 출마하면 십중팔구로 이긴다는데요. 한 번 출마해 볼까요. 밑져야 본전이니."

이렇게 말문을 여니 집안 식구들이 모두 깜짝 놀라면서 적극 반대하고 나섰다.

"정치 잘못 하다가는 하루아침에 네가 가진 재산 다 말아먹는다. 알거지 돼. 타고난 대로 살아. 지금도 과분한 인생이다."

엄마 아버지를 비롯하여 남동생 중달이도 '형이 미쳤나 보다.'라고 문책을 하였다. 온 가족들이 한결같이 이렇게 나오니까 그제야 장달이도 물러서고야 말았다.

집으로 내려오는 길에 유미가 또 조언을 한다.

"지금도 과분한 생활이야. 더 이상 욕심 부리지 마라. 과유불급(過猶不及)이라는 말도 있잖아."

과유불급(過猶不及)이란 정도가 지나침은 미치지 못한 것과 같다는 뜻이다. 즉, 즉, 과함은 부족함과 다름이 없으므로, 모든 일은 적당한 것이 좋다는 의미이다. 논어(論語)의 선진편(先進篇)에 나오는 말로, 중용(中庸)의 중요성을 이르는 말이다.

"으응, 그래, 그동안 괜한 욕심을 부렸나 보다."

"잘 생각했어. 어른들 말씀대로 정치 잘못 발 들여놓았다가 수백억 재산도 한순간에 거덜 날 수도 있어. 지금 있는 것만도 과분한 거야."

"맞아, 내가 또 돈키호테처럼 허황된 생각을 한 모양이다."

"그래, 호호호, 또 돈키호테 될 뻔했어."

"하하하, 그렇다고 치자."

이렇게 해서 몇 달간의 방황은 끝내게 되었다.

18

되찾은 고향 땅

신혼여행에서 돌아온 장달이는 이제 마음의 안정을 찾고 업무를 보기 시작했고, 유미도 신학기 학교생활을 시작했다. 떠들썩했던 학교도 이제 어느 정도 잠잠해져서 하루하루 재미있게 학교생활을 하기 시작한 것이다.

신혼여행을 갔다 와서 유미는 집 구조를 조금 바꾸었다. 2층에 있는 안방을 1층으로 옮기고 주방을 만들고 식탁도 놓았다. 넓은 회의실을 반쯤 막아서 방으로 꾸몄더니 아예 운동장처럼 되었다. 이유는 현아를 데리고 2층에 오르내리기가 힘들고 자칫하다가 굴러서 다칠 우려가 있기 때문이었다. 그리고 계단에도 두툼한 양탄자를 깔아서 넘어져도 다치지 않게 하였다. 이에 장달이도 크게 찬성하면서 이런 아이디어를 낸 유미에게 고마움을 표시했다.

한 달쯤 지나서 이제는 가정이 제대로 자리를 잡아가는 중이다.

현아는 아침에는 돌보미의 남편이 차를 가지고 와서 데려갔다가 저녁에 데려왔다.

현아는 용케 집을 알아보는지 저녁때만 되면 현관문을 손가락으로 가리키면서 집에 가자고 한다고 하였다. 이제 몇 발짝씩 걸음을 떼면서 온갖 재롱을 피우고 있었으니, 유미와 장달이는 이 세상에서 가장 행복한 시간을 보내고 있었다.

어느덧 현아가 태어난 지 일 년이 되고 첫돌이 되어서 장달이 부모님이 내려오셔서 가족끼리지만 성대한 돌잔치를 했다. 잔치라고 하지만 예전과는 달리 음식점과 떡집에 미리 주문해서 웬만한 상차림은 모두 배달하는 것이기에 돌보미 아줌마와 유미가 큰 수고를 하지 않아도 되었다. 정말로 행복한 시간이었다. 첫돌이 된 현아는 몇 발짝씩 걷기도 하고 "엄마, 아빠." 소리를 제대로 못 하고 "음마, 음빠." 소리를 내어서 다들 배꼽을 잡고 웃었다.

현아의 첫돌이 지나고 한 달 정도 지났는데, 유미가 친정집으로 수시로 전화를 하더니 수심에 잠긴 듯하고 뭔가 말 못할 고민이 있는 것 같아 보였다.

"왜 그래? 요즘 어디 몸이 안 좋아?"

"아니, 그냥, 기분이 좀 그래서."

"뭣 때문에 그래, 말 못할 사연이 있나?"

"아니 뭐, 별거 아냐."

유미가 뭔가 감추려는 듯 말을 하지 않고 있기에 장달이는 더욱더 조바심이 나서 견딜 수가 없었다. 그래서 어찌어찌하여 간신히 유미의 입을 열게 했다. 그랬는데 알고 보니 유미의 아빠가 연로하시고 기운이 없으셔서 더 이상 아파트 경비원을 할 수 없다는 것이다. 같이 사는 오빠도 아직 버스 운전을 하면서 근근이 살아가고 있었기에 많은 도움을 주지 못하는 모양이었다.

"전에 3억 준 것은 뭐했대? 벌써 다 썼나?"

"아니, 한 푼도 안 쓰고 어디 땅을 사 놓았다나 봐. 후일을 생각해서 투자한 셈이지."

"으음, 그렇구나. 그 돈 쓰지 않고 땅에 묻어 두었다니 개심해서 살려고 애를 쓰는 모양이네."

"그런가 봐. 비번일 때도 스페어로 운전하나 봐."

스페어란 예비 운전을 말한다. 즉 누군가 갑자기 결근이라도 하게 되면 대신 운전을 하고 수당을 받는 것이다.

"알았어. 내가 일단 생활비는 드릴 테니까 걱정하지 마."

"고마워."

"생활비면 해결되나?"

"응, 아니."

"아니라고. 집에 무슨 일 있구나. 어서 말해 봐. 오빠가 또 사고 쳤나?"

"아냐, 오빤 지금 성실하게 잘 근무하고 있어. 사장에게도 신임받고 있다고 했어."

"그럼, 뭐가 또 문제야."

유미는 자존심 때문인지 좀처럼 입을 열려고 하지 않았다. 궁색한 친정집 이야기를 하지 않으려고 했으나 장달이가 자꾸 채근하니 어쩔 수 없이 입을 열게 되었다.

"사실은 아빠 때문에 그래."

"아빠? 생활비 말고 또 무슨 일이 있나? 편찮으신가?"

"아니, 그건 아니고, 아빠가 이제 돌아가실 때가 다 되었는데 죽어도 고향 땅에서 죽는다는 거야. 그런데 시골에 있던 땅 다 넘어가서 한 뼘도 없고 선산도 남의 손에 넘어갔으니 어쩌겠어. 요즘 와서 기력이 쇠약해진 탓인지 매일같이 비관 속에 하루를 보내시나 봐."

"그렇겠네."

"그래서 고향으로 돌아가려는데 뭐 가진 게 있어야지. 살던 아파트는 오빠에게 물려줘야 할 테니. 게다가 오빠 내외와 함께 생활하는 것도 힘드신가 보더라고."

"그건 또 왜?"

"요즘 세상에 시부모 모시기도 어렵지만, 문제는 방 때문이야. 큰 안방을 오빠 내외가 써야 하는데 작은 방을 쓰고 있거든. 그러니 덩치 큰 두 사람이 불편할 거 아냐? 그뿐 아니라 엄마 아빠도 덩치 큰 불곰 같은 사람이 두 명이나 얼쩡거리니 운신을 못 하겠다는 거야."

"하하하, 그렇겠다. 빅 사이즈 가게 주인이라는 여자도 거구라면서,"

"맞아, 여자 거구인 셈이지. 그 여자도 전에 무슨 사업을 하다가 실패하고 밑천 덜 들어가는 옷 장사를 시작해서 운영하다가 오빠를 만난 거야."

"그러니까 집에 곰 두 마리가 사네. 불곰 두 마리. 하하하. 곰 세 마리 동요는 들어보았지만 곰 두 마리 동요는 없던데."

장달이는 상상만 해도 재미있었다. 작은 아파트에 불곰 두 마리가 얼쩡거리고 그 틈에 두 노인네들은 운신도 제대로 못하고 피해 다니는 형국으로 생각되었다.

"그래서 어떻다는 거야?"

"결론은 고향에 가서 작은 폐농가라도 사시려고 해서, 내가 가진 돈으로 어떻게 해 보려고 했더니 그게 잘 안 돼. 요즘은 농촌도 땅값이 많이 올랐더라고. 이러니 아빠가 상심해서 없던 병에 걸린 것처럼 지내시나 봐."

정리해보면 연로하신 아빠가 더 이상 경비원도 못하고 고향 땅으로 내려가고 싶은데 돈 한 푼 없다. 불곰 같은 아들 내외와 같이 살 수 없다.

이렇게 두 가지였다.

"으음, 따지고 보면 돈이네. 이를 어쩌나."

장달이가 혼잣말을 하였다.

"선산은 큰가?"

"잘 몰라. 아주 크진 않은 것 같은데 거기에 윗대 조상 산소부터 쭈욱 있어."

"그럼 그 산소가 지금도 있을까?"

"있어. 아빠가 해마다 벌초하러 다니시고 성묘도 가셔. 그리고 급매물로 내놓았을 때 아빠 친구분이 사 주면서 나중에 돈 생기면 찾아가라고 했나 봐."

"그으래? 그거 잘 되었다. 그럼 성묘도 같이 가 봤겠네."

"그럼, 해마다는 못 가도 여러 번 가 봤지. 오빠도 가고."

"으음, 아무튼 너무 걱정하지 마, 돈이라면 내가 도와줄 수 있으니."

"고마워, 장달 씨."

마침내 유미는 눈가에 눈물이 그렁그렁 맺히기 시작하였다.

"옛말에 가화만사성이래잖아. 하늘이 무너져도 솟아날 구멍이 있으니 너무 걱정하지 마."

"응, 고마워,"

"혹시 모르니까 장인어른 존함하고 주민등록번호 알지, 그거 카톡으로 내게 보내 봐."

"응,"

이렇게 해서 유미는 장인의 이름과 주민등록번호를 장달이에게 보냈다.

다음 날,

회사에 출근한 장달이는 업무 보고와 지시를 다 하고 시간이 날 때, 서울에 계신 아버지에게 전화를 걸었다.

"접니다. 장달이요."

"응, 그래, 별일 없지? 애기 잘 크고."

"예, 별일 없습니다. 아버지, 저기 시골 땅 좀 알아봐 주세요."

"갑자기 무슨 시골 땅을 알아봐. 땅 살 데 있냐?"

"제가 아니라 처가 때문에요."

이러면서 장달이는 처가에 대하여 전후사정을 다 말씀드렸다.

"거기가 P읍에서 대승산 방향으로 가다 보면 상마동이란 작은 동네가 있답니다. 아마 그 근방에 선산이 있는 모양입니다."

"음, 그래, 요즘은 모두 전산화되어 있어서 전주인도 찾을 수 있다. 내가 알아보고 확실하면 내려갔다 오마."

"아이구, 그래 주시면 너무 감사하지요. 그럼 바람 쐴 겸 엄마랑 같이 다녀오세요."

"그래야겠다. 천천히 갔다가 근방 구경도 하고 와야겠다. 언제까지 알아보면 되냐?"

"날짜가 정해진 것은 아닙니다. 빠를수록 좋아요, 돈 필요하면 연락하세요. 혹시 전화 못 받으면 비서에게 알리거나 카톡으로 보내요."

"응, 그러마."

그 다음 날 퇴근 무렵,

"회장님, 아버님에게 전화 왔는데요. 돌려드릴까요?"

"어, 그래요."

"장달이냐? 애비다."

"예, 벌써 다녀오셨어요."

"아 그럼, 차로 1시간 30분 거리인데."

"그래서 선산 찾으셨어요."

"응, 쉽더라. 동네 사람들 다 알아. 배 씨네 선산이라고."

"그럼, 지주도 만나보셨나요?"

"하이구, 지주 찾기가 더 어렵더라, 지주는 W 시내에 살아. 거기서 포목점을 하더라고."

"그래서 이야기는 해보셨나요?"

"했지, 배 씨(유미의 아빠) 사정을 아주 잘 알아. 어려서부터 같이 커 왔다면서, 그때 배 씨가 남의 빚보증으로 사경을 헤맬 때 자기가 사 준거라고 하더구먼. 나중에 찾아가라고, 그러면서 배 씨가 산다면 시가보다 훨씬 헐하게 매도(賣渡: 팔아넘김) 한다고 그러더라."

이렇게 말한 사람은 배 씨(유미의 아빠)가 처음에 울어 가면서 부탁을 드렸던 최 사장님은 벌써 돌아가시고 그분의 아들이었다. 최 사장님의 아들과 배 씨와는 친구처럼 지냈던 사이였다.

"아, 그랬어요. 진짜 잘되었네요."

"그런데 사돈이 고향으로 내려오고 싶다고 했다면서."

"예, 연로하시고 아들 내외와 같이 살기도 어렵게 되었어요. 그리고 지금 향수병에 걸려서 매일 우울하게 지내시는가 봐요."

"그럼 이참에 작은 전원주택 한 채 사 드려라. 아주 싼 매물이 있더라."

"예에? 그래요? 얼마나 싼데요."

"내가 볼 때는 시가보다 훨씬 싸, 지은 지 일 년도 안 되었어. 내가 직접 보았는데 건평이 33평이나 되니 아파트 평수로는 40평쯤 되는 셈이다. 노인 부부가 집을 지어서 왔다는데 처음 몇 달은 좋더니만 너무 적적하고 병원도 자주 다녀야 하는데 시내하고 너무 멀어서 급병이 나면 병원에 가다가 죽게 될 것 같다고 하더라. 그래서 건축비에도 못 미치는 값을 제시하더라고. 그거 팔아서 W시내에 아파트로 다시 들어가야 한다더라."

"아 그거 정말 잘 되었네요. 그럼 딸랑 집만 있나요?"

"아니, 사과와 배나무, 감나무 등 유실수가 사오십 그루 정도 되는 작은 과수원과 집 옆으로 한 오백 평 되는 밭이 있어. 그것까지 해서 헐값에 내놓은 모양이야."

"아 정말 최곱니다. 최고, 아버지가 연락해서 그거 산다고 알리세요. 선산도 산다고 하고요."

"그럼, 그렇게 해라. 있을 때 선심 써야지. 없으면 아무것도 못 한다. 사돈도 네 부모나 매한가지야. 잘해 드려. 딱하게 인생 사셨던 분이더라."

"예, 아버지 고마워요."

장달이는 가슴이 뭉클하였다.

이렇게 해서 장인의 선산과 전원주택을 모두 사서 명의이전까지 장인어른 앞으로 해 놓았다. 이 모든 게 이십여 일밖에 걸리지 않았으니 장달이 부모가 부동산 중개업의 달인이기에 가능한 것이다.

모든 것이 완료된 다음 유미에게 알렸더니 유미는 감격스러워서 눈물을 흘리다가 나중에는 아예 펑펑 울면서 고마워하였고, 곧바로 아빠에게 이 소식을 전했다.

유미 아빠는 장달이가 선산을 사 준다고 하였으나 긴가민가 하였는데 실제로 그렇게 되었으니 너무 감격스러워서 저절로 눈물이 흘렀다.

이사 가기 전에 유미 부모는 선산에 먼저 갔다.

유미 아빠는 엎드려서 울음을 터트렸는데 눈물이 그칠 사이 없이 흘러내려 계곡을 이룰 지경이었다.

“세상이 변해서 아들자식 효도는 못 보고 딸자식 효도를 본다더니 내가 그 짝이네.”

저절로 이런 말이 터져 나왔다.

일주일 후,

유미 부모님은 시골 전원주택으로 이사를 가는데 유미는 가지 못하고 상호 내외가 거들었다. 이삿짐이라고 할 것도 없는 단출한 살림이어서 용달차에 짐을 싣고 부모님이 타고 상호는 승용차를 타고 아내와 함께 왔다. 마을 초입에 들어서서 상호는 용달차를 세우고는 아빠 옆에 탔다. 왜냐하면 주소를 정확히 알고 있는 사람은 이 중에서 상호뿐이기 때문이다. 상호는 내비게이션을 열고는 내비 아가씨가 인도하는 대로 차를 운전하라고 기사에게 전했다.

“아악~ 저 집으로 가는 건가?”

“예, 아빠, 저 집입니다.”

“저 집은 우리가 살던 집자리이다.”

“예에? 저 집이 우리가 살던 집자리라고요.”

상호 부모는 경악을 금치 못하였다. 예전에 살던 1층 양옥집은 없어지고 새로 전원주택으로 멋지게 지어진 집은 예전에 살던 그 집자리였기 때문이다. 당시 경매에 넘어갔던 집과 뒤편 과수원이 몇 명의 손을 거쳤다가 지금 전원주택으로 바뀐 것이다. 상호도 곰곰이 생각해 보니 어렸을 때 뛰어놀던 그 집자리인 것이 확실하였다.

정말로 천기운행은 신묘하였다. 상호네 식구가 객지에서 이십여 년을 혹독한 시련 속에 보내고 다시 제자리에 온 것이다.

그들은 잠시 회상(回想)에 빠졌다가 정신을 가다듬었다.

상호는 미안하고 죄스러운 마음에 W시에 나가서 장롱, 소파, 침대, 대형 TV, 냉장고, 김치 냉장고, 부엌살림 등을 트럭 두 대에 싣고 왔다. 가구점 사장과 가전제품 사장도 따라왔는데 이게 웬 횡재냐고 입이 귀에 걸리도록 좋아하면서 같이 온 기사들과 함께 순식간에 다 설치하고 떠났다. 이게 모두 아침부터 저녁까지 이루어진 것이다.

이런 살림살이를 산 돈은 상호의 돈이 아니었다. 상호의 아내인 빅 사이즈 옷가게 여주인이 가지고 있던 돈이다. 결혼하면서 혼수 용품을 사려고 하는데 상호가 집에 다 있으니 몸만 오라고 해서 몸만 왔다가, 시부모가 분가하여 나가 살게 되어서 그 돈을 내놓은 것이다. 그 여자는 살림 수완뿐만 아니라 사람도 잘 조정하는지 오빠도 꼼짝 못 하고 하자는 대로 하고 있었다.

그날 저녁 상호 부모님과 상호 내외는 울음 반, 웃음 반으로 술을 마셔야 했다.

다음 주 토요일,

이날은 장달이와 유미가 각자 차를 타고, 현아를 데리고 왔는데 모두가 깜짝 놀랄 일이 생겼다. 현아는 이제 막 아장아장 걷고 말은 잘 못 하고 옹알이를 할 때인데 처음 보는 외할아버지, 외할머니에게 안기면서 재롱을 피우고 노는 것이었다.

"엄마나, 얘 좀 봐라. 친 할미인 줄 아네."

"어라, 많이 본 것 같이 따르네."

모두들 웃어가면서 감탄을 하였다. 현아는 혼자서 썰썰 기기도 하고 일어서서 걸어보기도 하면서 아주 즐거워하였다.

잠시 후,

점심때가 되어서 유미와 엄마는 점심상을 차려 담소를 하면서 맛있게 먹었다.

"아이고야, 이런 데 오면 괜히 졸리더라."

장달이가 하는 말이었다.

"그럼 한잠 자고 가게나."

유미 엄마의 말에 장달이는 서슴지 않고 건넌방에 들어가서 낮잠 삼매경에 빠졌다.

한 시간 반쯤 후,

장달이가 잠에서 깨어나서 유미와 현아는 장달이 차에 탔다. 타고 온 소형차는 아빠에게 드리니 아빠는 또 눈물을 글썽거렸다. 아빠는 젊어서 운전면허를 따고 집안이 잘살던 시절인 우체국 다닐 때만 해도 흔치 않게 자가용을 운전했었다. 그러다가 하루아침에 집이 거덜 나는 바람에 차도 함께 사라졌다. 그러니 이십여 년 만에 차를 갖게 되었으니 감격하여 가슴이 마구 뛰었다.

"고맙다. 너희 덕분에 늙어서 호강한다."

"괜찮아요. 그동안 너무 고생이 많았는데 지금부터라도 쉬셔야지요. 심심풀이로 과수 나무 키우고 텃밭도 일구세요. 엄마 모시고 근처라도 차 타고 구경 다니시고요."

유미의 가슴도 뭉클하였다. 유미와 장달이는 그렇게 인사를 하고 내려왔다.

그리고 장달이는 그달부터 장인의 통장에 매달 오백만 원씩 이체 시켰다.

장인과 장모는 통장을 보고는 너무 감격스러워서 또 눈물을 흘려야 했다. 도대체 이렇게 자주 흘리는 눈물은 언제 그칠 것인가.

~~ 끝 ~~